VERHEXT UND VERKUPPELT

MISS MATCHED MIDLIFE DATING-AGENTUR

BUCH EINS

DEANNA CHASE

Übersetzt von
ANNA DRAGO

Übersetzung: Anna Drago

Lektorat: Katrin Dolle

Cover: © Ravven

ISBN 978-1-965804-06-3

Bayou Moon Press, LLC

www.deannachase.com

ÜBER DIESES BUCH

Willkommen bei der Miss Matched Midlife Dating-Agentur, wo Marion Matched Sie erwartet, um Ihnen zu helfen, Ihre wahre Liebe zu finden!

Marion Matched ist eine Expertin in Sachen Partnersuche. Sie ist die Hexe, an die sich Leute wenden, wenn sie genug von unerwünschten Bildern gewisser Körperteile in ihren Dating-Apps haben, wenn sie geghostet werden oder wenn von ihnen erwartet wird, fragwürdige Dinge mit den Füßen ihrer Dates zu tun. Marion besitzt die seltene Gabe, einfach zu wissen, wann zwei Menschen füreinander geschaffen sind. Die Einzige, für die sie noch keinen Partner finden konnte, ist sie selbst, was sie aber nicht weiter stört. Zumindest redet sie sich das ein, bis sie in ihrer neuen Heimatstadt Premonition Pointe ihrer kürzlich geschiedenen Jugendliebe begegnet.

Marion hat jedoch keine Zeit, sich über ihr eigenes Liebesleben Gedanken zu machen. Sie muss ein neues Geschäft aufbauen, einen Ruf etablieren und zudem einen lästigen Geist loswerden. Doch als Marion eine Social-Media-Influencerin anheuert, um ihre Dating-Erlebnisse zu dokumentieren, macht ein bösartiger Fluch jedes Date zu einem Alptraum. Sabotiert und in Gefahr, ihr neues Unternehmen zu verlieren, benötigt Marion die Hilfe ihres neu erworbenen Geistes, des Hexenzirkels von Premonition Pointe und des Mannes, der sie immer wieder um ein Date bittet, um ihre Partnervermittlung zu retten – und dabei vielleicht auch eine Liebe finden, von der sie nie gedacht hätte, dass sie sie erleben würde.

KAPITEL 1

„Einen Tick nach links", sagte ich und blickte auf das Schild „Miss Matched Midlife Dating-Agentur", das Grace Valentine über die Eingangstür meines neuen Büros hielt.

„Perfekt!", rief Iris, meine Büroleiterin. Sie nickte entschlossen und strich diese Aufgabe von ihrer Liste. „Jetzt können wir Mittagessen gehen."

Ich kicherte. Sie hatte sich in den letzten zwanzig Minuten mehrfach beschwert, dass sie am Verhungern sei. „Klingt gut. Lass mich nur meinen Laptop und mein Handy holen, damit ich vor dem Get-together nächste Woche daran arbeiten kann, meine Datenbank aufzufüllen."

„Dieses Büro ist so schön. Ich wünschte fast, ich wäre Single, damit du mich mit meinem Traummann verkuppeln könntest", sagte Grace und legte eine Hand auf ihr Herz.

„Das wäre zu einfach. Jeder mit Augen kann innerhalb eines Blinzelns erkennen, dass du und Owen perfekt zusammenpasst", sagte ich und zwinkerte ihr zu.

Ihre Lippen verzogen sich zu einem kleinen Lächeln,

während ihre blauen Augen funkelten. „Schön, das zu hören, aber mich interessiert viel mehr, was unsere Auren sagen."

„Nein. Auf keinen Fall. Ich habe es mir zu meiner unumstößlichen Regel gemacht, nie etwas zur Aura-Kompatibilität zu sagen, wenn sich ein Paar schon füreinander entschieden hat, und das habt ihr, also ist es irrelevant. Außerdem verschmelzen die Auren, wenn man schon eine Weile zusammen ist, also ist mein Radar nicht mehr so nützlich."

Meine besondere Gabe war es, Auren zu lesen und andere Menschen mit ihren Seelenverwandten zusammenzubringen. Als ich einmal einer Freundin gesagt habe, dass ihre Aura nicht mit der ihres Verlobten kompatibel sei, habe ich nicht nur diese Freundin verloren, sondern meine gedankenlose Bemerkung war auch der Auslöser für viele Probleme, die das Paar schließlich in der Therapie lösen musste.

Es war nicht meine Aufgabe, jemandem zu sagen, mit wem er oder sie *nicht* zusammen sein sollte. Das menschliche Herz hatte die Fähigkeit, zu lieben, wen es lieben wollte. Meine Aufgabe war es, ein perfektes Paar zusammenzubringen und nicht Menschen auseinanderzubringen, die sich schon füreinander entschieden hatten.

„Ich weiß, ich weiß", sagte Grace mit einem Kichern. „Ich kann einfach nicht anders. Ich bin neugierig."

„Also, ich wünschte, jemand hätte mir gesagt, dass mein Ex und ich nicht füreinander bestimmt waren. Dann hätte ich ihn früher verlassen", sagte Iris. „Was für ein Loser!"

„Ein größerer Loser als ein Ehemann, der einen betrügt und einem die Karriere stiehlt?", fragte Grace und meinte damit ihren Ex-Mann. Er hatte eine Affäre mit der Empfangsdame in ihrem Immobilienbüro gehabt, sich dann von Grace scheiden lassen und sie aus der Agentur ausgesperrt, die sie zwanzig Jahre lang geleitet hatte.

Iris räusperte sich. „Das tut mir leid, aber ich glaube, ich könnte den Krieg über Loser und Ehemann gewinnen. Meiner war nicht nur in einen Drogenhandel verwickelt, sondern hat mich auch mein Bürgermeisteramt gekostet."

„Ja, sie könnte die Gewinnerin des deprimierenden Wettbewerbs um den schlimmsten Ex sein", sagte ich nicht ohne Mitgefühl. „Aber so oder so, seid versichert, dass ihr beide beim zweiten Mal die richtige Wahl getroffen habt."

Grace strahlte. „War das so schwer?"

Ich schnaubte und führte die anderen beiden Frauen nach draußen auf die Main Street, nur, um kurz stehenzubleiben, als Celia, ein vertrauter Geist mit großen Puppenaugen, direkt vor mir auftauchte.

„Hilf mir", flüsterte der zart und zerbrechlich aussehende Geist, als er mir den Weg versperrte.

„Celia", seufzte ich. Ich dachte, ich hätte sie in L.A. zurückgelassen, aber vor ein paar Monaten war sie unerwartet aufgetaucht und tat das immer noch häufig. „Was willst du diesmal?"

„Hör mir gefälligst zu, Marion Matched. Du weißt genau, was ich will." Sie bewegte ihre Hüften und ließ sie mitten auf dem Stadtplatz kreisen. „Ich will einen Job. Du musst mich einstellen. Die einzige Entschädigung, die ich dafür will, ist, dass du mir einen Mann suchst. Weißt du, wie ätzend es ist, ein Geist ohne Aussicht auf einen Mann zu sein?"

Ich kehrte ihr den Rücken zu, deutete mit dem Daumen über die Schulter und fragte meine Freundinnen: „Seht ihr beide das?"

„Jupp", nickt Grace. „Ich bin mir allerdings nicht sicher, was die Anwohner davon halten werden, dass sie in der Innenstadt von Premonition Pointe blankzieht."

Ich blickte über meine Schulter und war überhaupt nicht überrascht, dass das Gespenst tatsächlich ihren Allerwertesten entblößt hatte. Ich verdrehte die Augen und sagte nichts, da ich wusste, dass jede Zurkenntnisnahme meinerseits sie nur weiter ermutigen würde.

Iris hustete und wandte den Blick ab. „Das wird die nächste Stadtversammlung sicherlich interessant machen." Sie sah mich fassungslos an. „Benimmt sie sich immer so?"

„Ja. Das ist ihre Art, mich dazu zu drängen, ihr einen Job zu geben. Sie glaubt, wenn sie mich weiter in Verlegenheit bringt, werde ich endlich nachgeben." Ich drehte mich um, um zu sehen, warum die Augenbrauen meiner Freundin plötzlich fast bis zum Haaransatz hochgeschossen waren, und verkniff mir ein Lachen, als ich feststellte, dass Celia rittlings auf einem Fahrradständer saß und darauf ritt, als würde sie für einen mechanischen Bullen üben.

„Ich muss im Training bleiben", sagte der Geist mit einem Augenzwinkern und strich sich das lange blonde Haar über eine Schulter.

„Irgendwie bezweifle ich sehr, dass du die Grundlagen vergessen hast", bemerkte ich trocken, bevor ich meine Aufmerksamkeit wieder meinen Freundinnen zuwandte. „Sie hatte einen tragischen Unfall auf dem Weg zum Vorstellungsgespräch bei mir in meiner alten Agentur. Sie hat sich um den Job der Empfangsdame bewerben wollen, aber sie möchte viel lieber bei der Vermittlung mitmischen, obwohl sie keinerlei Erfahrung in der Branche hat."

„Wenn ich keine eigene Liebe haben kann", beharrte Celia, „dann kannst du mich wenigstens stellvertretend durch andere leben lassen."

„Kennst du irgendwelche toten Typen, die ein Date suchen?", fragte Grace, und in ihren strahlend blauen Augen tanzte Humor.

Kopfschüttelnd sagte ich: „Ich hatte eine anständige Liste mit Typen, die in L.A. nach jemandem gesucht haben. Doch so leid es mir für Celia tut, ist bisher keiner von ihnen hinübergegangen. Außerdem umfasst mein derzeitiges Geschäftsmodell nicht das Verkuppeln von Geistern."

„Das lässt sich ändern!", rief Celia. „Alles, was ich brauche, ist, dass jemandem ein Baum auf den Kopf fällt. Sobald ich einen mit einem Waschbrettbauch, einem gemeißelten Kiefer und guter männlicher Ausstattung finde, der es wert ist, dass ich so viel Energie aufwende, kann ich es möglich machen. Persönlichkeit spielt keine große Rolle. Ich bin nicht auf Gespräche aus."

„Celia!", ermahnte ich sie. „Du weißt doch, dass Worte wichtig sind. Mach niemals Witze darüber, jemandem das Leben zu nehmen. Allein diese Absicht zu äußern, ist gefährlich."

Celia verdrehte ihre großen Augen. „Gute Göttin! Niemand versteht mehr einen Scherz. Schon gut, schon gut." Sie winkte das unbekümmert ab. „Entweder stellst du mich ein oder suchst mir jemanden, der heiß ist. Dann wärst du mich wenigstens für ein oder zwei Wochen los."

„Nur ein oder zwei Wochen?", fragte Grace mit großen Augen. Dann kniff sie sie zusammen und musterte Celia scharf. „Das scheint für Marion kein großer Anreiz zu sein, an deinem Problem zu arbeiten."

„Okay. Einen Monat. Aber sorg dafür, dass er heiß ist." Sie grinste und löste sich dann in Luft auf.

Ich seufzte, erleichtert, dass sie weg war, wenn auch nur vorübergehend. Mich mit Celia herumzuschlagen war immer eine lästige Pflicht. Ich hatte gehofft, dass ich, wenn ich nach Premonition Pointe ziehe, den Geist endlich los wäre, aber so viel Glück hatte ich nicht. Also versuchte ich hier einen neuen Dating-Service zu eröffnen, und aus irgendeinem Grund bestrafte mich das Universum mit einem aufmerksamkeitsheischenden Geist, der keinen Filter hatte.

Grace kicherte in sich hinein. „Sie ist schon ein bisschen anstrengend."

„Das kannst du laut sagen", stimmte Iris zu und runzelte die Stirn. „Wird sie regelmäßig im Büro auftauchen?"

Ich schauderte. „Wahrscheinlich."

„Vielleicht solltest du sie einstellen?" Iris holte ihr Handy heraus und begann zu tippen, vermutlich, um sich Notizen zu machen. „Ich bin mir sicher, dass die meisten Kunden sie unterhaltsam finden werden. Vielleicht hört sie auf, sich so unangemessen zu benehmen, wenn sie sich nützlich fühlt."

„Ich frage mich, ob das wirklich funktionieren könnte", sagte ich. „Ich hätte nichts dagegen, sie einzustellen. Es ist ja nicht so, dass mich ein Geist tatsächlich Geld kosten würde. Das Problem wäre, wenn sie Kunden vergrault. Ich hatte den Ruf, die Beste in ganz L.A. zu sein. Ich habe die feste Absicht, mir diesen Ruf auch hier zu erarbeiten."

Ich runzelte die Stirn und versank tief in Gedanken. Premonition Pointe war nicht Los Angeles. Und ich wollte mein Geschäft in eine andere Richtung lenken. Anstatt überbezahlte Hollywood-Manager mit Frauen zusammenzubringen, die halb so alt waren wie sie, wollte ich mich auf Frauen in meinem Alter konzentrieren und die Männer, die sie wollten. Mir war klar, dass ich mich beweisen musste, um den Ruf und das Geschäftsvolumen aufzubauen, das ich in meiner früheren Stadt genossen hatte. Celia würde ein Problem darstellen, wenn sie sich dauernd einmischte und einen Sexpartner verlangte. Aber sie hatte mir mehrfach versprochen, dass sie sich bessern würde, wenn ich ihr einen Job gäbe. Vielleicht würde das funktionieren. Ich wollte mich nicht zu irgendwas erpressen lassen, aber wenn das sie dazu bringen würde, sich zu benehmen, war es das vielleicht wert.

„Hmm, das bringt mich auf eine Idee", sagte Iris und scrollte durch ihr Handy.

Ich beobachtete sie neugierig. „Du hast doch nicht vor, Celia für die Marketingoffensive zu meiner Eröffnung zu verwenden, oder?"

Iris lachte. „Kaum. Du hast gesagt, du hättest den Ruf, die Beste zu sein, oder?"

„Ja?", sagte ich in misstrauischem Ton. „Du willst jetzt aber nicht, dass ich eine Partnerin für den Geizhals der Stadt finde, oder?"

Iris grinste. „Das wäre wirklich was. Aber nein, ich habe eine bessere Idee. Was hältst du davon, eine berühmte Hexe als Kundin zu übernehmen, die Influencerin ist und oft über ihre urkomischen und peinlichen Dating-Geschichten postet?" Iris wurde jetzt sichtlich von ihrer eigenen Begeisterung mitgerissen. „Das ist genau das Szenario, das die Miss Matched Midlife Dating-Agentur in die Stratosphäre katapultieren wird. Wenn sie einverstanden ist, nehmen wir sie als Kundin auf und lassen sie ihre Erfahrungen dokumentieren."

„Warte", sagte ich und wedelte mit den Händen. „Das klingt ziemlich riskant. Was, wenn alles schiefgeht? Wir können diese Posts ja nicht einfach zurückpfeifen. Und wer will schon sein Dating-Leben im Internet öffentlich machen?"

Iris lächelte mich geduldig an. „Hast du den Teil verpasst, dass sie schon über ihr Dating-Leben postet? Das ist Teil ihrer Marke. Und glaubst du wirklich, dass es schlecht ausgehen wird? Hast du nicht eine Erfolgsquote von fast hundert Prozent? Komm schon, Marion. Hab ein bisschen Vertrauen in dich und dein Geschäft. Das könnte Gold wert sein."

Sie hatte nicht unrecht. Es gab einen guten Grund, warum ich den Ruf hatte, die Beste im Geschäft zu sein. Tief in meinem Bauch begann Aufregung zu brodeln. „Du bist ein Genie, weißt du das? Glaubst du wirklich, dass du sie an Bord holen kannst?"

„Das wette ich", sagte Grace und nickte, als vertraute sie darauf, dass Iris alles schaffen könnte.

„Danke, Grace." Iris streckte die Hand aus und umarmte ihre Freundin einarmig. Sie lächelte mich an. „Überlass es einfach mir."

Während die beiden Ideen sammelten, um die Social-Media-Influencerin zu überzeugen, drehte ich mich um und starrte auf das Gebäude, in dem meine neue Partnervermittlung untergebracht war. Es war ein zweistöckiges Backsteingebäude mit einem Balkon, von dem aus man auf den Stadtplatz und den Pazifischen Ozean blickte. In der Ferne konnte ich die Wellen an der Küste Nordkaliforniens brechen hören.

Tief in meiner Seele wusste ich, dass ich mit meinem Umzug nach Premonition Pointe die richtige Entscheidung getroffen hatte. Der Ort hatte mich einfach angezogen. Allerdings konnte ich nicht leugnen, dass ich nervös war, eine Partnervermittlung für Leute mittleren Alters zu eröffnen. Wenn sie keinen Erfolg hätte, würde ich innerhalb eines Jahres wieder in L.A. sein. Und ich wollte mein neues Zuhause oder den Zirkel von Hexen, die meine neuen Freundinnen durch dick und dünn waren, wirklich nicht aufgeben.

„Was denkst du, Marion?", fragte Iris. „Kann ich ihr drei Monate kostenlosen Service im Austausch für ihre Dating-Geschichten darüber anbieten?"

Ich wirbelte herum, und Entschlossenheit machte sich in meinem Bauch breit. Es war mir egal, ob sie am Ende die schwierigste Kundin der Welt war. Ich würde Liebe für sie finden und dabei ihr Leben verändern. So, wie ich es schon für Dutzende von Kunden getan hatte. „Mach das und lass uns sofort anfangen."

Iris nickte. „Bin dabei. Mit ein bisschen Glück haben wir sie noch vor der Launch-Party nächste Woche an Bord."

Es waren ein paar Wochen vergangen, seit wir angefangen hatten, das Geschäft einzurichten, und ich konnte es kaum erwarten, mit der Arbeit anzufangen. „Perfekt. In der Zwischenzeit werde ich daran arbeiten, potenzielle Partner für unseren Social Media-Star zu finden."

Celia tauchte wieder auf und schnurrte: „Ohhh, ich bin gerade eben dem erotischsten schlecht gelaunten Koch begegnet! Ich wette, ich könnte ihn zähmen, indem ich ihn nur ein bisschen kitzle und –"

„Nein!", unterbrach Grace lachend und hob die Hand. „Das ist mehr, als ich hören muss."

„Warte", warf Iris ein. „Vielleicht will ich von diesem Kitzeltrick hören. Gestern Nacht hat Kade über eine Lieferung geschimpft, die wochenlang beim Zoll feststeckt, wodurch er und Lucas mit einer Sonderanfertigung in Verzug geraten sind, und ich könnte wirklich einen neuen Trick gebrauchen, um dazu zu bringen, sich nicht aufzuregen."

„Es ist nicht *dieser* Kopf, über den du dir Sorgen machen musst", sagte Celia und deutete auf ihre Schläfe.

Meine Freundinnen fingen an zu kichern, und als Celia begann, ihre Tricks zum Beruhigen eines Mannes in allen Details zu erklären, prusteten sie vor Lachen und hörten nicht auf, bis ihnen die Tränen über die Wangen liefen.

„Jetzt ist alles, was ich in meinem Kopf sehe, wie Celia einen mürrischen Koch begrapscht, während er einen Braten begießt, und das ist ein bisschen mehr, als ich ertragen kann", sagte ich. „Iris, sag mir Bescheid, wenn du unseren Medienstar unter Vertrag genommen hast, und ich werde ein Treffen vereinbaren. Grace, danke für alles."

„Gern", brachte Grace lachend hervor.

„Perfekt. Seid ihr jetzt bereit fürs Mittagessen?"

Grace wischte sich die Augen, während sie nach Luft rang

und immer noch versuchte, sich zu beruhigen. „Mittagessen. Ja."

„Mittagessen?", fragte Celia. „Warum könnt ihr euch nicht auf einen Drink im Abs, Buns & Guns treffen? Ich meine, nichts ist besser, als heiße Mädels in Hotpants und mit Babyöl eingeschmiert zu sehen."

„Da hat sie recht, Marion", sagte Grace mit einem Kichern. „Seit diese neue Show angelaufen ist, frage ich mich, ob sie so gut ist wie die Thunder from Down Under."

„Grace", schnaubte ich genervt. „Im Ernst?" Dann wandte ich mich Celia zu. „Wenn ich dir einen Job gebe, wirst du dann die sexuellen Anspielungen auf ein absolutes Minimum reduzieren?"

Die großen Augen des Geistes wurden größer, als ich es für möglich gehalten hätte, und sie nickte schnell. „Das ist dein Ernst? Du lässt mich dir beim Verkuppeln helfen? Du weißt, dass ich gut darin bin, Dinge zu wissen, oder? Ich kann Dinge sehen, die andere nicht sehen."

„Keine Spionage!", befahl ich. „Wenn ich auch nur einmal von einem Vorfall höre, bei dem du in jemandes Privatsphäre eindringst, rufe ich jemanden, der so schnell eine Geisterreinigung durchführt, dass du wie das Mädchen in *Der Exorzist* endest, dem sich der Kopf dreht."

Celia schnaubte und sah beleidigt aus. „Das habe ich nicht gemeint. Bitte. Ich bin vielleicht krass, aber ich bin nicht pervers. Ich meinte, ich habe einen sechsten Sinn für sowas. So ähnlich wie du, nur dass ich keine Auren sehe. Ich weiß einfach Dinge."

Natürlich tat sie das. „Du meinst sowas wie ein Bauchgefühl?"

„So in der Art." Sie zuckte die Achseln. „Ich kann es nicht wirklich erklären."

„Okay", gab ich nach. „Denk einfach daran, dass mein Ruf

auf dem Spiel steht. Kein Blankziehen, keine anstößigen Hüftschwünge oder Vortäuschen sexueller Handlungen, um Aufmerksamkeit zu erregen oder mich zu erpressen. Verstanden?"

„Verstanden." Sie richtete sich auf, zog die Schultern zurück und salutierte. „Wann fange ich an, Leute zusammenzubringen?"

Ich verkniff mir eine Grimasse und bereute meine Entscheidung bereits. Aber ich machte weiter, denn ich wusste, dass ich sie auf absehbare Zeit an der Backe hatte. „Da du nicht besonders gut für Büroarbeit geeignet bist, brauche ich dich bei der Party. Deine Aufgabe wird es sein, dafür zu sorgen, dass die Leute zusammenkommen, und zu beobachten, wie sie miteinander auskommen, und mir dann Bericht zu erstatten. Kannst du das schaffen?"

„Absolut. Du weißt das vielleicht nicht, aber ich bin ein Menschenfreund. Du wirst nicht enttäuscht sein." Sie strahlte und ging von uns weg in Richtung Strand, bevor sie sich wieder umdrehte. „Vergiss meine Vergütung nicht."

„Das werde ich nicht", sagte ich und unterdrückte ein Seufzen. „Sobald ich herausgefunden habe, wo ich Junggesellengeister finden kann, werde ich sehen, ob ich dich mit jemandem zusammenbringen kann." Nicht, dass ich eine Ahnung hätte, wie das funktionierte, aber ich würde es versuchen. Hey, vielleicht könnte das ein Nebengeschäft sein. Wie sie bezahlen würden, war eine Herausforderung, aber ich war offen für Möglichkeiten.

Celias großspuriger Gesichtsausdruck verschwand, als ihre Züge weicher wurden. Ihr Blick begegnete meinem, und ich wurde mit einem sanften „Danke, Marion. Du weißt nicht, was mir das bedeutet" belohnt.

Ich sah zu, wie sie sich in Luft auflöste, und fragte mich,

was gerade passiert war. Das war eine Seite von Celia, die ich noch nie zuvor gesehen hatte.

Grace drückte eine Hand auf ihr Herz. „Wow. Wer hätte gedacht, dass Celia eine sensible Seite hat? Das war ein wirklich rührender Moment."

Ich warf einen Blick auf meine beiden Freundinnen. „Denkt ihr, wir werden sowas noch öfter von ihr sehen?"

Sie kicherten beide, und Iris schüttelte den Kopf. „Ich würde nicht darauf zählen."

„Ja, ich auch nicht. Wünscht mir Glück!"

„Viel Glück!", sagte Grace. „Du wirst es brauchen."

KAPITEL 2

„ $\mathcal{M}$ arion?", hörte ich seine Stimme, kurz bevor das Quietschen meiner Fliegengittertür durch den Raum kreischte.

Ich riss den Kopf von meinem Schreibtisch hoch und sah meinen Vater mit einem Koffer in der Hand im Eingang stehen.

„Dad?" Ich sprang auf und eilte zu ihm. „Was machst du hier?"

„Du hast mich eingeladen, oder?" Er stellte sein Gepäck ab und streckte die Arme aus, wartete auf eine Umarmung.

Ich zögerte nicht, als ich in seine Arme trat und mich festhielt, während er mich in eine stürmische Umarmung zog. Lachend trat ich schließlich zurück und musterte ihn misstrauisch. „Im Ernst, was hat dich umgestimmt? Ich dachte, du bist bei Tante Lucy."

Ich hatte versucht, ihn dazu zu bringen, mich in Premonition Pointe zu besuchen, seit ich in die Küstenstadt gezogen war. Da er im Ruhestand war, hielt ihn nichts Dringendes in L.A. Aber er hatte mein Angebot bei seinen

Besuchen immer abgelehnt und behauptet, Tante Lucy brauche ihn – obwohl das gelogen war. Sie war vor Kurzem im Krankenhaus gewesen, hatte sich aber inzwischen vollständig erholt und war damit beschäftigt, jeden Tag Pickleball mit ihren besten Freundinnen zu spielen und dann drei Abende pro Woche beim Tanzunterricht abzurocken. Den Videos nach zu urteilen, die sie mir schickte, wäre sie im Nullkommanichts bereit für *Let's Dance*.

„Das hatte ich vor, aber sie ist jetzt wieder auf den Beinen und …" Er zuckte die Achseln. „Vielleicht wollte ich einfach nur meine Tochter sehen."

„O-kaaay." Ich hatte den Verdacht, dass er nicht ganz ehrlich war, aber das spielte keine Rolle. Ich war einfach froh, ihn zu sehen. „Komm. Lass uns dein Gepäck in die Gästesuite bringen, und du kannst mir von deinen Plänen erzählen."

„Gästesuite?", fragte er und folgte mir aus der Eingangstür meines kleinen Häuschens. „Du hast hier eine Gästesuite?"

Ich kicherte und winkte mit der Hand in Richtung der zweistöckigen Garage. „Über der Garage ist eine Einzimmerwohnung. Ich dachte, du würdest dich dort wohler fühlen als in Tys Zimmer."

Ty war der Sohn meiner verstorbenen besten Freundin Trish. Er war achtzehn gewesen, als sie bei einem tragischen Autounfall ums Leben kam, und er war kurz darauf bei mir eingezogen. Das war vor vier Jahren gewesen. Derzeit arbeitete er noch in L.A., aber sobald sein Vertrag endete, würde er nach Premonition Pointe ziehen und zumindest vorübergehend wieder bei mir wohnen.

„Das ist sehr praktisch. Dann hast du wohl nichts dagegen, wenn ich eine Weile bleibe?", fragte er beiläufig und machte sich auf den Weg zur Wohnung.

„Eine Weile?", fragte ich und rannte ihm hinterher. „Was meinst du damit?"

„Genau das, was ich gesagt habe. Es macht dir doch nichts aus, oder?"

„Nein." Ich ging ihm voraus die Treppe hinauf und schloss die Tür auf. „Ich habe mich nur gefragt, wie lange ich deine Gesellschaft genießen kann."

Er schnaubte. „Du fragst dich, wann du mich endlich wieder los bist."

Ich starrte ihn ausdruckslos an und kniff dann die Augen zusammen. „Du weißt, dass das nicht stimmt."

„Wenn du das sagst." Er ließ seine Taschen fallen. „Ich packe jetzt aus, und was hältst du davon, wenn ich dann mit meiner Lieblingstochter essen gehe?"

„Ich bin deine einzige Tochter, Dad."

Er zwinkerte. „Soweit du weißt."

Ich konnte nur den Kopf schütteln, als seine Augen glitzerten. „Das ist nicht so lustig, wie du denkst. Aber klar, ich würde gern mit dir zum Abendessen gehen."

„Gut. Gib mir eine Stunde, um mich einzurichten, dann bin ich bereit."

Sein Ton machte mir klar, dass ich gehen konnte. Und welche Antworten ich auch auf die Frage suchte, warum er ohne festes Abreisedatum bei mir aufgetaucht war, mussten warten.

„Klingt gut. Wir sehen uns gleich."

Mein Handy klingelte, als ich wieder ins Haus kam. Ich beeilte mich, es von dort zu holen, wo ich es auf der Theke liegen gelassen hatte, und sah, dass es eine Nummer war, die ich nicht kannte. Ich gab meine Karten oft heraus, also war es nicht ungewöhnlich, dass neue Kunden anriefen. Ich drückte auf „Annehmen" und meldete mich: „Marion Matched. Was kann ich heute für Sie tun?"

„Du kannst deinem feigen Vater sagen, dass ich seinen Mist an den Straßenrand geworfen habe", zeterte eine Frau.

„Candy?", fragte ich mit verwirrt gerunzelter Stirn und hoffte, dass ich den richtigen Namen erwischt hatte.

Soweit ich wusste, war Candy die einzige Frau, mit der mein Vater in letzter Zeit ausgegangen war.

„Er hat in einem Brief mit mir Schluss gemacht. Einem verdammten Brief! Wer macht sowas?"

Es war definitiv Candy. Ich hatte sie nur einmal getroffen, kurz bevor ich nach Premonition Pointe gezogen war, und das war zufällig gewesen. Ich hatte bei meinem Dad vorbeigeschaut und war ihr während ihres *Walk of Shame* begegnet.

Wie ernst war es zwischen ihnen gewesen, dass Candy mich wegen der Art und Weise anrief, wie Dad die Trennung gehandhabt hatte? „Äh … ich bin nicht sicher, ob ich diejenige bin, mit der du darüber reden solltest. Hast du versucht, ihn anzurufen?"

„Memphis leitet meine Anrufe seit gestern direkt auf die Mailbox um. Ehrlich gesagt will ich nicht einmal mit diesem miesen Arsch reden. Sag ihm einfach, wenn er seinen Kram haben will, er steht am Bordstein. Wenn er ihn nicht bis heute Abend abholt, schmeiße ich alles in den Müll."

„Okay. Ich sage ihm Bescheid", erwiderte ich, bemerkte aber, noch während ich es sagte, dass die Leitung bereits tot war. Ich schob mein Handy in die Tasche, verließ das Haus und ging zur Garagenwohnung. Die Tür stand offen, und nachdem ich an den Türrahmen geklopft hatte, spähte ich durch die Fliegengittertür.

„Marion?" Mein Vater blinzelte mich von seinem Platz auf der Couch aus an. „Ist die Stunde schon um?"

Ich betrat den Raum und schüttelte den Kopf. „Nein. Aber ich dachte, du würdest gern wissen, dass Candy mich angerufen hat."

Er stöhnte. „Was wollte sie?"

„Sie sagte, sie hat all die Sachen, die du zurückgelassen hast, draußen am Bordstein abgestellt – und dass sie sie wegwerfen werde, wenn du sie nicht sofort abholst."

„Natürlich." Er verdrehte die Augen. „Ich brauche die zusätzliche Zahnbürste oder die Jogginghose nicht, die wahrscheinlich in ihrer Wäsche war. Ich denke, ich werde klarkommen. Ich kann nicht glauben, dass sie dich wegen ein paar Kleinigkeiten angerufen hat."

„Ich denke, sie wollte jemanden anschreien, da du ohne ein einziges Gespräch den Kontakt abgebrochen hast." Ich machte mir nicht die Mühe, mein Urteil zu verbergen. Als Heiratsvermittlerin waren mir Kommunikation und Ehrlichkeit extrem wichtig. „Du hättest ihr zumindest persönlich sagen können, dass du nicht mehr mit ihr zusammen sein willst."

„Sei nicht böse, Marionberry", sagte er milde. „Wenn du wüsstest, was für einen Mist sie in den letzten Wochen abgezogen hat, würdest du dich fragen, warum ich nicht früher gegangen bin."

„Was hat sie getan? Hat sie erwartet, dass du anrufst, wenn du es versprochen hast?" Die urteilsschwangeren Worte waren aus meinem Mund, bevor mein Verstand meine schnoddrige große Klappe einholte.

Mein Vater presste seine Lippen aufeinander und starrte ausdruckslos an mir vorbei, während er dichtmachte. Seit meine Mutter ihn vor mehr als zwanzig Jahren verlassen hatte, war mein Vater ein Dating-Alptraum gewesen. Er wählte immer Frauen, die vollkommen falsch für ihn waren. Seine Beziehungen waren ein oder zwei Monate lang glühend heiß, und dann gingen sie schließlich in Flammen auf, wenn sie merkten, dass sie nichts gemeinsam hatten. Oder schlimmer noch, wenn die Frau eine echte Bindung wollte. Dad hatte geschworen, nie wieder zu heiraten, und bei dem Tempo, das er vorlegte, war ich sicher, dass er dieses Versprechen halten würde. Und wenn eine Frau mehr von ihm wollte, war sein erster Instinkt, sie zu ignorieren.

„Tut mir leid", murmelte ich. „Das geht mich nichts an."

„Das stimmt. Es geht dich tatsächlich nichts an", sagte er mit leiser und gleichmäßiger Stimme. Es war die Stimme, die er benutzt hatte, wenn ich als Kind in Schwierigkeiten gewesen war. Damals hatte ich alles getan, um wieder in seine Gunst zu kommen. Jetzt ignorierte ich es meistens einfach.

„Bereit fürs Abendessen?"

„Wirst du aufhören, mich wegen meiner Dating-Entscheidungen zu belämmern?", entgegnete er.

„Wahrscheinlich nicht", sagte ich mit einem schiefen Lächeln. „Wenn nicht Tante Lucy oder ich dich herausfordern, wer soll es dann machen?"

Er schnaubte und schüttelte dann mit einem Anflug von Belustigung den Kopf. „Lass uns gehen. Ich habe schon den ganzen Tag Heißhunger auf einen Burger."

Ich hakte mich bei ihm unter. „Perfekt. Ich kenne genau den richtigen Laden dafür."

KAPITEL 3

„Ich habe gute und schlechte Nachrichten", sagte Iris, als sie mein Büro betrat. Die ehemalige Bürgermeisterin trug eine schmal geschnittene, marineblaue Hose und einen passenden Blazer mit einer frischen weißen Bluse darunter. Ihr langes blondes Haar war zu einem ordentlichen Knoten hochgesteckt. Alles, was ihr fehlte, war eine Cateye-Brille, um den heißen Bibliothekarinnen-Look zu vervollständigen.

Ich klickte mich aus der Liste, an der ich für das Gettogether gearbeitet hatte, und widmete ihr meine volle Aufmerksamkeit. „Zuerst die guten Nachrichten."

„Ich habe die Influencerin überzeugt, für drei Monate deine Kundin zu sein", sagte sie und biss sich auf die Unterlippe. Es war eine nervöse Reaktion, die für Iris ungewöhnlich war.

Ich lehnte mich in meinem Stuhl zurück und verschränkte die Finger hinter dem Kopf. „Lass mich raten: Die schlechte Nachricht ist, dass sie zugestimmt hat, aber ein unverschämtes Honorar verlangt?"

„Ja." Iris war niemand, der ein Blatt vor den Mund nahm.

Sie reichte mir den Vertrag, den wir schon aufgesetzt hatten. Er war von der Influencerin unterschrieben, aber die Frau hatte eine zusätzliche Klausel über die Vergütung handschriftlich eingefügt.

Das war keine Überraschung. Ich war es gewohnt, mit Prominenten zu arbeiten.

„Ich bin sicher, wir können jemand anderen finden", sagte Iris, die die Idee offensichtlich schon verworfen hatte. „Vielleicht sollten wir die Idee mit dem Stadtgeizhals weiterverfolgen. Die Leute würden eine gute Geschichte lieben, in der ein Griesgram Liebe findet."

„Behalte das im Hinterkopf", sagte ich, nahm mein Handy und wählte die Nummer auf dem Vertrag.

„Lennon Love", meldete sich die Frau.

Ich unterdrückte ein Kichern. Wie perfekt war es bitte, dass ihr Nachname *Love* war? „Hallo, Miss Love. Marion Matched von der Miss Matched Midlife Dating-Agentur am Apparat."

„Oh, hallo, Miss Matched. Ihr Vorschlag, Ihre Dating-Dienste auszuprobieren, fasziniert mich. Bedeutet Ihr Anruf, dass wir uns einig sind?"

Kein Wunder, dass sie als Social-Media-Persönlichkeit berühmt geworden war. Mir war sofort klar, dass sie vor Charme und Geschäftssinn sprühte. „Ich hoffe, dass das so sein wird, wenn wir mit den Verhandlungen fertig sind."

„Verhandlungen?", wiederholte Lennon, immer noch freundlich, aber mit einem Hauch von Vorsicht. Zweifellos wurde sie mit Angeboten bombardiert, die ihr kein Bargeld einbrachten. „Dafür bin ich offen, aber denken Sie daran, dass ich meinen Wert kenne."

„Das ist ausgezeichnet", sagte ich schmunzelnd. „Es gibt nichts Besseres, als mit einem Profi zusammenzuarbeiten. Hören Sie, ich bin ein ehrlicher Mensch, wenn es darum geht, Geschäftsbeziehungen aufzubauen. Ich verstehe Ihr Honorar vollkommen, und nachdem ich Ihre Plattform überprüft habe, bin ich sicher, dass Sie jeden Cent wert sind. Aber ich habe mich gefragt, ob Sie bereit wären, dieses Honorar zu reduzieren, wenn ich Ihnen Tandy Knight vorstellen könnte."

Am anderen Ende der Leitung folgte eine lange Pause – da wusste ich, dass ich einen wunden Punkt getroffen hatte.

„Tandy Knight?", fragte sie schließlich. „Die Schöpferin von *Witch Upon a Star, Small Town Spells* und *The Wicked West?*"

„Genau die", bestätigte ich. „Wie Sie sicher wissen, hat sie einen riesigen Vertrag mit ParaStream. Ich weiß zufällig, dass sie gerade an einer neuen Show arbeitet, in der es um Hexen geht, die zu aufstrebenden Social-Media-Stars werden. Ich bin sicher, sie würde Sie gern kennenlernen."

Lennon räusperte sich. „Das klingt nach etwas, das mich interessieren würde, aber woher weiß ich, dass ich ein echtes Treffen bekomme und nicht nur eine Einladung zu einer Hollywood-Party, an der Tandy vielleicht teilnimmt oder auch nicht?"

Ich hätte fast gekichert. Sie hatte in Hollywood offensichtlich schon mehr als genug Mist erlebt. „Das passiert ziemlich oft, oder?"

„Ständig. Also entschuldigen Sie meine Direktheit, Miss Matched, aber ich arbeite nicht umsonst oder für leere Versprechungen."

„Ich liebe Frauen, die ihren Wert kennen", sagte ich. „Keine Sorge. Ich will nicht, dass Sie umsonst für mich arbeiten. Ich möchte nur einen reduzierten Preis im Austausch für ein offizielles Treffen mit Tandy."

Es folgte eine weitere lange Pause. „Wie genau können Sie mir ein Treffen mit Tandy Knight versprechen?"

„Das ist vertraulich", sagte ich, denn ich wollte nicht preisgeben, dass ich Tandy vor ein paar Jahren mit der Liebe ihres Lebens zusammengebracht hatte. Es war nicht leicht gewesen, und wäre ich nicht hartnäckig geblieben, würden die beiden immer noch wie Schiffe in der Nacht aneinander vorbei schippern. Tandy war so dankbar gewesen, dass sie mich zu einem privaten Abendessen eingeladen hatte – und danach wurden wir beste Freundinnen. Die Art von Freundinnen, die sich jeden Tag schreiben. Und Tandy hatte schon Interesse an einem Treffen mit der Influencerin bekundet, als ich ihr von Iris' Plan erzählt hatte.

„Ich bin bereit, eine Klausel einzufügen, die besagt, dass ich Ihr reguläres Honorar zahle, wenn das Treffen nicht innerhalb von neunzig Tagen nach Vertragsunterzeichnung stattfindet."

„Im Ernst?", fragte Lennon verblüfft.

„Im Ernst. Haben wir einen Deal?"

„Ja." Es gab nicht einmal die geringste Andeutung eines Zögerns – bemerkenswert, da ich ihr nicht einmal gesagt hatte, wie viel ich als ermäßigtes Honorar zu zahlen bereit war. Aber ich wusste, dass ein Treffen mit der angesagtesten Produzentin des angesagtesten neuen Streaming-Service zu verlockend wäre, um es sich entgehen zu lassen.

„Ausgezeichnet. Ich werde meine Büroleiterin bitten, Sie in Kürze anzurufen, um die letzten Details zu klären. Und, Lennon?"

„Ja?"

„Ich freue mich darauf, Sie kennenzulernen."

„Ich mich auch", sagte sie und klang ein bisschen beeindruckt vom Gesprächsverlauf.

Nachdem ich das Gespräch beendet hatte, wandte ich mich Iris zu. „Sieht so aus, als wäre das Problem gelöst. Kannst du sie zurückrufen, um die Vertragsänderungen durchzusprechen?"

„Natürlich." Sie machte sich eine Notiz. „Wie viel ist ein Treffen mit Tandy wert?"

„Wahrscheinlich mehr als ihr gesamtes Honorar. Vor allem,

wenn das Treffen so verläuft, wie ich es mir vorstelle. Biete ihr fünfzig Prozent des verlangten Honorars an. Wenn sie verhandelt, kannst du bis auf sechzig hochgehen."

„Wird gemacht." Iris schüttelte den Kopf und lachte leise. „Ich habe keine Ahnung, warum du mich eingestellt hast. Du hast das ganz offensichtlich im Griff."

Ich warf ihr einen Seitenblick zu. „Komm schon, Iris. Tu nicht so, als könnte ich das alles allein machen. Du weißt, dass ich dich brauche."

„Vielleicht für den Papierkram", räumte sie ein. „Aber eine Frau, die Tandy Knight in ihrer Kurzwahlliste hat, hat wahrscheinlich bessere Kontakte als die ehemalige Bürgermeisterin einer Kleinstadt."

„Du kennst jeden in dieser Stadt und hast dir den Arsch aufgerissen, um mein Geschäft in weniger als sechs Monaten zum Laufen zu bringen. Glaub mir, du bist die richtige Frau für den Job."

„Nun, das ist gut, denn du hast mich auf absehbare Zeit an der Backe", sagte Iris schließlich lächelnd und zog sich dann an ihren Schreibtisch zurück, um den Anruf zu tätigen.

Eine Stunde später, nachdem der Vertrag unterschrieben war, stand Iris an meinem Schreibtisch und sagte: „Komm. Ich lade dich zum Mittagessen ein, bevor du es wieder vergisst."

„Da kann ich nicht Nein sagen. Worauf hast du Lust?"

„Was hältst du von überbackenen Krabbenbrötchen?", fragte sie und ging schon zur Tür.

„Ich liebe diese Dinger."

„Perfekt. Ich weiß, wo es die besten gibt." Iris rauschte aus dem Büro, ohne sich auch nur einmal umzudrehen, um sich zu versichern, dass ich ihr folgte.

Kichernd schnappte ich mir meine Schlüssel, schloss ab und folgte ihr auf den Bürgersteig. Es war Mitte Januar, aber es war ein herrlicher, sonniger Tag. Es war selten, aber

Premonition Pointe hatte im Januar und Februar manchmal warme Tage. Das war eines der Dinge, die ich an dieser Stadt liebte. Ich wandte mein Gesicht der Sonne zu, lächelte über die Wärme auf meiner Haut und sagte: „Okay. Wohin?"

„Siehst du den Imbisswagen dort drüben?" Sie zeigte über den Platz auf einen silbernen Wagen, der auf einem Parkplatz mit Blick auf den Pazifik stand.

„Du bringst mich zu einem Imbisswagen?", fragte ich mit einem Kichern.

„Nicht zu irgendeinem Imbisswagen. Zum verdammt besten Imbisswagen im ganzen Staat."

„Im ganzen Staat?", fragte ich amüsiert. „Wer sagt das?"

„Ich. Jetzt komm, bevor die Schlange eine Meile lang wird."

Und tatsächlich, als wir den Wagen erreichten, begann sich die Schlange um den Parkplatz zu winden.

„Iris, Marion!", rief Grace Valentine von einem Picknicktisch am Wasser. „Ist das Wetter heute nicht herrlich?"

Wir gingen zu ihrem Tisch und nickten beide.

Als sie aufstand, umarmte ich sie kurz. Iris tat es auch, aber sie grüßte nur schnell und entschuldigte sich, um sich wieder in die Schlange zu stellen. Ich wollte ihr folgen, aber sie winkte ab und bedeutete mir, bei Grace zu bleiben. „Es hat keinen Sinn, wenn wir uns beide die Beine in den Bauch stehen", sagte sie. „Ich mach' das schon. Leiste du Grace Gesellschaft."

„Das nächste Mal hole ich das Mittagessen", versicherte ich ihr, setzte mich dann Grace gegenüber und fragte: „Heute keine Hausbesichtigungen?"

„Heute Nachmittag habe ich eine. Es ist ein Spukhaus, das dürfte also interessant werden. Hoffentlich ist der Käufer nicht von der nervösen Sorte. Ich komme gerade von einem Abschluss und habe angehalten, um was zu essen. Und das gerade rechtzeitig. Wäre ich fünf Minuten später gekommen, wäre ich mit Iris ganz hinten in der Schlange. Ich kann nicht glauben, wie beliebt der Truck in nur einer Woche geworden ist."

„Premonition Pointe ist eine kleine Stadt. Nichts bleibt hier lange ein Geheimnis", sagte ich.

Grace blickte über meine Schulter und hob eine Augenbraue. „Das dachte ich auch, aber jetzt fange ich an, das in Frage zu stellen."

Was meinte sie damit? Ich runzelte die Stirn und blickte dann über die Schulter. Meine Augen weiteten sich, als ich Jax Williams, meine Highschool-Liebe, auf uns zukommen sah.

„Das ist mein Stichwort", sagte Grace mit einem leichten Kichern. „Ich glaube, ich gehe Iris helfen."

„Womit willst du ihr helfen? Zwei Sandwiches und Getränke schafft sie sicher auch allein", sagte ich und beäugte sie argwöhnisch.

„Ich kann dem Käsekuchen am Stiel nicht widerstehen", sagte sie und wedelte mit den Fingern, während sie sich beeilte, Iris zu finden, die immer noch in der Schlange stand.

„Marion", sagte Jax mit seinem unbeschwerten Lächeln. „Sieht aus, als wäre die ganze Stadt gekommen, um die überbackenen Krabbenbrötchen zu probieren."

„Scheint so", sagte ich und konnte die Schmetterlinge in meinem Bauch nicht unterdrücken. Verdammt! Warum hatte er nach all den Jahren immer noch diese Wirkung auf mich?

Er rutschte mir gegenüber auf die Bank und grinste.

„Warum siehst du mich so an?", fragte ich und kniff misstrauisch die Augen zusammen.

Seine dunklen Augen leuchteten amüsiert auf, als er lachte. „Immer noch dieselbe Marion. Schön zu wissen, dass sich manche Dinge nie wirklich ändern."

Manche Dinge änderten sich. Etwa die Tatsache, dass ich mir mit achtzehn Jahren sicher gewesen war, dass Jax meine Zukunft war. Aber dann war er aufs College gegangen, und es war zu schwer gewesen, zusammenzubleiben. Ganz zu schweigen davon, dass ich im Grunde immer gewusst hatte, dass unsere Beziehung nicht für die Ewigkeit bestimmt war.

Meine Gabe, Menschen zu verkuppeln, war auch mein Fluch. Ich konnte immer erkennen, wenn zwei Menschen perfekt zueinanderpassten, indem ich ihre Auren las. Wenn zwei Seelen füreinander bestimmt waren, nahm ihre Energie eine tiefviolette Farbe an. Es war ein Gefühl absoluter Richtigkeit – ein Zustand, in dem alles an seinem Platz war. Es bedeutete Geborgenheit, Ruhe und eine Art stilles Wissen, dass das Universum gesprochen hatte.

Wenn Jax und ich zusammen waren, war seine Aura tiefrot. Zwischen uns hatte es immer Leidenschaft gegeben, eine Intensität, die bis ins Mark ging. Doch diese violette, Alles-ist-im-Gleichgewicht-Aura hatte ich nie gesehen.

Als ich jünger war, dachte ich, Leidenschaft würde ausreichen, um eine Beziehung am Leben zu halten. Jetzt, mit mehr Erfahrung, wusste ich, dass das nicht stimmte. Mehr als alles andere wollte ich, dass Jax ein glückliches, erfülltes Leben führte – nicht eines, das ständig am Rande der Implosion stand.

Ich hatte diese tiefviolette Aura gesehen, als er mit seiner Ex-Frau zusammen gewesen war. Ich wusste nicht, was zwischen ihnen vorgefallen war, aber ich war sicher, dass sie viele gute Jahre miteinander gehabt hatten. Manchmal war das eben so. Zwei Menschen waren perfekt füreinander, doch das Leben veränderte sie – und damit die Beziehung. Die Zeit konnte eine harte Lehrmeisterin sein, wenn Menschen sich weiterentwickelten. *Für immer* war nicht immer *für immer*, sosehr ich mir das auch wünschte.

Was auch immer der Grund für ihre Scheidung war – Jax verdiente es, diese Art von Liebe wieder zu erleben. Aber nicht mit mir.

Ich räusperte mich und antwortete ihm schließlich. „Was meinst du mit, manche Dinge ändern sich nie wirklich?"

„Dich. Ich schwöre, du siehst kaum älter aus als achtzehn." Er zwinkerte und schenkte mir dieses umwerfende Lächeln, bei dem das Grübchen auf seiner rechten Wange zum Vorschein kam.

Meine Güte. Konnte der Mann noch attraktiver werden? Ich versuchte zu verbergen, wie sehr mich sein Charme berührte, und verdrehte die Augen. „Bitte. Die Krähenfüße um meine Augen erzählen eine ganz andere Geschichte."

Er kniff die Augen zusammen, als wollte er nach besagten Krähenfüßen suchen, dann schüttelte er den Kopf. „Nein. Muss Einbildung sein. Ich sehe nur eine wunderschöne Frau, die unmöglich in meinem Abschlussjahrgang gewesen sein kann."

„Du solltest dringend deinen Optiker aufsuchen", sagte ich trocken. „Entweder brauchst du eine Brille oder du bist ein unverbesserlicher Flirter."

„Wahrscheinlich beides." Seine Schultern waren entspannt, doch seine normalerweise blassgelbe Aura begann, einen warmen Orangeton anzunehmen. Ich wusste aus Erfahrung, dass sie umso dunkler werden würde, je länger wir redeten – bis seine Energie schließlich tiefrot leuchtete.

Ich seufzte innerlich. Es würde wahrscheinlich nie einen Tag geben, an dem wir uns nicht zueinander hingezogen fühlten. Könnte ich meine eigene Aura sehen, wäre sie mit Sicherheit schon kirschrot.

Ich wollte diesen Mann. Ich hatte ihn immer gewollt.

Wenn ich nachts die Augen schloss, war er es, der mir in den Sinn kam. Selbst nach all den Jahren konnte ich noch immer seine Berührung spüren, seine Lippen, seinen Körper über meinem, genau wie in diesem einen Sommer nach unserem Abschluss. Unsere Körper riefen einfach nacheinander. Das war schon immer so gewesen.

Jax betrachtete mich nachdenklich. Dann sagte er: „Geh heute Abend mit mir aus."

Seine Einladung erwischte mich eiskalt, und ich blinzelte ihn nur eine Sekunde lang an.

Er lachte. „Ich liebe es, dass ich immer noch diese Wirkung auf dich habe."

„Und du leidest immer noch nicht unter mangelndem Selbstbewusstsein, wie ich sehe", bemerkte ich, meine Stimme frei von jeglichem Urteil, während ich ihn anlächelte. Wie könnte ich ihn auch nicht anlächeln? Der Mann ging mir einfach unter die Haut, wie es noch nie jemand zuvor getan hatte.

„Einfach ehrlich. Was sagst du dazu?" Er beugte sich vor, sein Blick fest auf mich gerichtet. „Ein Spaziergang am Strand bei Sonnenuntergang und danach Abendessen? Da ist dieses neue Farm-to-Table-Restaurant in der Stadt."

Ich wollte so gern Ja sagen. Ich war Single. Er war Single. Nur, weil wir nicht Seelenverwandte waren, hieß das nicht, dass wir keine Zeit miteinander verbringen konnten. Ich hatte mich schon fast dazu überredet, das Angebot anzunehmen, als eine große Blondine an unseren Tisch trat und Jax eine Hand auf die Schulter legte.

„Hey, Jax." Sie lächelte ihn an, und ihre Aura nahm rasch einen dunklen Violettton an.

Er legte seine Hand auf ihre und erwiderte das Lächeln, während seine Aura von einem Rotton zu einem hellen Blau wechselte. „Bethany. Ich wusste nicht, dass du schon wieder in der Stadt bist."

„Ich bin erst vor ein paar Stunden zurückgekommen." Sie drückte seine Hand. „Danke, dass du während meiner Abwesenheit nach Boots gesehen hast. Ich schätze, du hast ein paar schöne Stunden mit ihm verbracht, da er nicht versucht hat, mir die Augen auszukratzen, weil ich tagelang weg war."

„Ich habe ein paar Abende mit ihm auf dem Sofa gesessen und *Yellowstone* geschaut", sagte Jax, und sein Grübchen blitzte ihr entgegen.

Mein Magen zog sich unangenehm zusammen, als seine Aura schnell diese tiefviolette Farbe annahm. Es bestand kein Zweifel – die beiden waren perfekt füreinander.

Wenn ich eine bessere Frau wäre, hätte ich Jax vorgeschlagen, Bethany in das neue Farm-to-Table-Restaurant einzuladen. Stattdessen saß ich schweigend da und wusste, dass der einzige Mann, den ich je gewollt hatte, für diese wunderschöne Blondine bestimmt war.

„Ich komme später auf den Drink vorbei, den du mir schuldest", sagte Jax und ließ schließlich ihre Hand los.

„Mach das." Sie beugte sich hinunter und küsste seine Wange. Als sie sich wieder aufrichtete, sah sie mich fast erschrocken an. „Tut mir leid. Wie unhöflich von mir." Sie streckte ihre Hand aus. „Ich bin Bethany Olsen, Jax' Nachbarin."

„Hi, Bethany", sagte ich höflich. „Ich bin Marion Matched. Jax und ich sind zusammen auf die Highschool gegangen."

„*Marion Matched?*", fragte sie, und ihre Augen leuchteten vor Begeisterung. „Die Heiratsvermittlerin, richtig?"

„Das bin ich", sagte ich und schenkte ihr meine volle Aufmerksamkeit – genau in dem Moment, als Celia aus dem Nichts auftauchte.

„Oh, das ist interessant", sagte der Geist und rieb sich fröhlich die Hände. „Meine erste Aufgabe. Ihr beide seht aus, als könntet ihr ein bisschen Hilfe in der Beziehungsanbahnung gebrauchen."

„Meinst du?", fragte Bethany, und ihre Augen leuchteten auf, als sie Jax ansah.

Jax sah aus wie das sprichwörtliche Kaninchen vor der Schlange.

Ich räusperte mich. „Celia, wir mischen uns nicht ein, es sei denn, die Leute bitten uns darum. Das ist dir doch klar, oder?"

Celia verdrehte die Augen, legte die Hände auf ihre Rippen, um ihre Brüste nach oben zu schieben, und stellte ihre Attribute ohne ersichtlichen Grund zur Schau. „Natürlich weiß ich das, aber es ist schwer, all dieses Talent für mich zu behalten."

Jax und Bethany drehten sich gleichzeitig um und starrten den Geist an. Bethany neigte den Kopf zur Seite und musterte sie. „Kenne ich dich von irgendwoher?"

Celia straffte ihre Schultern und warf ihr langes blondes Haar über eine Schulter. „Du kennst mich wahrscheinlich aus meiner Zeit im Fernsehen."

Ich konnte mein Lachen kaum unterdrücken.

Bethanys Augen leuchteten auf. „Das ist es! Du warst in dieser Sitcom über die reiche Familie, die alles verliert und ein Motel in einer Kleinstadt erbt. Irgendwas mit *Creek*, oder? Ich liebe dieses Vater-Sohn-Duo einfach. Im Ernst, die beste Show im Fernsehen."

Celias Lächeln wurde unecht, als sie mit einer Schulter zuckte und sagte: „Meine Rolle war ziemlich klein, also habe ich nicht viel Zeit mit den Hauptdarstellern verbracht."

Eher *gar keine* Zeit. Celia war nicht in dieser Erfolgsserie. Sie war in *keiner* Serie gewesen, obwohl sie sicherlich für viele vorgesprochen hatte.

„Das ist schade", sagte Bethany. „Aber trotzdem muss das die Erfahrung deines Lebens gewesen sein."

Bevor sie antworten konnte, mischte sich Jax ein. „Warst du nicht das Gesicht von *Unicorn Lube*?"

Bethany blinzelte.

Celias Gesicht wurde knallrot, und ich wunderte mich

einen Moment lang darüber, wie ein Geist es schaffte, rot zu werden. „Das war ein Einsteigerjob."

„Sicher", sagte Jax ernst. „Du musst viel geübt haben, um diese Bewegung aus dem Handgelenk perfekt zu beherrschen. Nicht jeder kann einen Dildo so perfekt mit glitzerndem Gleitmittel einreiben." Er grinste sie verschmitzt an. „Ich habe gehört, ihre Umsätze haben sich verdreifacht, nachdem dein Werbespot ausgestrahlt wurde. Männer überall wollten ihre Schwänze glitzern sehen."

Ich konnte nicht anders – ich prustete vor Lachen, und einen Moment später schnappte ich nach Luft und versuchte, meine Lungen wieder mit Sauerstoff zu füllen, während ich so lachte, dass mir die Seiten wehtaten.

Jax lachte mit, während Bethany leicht verwirrt dreinblickte und fragte: „*Unicorn Lube*? Willst du damit sagen, dass jemand Gleitgel verkauft, das tatsächlich glitzert? Und Männer kaufen das?"

„Natürlich tun sie das", sagte Celia hochmütig. „Wenn sie glauben, dass sie jemanden wie mich damit heiß machen können, würden sie alles auf ihre Kronjuwelen schmieren."

Ihre Bemerkung brachte mich nur noch mehr zum Lachen, bis mir schließlich die Tränen die Wangen hinunterliefen.

Celia schnaubte. „Rutsch mir doch den Buckel runter!" Dann erhob sich der Geist von seinem Platz am Tisch und folgte einem Mann, der in einen Neoprenanzug gekleidet war, dessen Oberteil um die Hüfte geknotet war, und der mit einem Surfbrett zum Strand hinunterging.

Ich betete innerlich, dass sie nicht versuchte, ihn zu ertränken, nur um ein Date zu bekommen.

„Oh. Na ja, was auch immer funktioniert." Bethany wandte sich Jax zu. „Gehst du Freitagabend zu Marions Get-together?"

„Ich hatte nicht wirklich –", begann Jax.

„Das tut er", warf ich ein, da ich die perfekte Gelegenheit

sah, die beiden zu verkuppeln – auch, wenn ich Celia gerade gesagt hatte, dass wir das nur für zahlende Kunden taten. Es war einfach nicht zu leugnen, dass sie ein großartiges Paar wären. Der Gedanke tat mir im Herzen weh, aber es war besser so.

Er hob eine Augenbraue, als er mich anstarrte. „Ich?"

„Ja, du", sagte ich und hob mein Kinn. „Du wirst die Gründung des neuen Unternehmens einer alten Freundin unterstützen."

Er hielt meinen Blick einen langen Moment fest, bevor er nickte und sich zu Bethany umdrehte. „Sieht so aus, als ob ich da sein werde."

„Großartig!" Sie beugte sich vor und gab ihm noch einen Kuss auf die Wange. „Vielleicht können wir zusammen hingehen."

„Vielleicht. Ich muss nachsehen, wie mein Terminplan an dem Tag aussieht", sagte er und klang mehr als nur zögerlich.

„Perfekt. Schreib mir einfach", sagte Bethany, offensichtlich zufrieden mit sich selbst. Sie wandte sich mir zu und fügte hinzu: „Ich hatte sowieso vor, zu deiner Party zu kommen, aber jetzt freue ich mich noch mehr darauf." Sie zwinkerte Jax zu, wedelte mit den Fingern und schlenderte dann zur Schlange vor dem Imbisswagen.

„Ich werde nicht mit ihr ausgehen", sagte Jax, sobald sie außer Hörweite war.

„Warum nicht?", fragte ich spitz. „Sie ist perfekt für dich. Du solltest sie heute Abend zum Essen einladen."

„Heißt das, dass ich noch nichts vorhabe?"

Ich nickte, weil ich wusste, dass es das Richtige war.

„Dann wärme ich mir heute Abend Reste auf. Sie erinnert mich zu sehr an meine Ex-Frau." Er griff über den Tisch und nahm meine Hand in seine. Mit seinem Daumen strich er sanft über meinen Handrücken und fügte hinzu: „Außerdem habe ich ein Auge auf jemand anderen geworfen."

„Jax", seufzte ich.

Doch bevor ich die Worte fand, um ihn zu entmutigen, stand er auf und sagte: „Du kannst dagegen ankämpfen, so viel du willst, Marion Matched, aber eines Tages wirst du erkennen, dass Auren nicht immer alle Antworten haben. Du warst immer für mich bestimmt. Ich weiß es – und du weißt es auch. Ich glaube, vielleicht bist du einfach ein bisschen zu ängstlich, um es zuzugeben."

Ich starrte ihn an, mein Herz schlug schneller, als er sich umdrehte und hinter der Menge verschwand, die immer noch in der Schlange für ihr Mittagessen stand.

„Whoa", sagte Iris.

Ich blickte auf und sah, wie meine Büroleiterin sich Luft zufächelte. Sie hatte zwei Pappteller auf den Tisch gestellt und grinste über das ganze Gesicht. „Wenn das nicht wie für einen Liebesroman gemacht war, dann weiß ich auch nicht."

Ich stöhnte, sah auf die käsetriefenden Krabbenbrötchen und stöhnte erneut. Das würde mir ganz sicher nicht helfen, die zusätzlichen zwanzig Pfund loszuwerden, die ich mit mir herumschleppte. Aber in diesem Moment gab es kein Zurück mehr. Ich nahm mir einen der Teller, ignorierte jedes schlechte Gewissen, das versuchte, den Tag zu übernehmen, und genehmigte mir einen köstlichen Bissen. Mit meiner Diät würde ich morgen anfangen.

KAPITEL 4

*J*ch saß draußen auf der Veranda, nippte an einem Glas Eistee und ging die Details für das Gettogether am nächsten Abend durch. Es war eine gute Woche gewesen. Ich hatte ein halbes Dutzend neuer Kunden angeworben, die kommen würden, um die Influencerin kennenzulernen. Wenn alles gut ging, würde ich ein paar vielversprechende mögliche Partner für sie haben.

Und vielleicht eine Partnerin für Jax.

Es kam nicht selten vor, dass ich gleich beim ersten Vorschlag einen Volltreffer landete – aber es war auch keine Selbstverständlichkeit.

Jax hatte in einer Sache recht: Die Aura verriet nicht immer die ganze Geschichte. Die Auren zweier Menschen konnten tiefviolett sein, aber trotzdem konnte es Probleme geben, die verhinderten, dass sie zusammenkamen. Dinge wie die Frage „Kinder oder keine Kinder?" waren ein großes Thema. Manchmal spielte auch Religion eine Rolle. Dann gab es noch andere Unterschiede – wie die Frau, die ihr Leben lang so viel wie möglich reisen wollte, und der Mann, den ich ihr vermittelt hatte, der seine kleine Stadt gleich außerhalb von Santa Barbara nie verlassen wollte. Sie mussten sich über die grundlegenden Dinge einig sein, bevor sie sich auf ein gemeinsames Leben einließen.

Ich strich mit dem Finger über den Rand meines Glases und versuchte, nicht daran zu denken, wie Jax mich angesehen hatte. Da war Hunger gewesen – aber es war nicht diese Art von Blick, der mir sagte, dass er mich mit nach Hause nehmen und mir die Kleider vom Leib reißen wollte. Damit hätte ich umgehen können. Aber nein, er hatte mich angesehen, als wollte er mich mit nach Hause nehmen und mich dort behalten. Als wollte er mich auf jeder Ebene ganz für sich – nicht nur körperlich.

Verdammt, wenn ich das nicht auch wollte. Aber was würde passieren, wenn das Feuer irgendwann erlosch? Jax war mir zu wichtig. Er war immer derjenige gewesen, der mir durch die Finger gerutscht war. Und ehrlich gesagt, es gefiel mir so. Die Hoffnung auf eine Zukunft mit jemandem, der mir wirklich etwas bedeutete, war immer da – gerade außer Reichweite, aber nie unmöglich. Wenn ich nachgab und wir dieser Sache zwischen uns eine Chance gaben und es nicht klappte, hätte ich nicht einmal das. Dann müsste ich mich der Möglichkeit stellen, dass ich nie mein Happy End bekommen würde.

„Marion!", rief eine Frau.

Ich blickte auf und sah Tazia Bellini, eine Frau, die eher im Alter meines Vaters als in meinem eigenen war, den Weg zu meiner Veranda hinaufschlendern. Ihr kastanienbraunes Haar war zu einem unordentlichen Knoten hochgesteckt, und sie trug ein locker sitzendes Sommerkleid. Ihr ganzes Erscheinungsbild – zusammen mit dem Bündel Sonnenblumen, das sie in ihrer rechten Hand hielt – erweckte den Eindruck, als käme sie direkt aus den späten Sechzigern.

„Tazia." Ich stand auf und ging die Stufen hinunter, um sie zu begrüßen. „Du bist wieder da! Wie war die Reise nach Neuengland?"

„Wunderbar. Ich habe meine Enkelkinder besucht und mich dann mit einer alten Freundin getroffen. Wir sind in die Stadt gefahren und haben uns ein paar Broadway-Shows angesehen. Ich habe mir den Hintern abgefroren, aber es hat sich gelohnt." Sie reichte mir das Bündel Sonnenblumen. „Die sind für dich, frisch aus meinem Gewächshaus."

„Danke." Ich nahm die Blumen und umarmte sie. Tazia wohnte ein paar Straßen weiter. Ich hatte sie kurz nach meinem Einzug kennengelernt, als ich eines Abends spazieren gegangen war, und wir waren schnell Freundinnen geworden. Ihre große Leidenschaft war das Gärtnern, und sie verbrachte die meiste Zeit draußen oder in ihrem Gewächshaus. Sie brachte mir ständig Blumensträuße vorbei, was mich sie nur noch mehr lieben ließ.

„Komm mit auf die Veranda und trink ein Glas Wein mit mir", sagte ich und winkte sie zu mir.

„Das klingt nach einer tollen Idee."

Ich ließ sie auf einem meiner Stühle auf der Veranda zurück, während ich ins Haus ging, um die Blumen ins Wasser zu stellen und ihr ein Glas Wein einzuschenken. Als ich zurückkam, hörte ich das tiefe Lachen meines Vaters. Die beiden saßen nebeneinander, die Köpfe zusammengesteckt, während sie auf etwas auf Tazias Handy starrten.

„Hey, Dad", sagte ich, als ich Tazia ihr Glas Wein reichte. „Willst du auch was trinken?"

Er betrachtete Tazias Glas einen Moment lang, schüttelte dann aber den Kopf. „Nein, das sollte ich lieber nicht. Ich gehe zu einem Pokerspiel unten im *Pelican*. Ich möchte zumindest für die ersten paar Hände einen klaren Kopf behalten." Er stand auf und schob die Hände in die Taschen. „Es war schön, dich kennenzulernen, Tazia."

„Hat mich auch gefreut, Memphis." Tazia lächelte ihn sanft an, und plötzlich verschmolz ihre Aura mit der meines Vaters. Sie waren beide in Hellblau getaucht gewesen, doch als sie sich ansahen, verdunkelten sich ihre Auren, und es war fast so, als hätte die Welt aufgehört, sich zu drehen. Magie lag in der Luft und knisterte über meine Haut – und ich wusste ohne Zweifel, dass Tazia und mein Vater füreinander bestimmt waren.

Freude huschte in mein Herz. Tazia war fantastisch. Sie war genau die Art von Frau, die perfekt für ihn war – humorvoll, unabhängig, klug und die netteste Person, die ich seit Langem getroffen hatte.

Nachdem das Auto meines Vaters um die Ecke verschwunden war, drehte ich mich zu Tazia um. „Bist du morgen Abend beschäftigt?"

Sie schüttelte den Kopf. „Was hast du vor?"

„Die Launch-Party für *Miss Matched*. Ich würde mich freuen, wenn du kommen könntest."

Tazia kniff die Augen zusammen. „Versuchst du, mir ein Date zu finden?"

„Nein", sagte ich und schüttelte den Kopf. Ich hatte ihr Date längst gefunden. Jetzt musste ich nur noch einen Weg finden, die beiden dazu zu bringen, Zeit miteinander zu verbringen. „Ich dachte nur, es wäre schön, ein vertrautes Gesicht dazuhaben."

Sie entspannte die Schultern und lehnte sich in ihrem Stuhl zurück. „Wenn das so ist, würde ich es um nichts in der Welt verpassen."

~

Ich stand in der Nähe der vorderen Fenster des *Witches'
Garden* und ließ meinen Blick über die Menge schweifen.
Lennon Love stand in einer Ecke mit Bodhi Bliss, einem
anderen Social-Media-Influencer, auf den ich gestoßen war,
als ich über Lennon recherchiert hatte. Er war vor einigen
Jahren, direkt nach dem College, ihr Freund und
Geschäftspartner gewesen. Das Geschäft war gescheitert – und
damit auch die Beziehung. Normalerweise würde ich nicht
aktiv versuchen, eine meiner Klientinnen mit einer früheren
Liebschaft zu verkuppeln, aber da das Internet ein Paradies für
zweite Chancen auf Liebe ist, ergriff ich die Gelegenheit.

Überraschenderweise hatten die beiden nicht nur violette
Auren, wenn sie zusammen waren, sondern konnten auch ihre
Augen nicht voneinander lassen. Es gab keinen Zweifel: Bodhi
war der Richtige für Lennon.

Ich lächelte in mich hinein. Das würde ein großer Hit in
den Social Media werden.

Der Laden füllte sich langsam, also machte ich meine
Runde und entdeckte Bethany, die mit einem Künstler aus der
Gegend plauderte. Er stellte seine Bilder in einer Galerie aus.
Obwohl sie sich gut zu amüsieren schienen, zeigten ihre
Auren, dass sie nicht zusammenpassten. Ich war ein bisschen
enttäuscht, als mir bewusst wurde, dass ich insgeheim hoffte,
jemanden für sie zu finden – nur damit ich sie nicht mit Jax
verkuppeln musste.

„Reiß dich zusammen, Marion", schalt ich mich und
schlängelte mich weiter durch meine Gäste.

Als ich meinen Dad an einem Tisch im hinteren Teil des
Raumes Hof halten sah, war ich nicht überrascht, dass keine
der Frauen an seinem Tisch die Richtige für ihn war. Die
Farben ihrer Auren kollidierten, was darauf hindeutete, dass
Dates mit ihnen ein einziges Desaster werden würden. Aber
wenn sich die Geschichte wiederholte, würde er zweifellos

mindestens drei von ihnen für ein paar Wochen daten, bevor diese oberflächlichen Beziehungen in Flammen aufgingen.

„Okay, Boss, ich bin da", sagte Celia, die aus dem Nichts im Restaurant auftauchte. „Was soll ich machen?"

„Du bist spät dran", bemerkte ich trocken.

„Woher soll ich wissen, wann es Zeit ist?", fragte sie genervt. „Es ist ja nicht so, als hätte ich eine Uhr – oder auch nur eine Wanduhr gegenüber meiner nicht vorhandenen Couch. Weißt du, wie schwer es ist, im Jenseits die Zeit zu messen?"

Ich blinzelte sie an. „Nein."

„Dann danke deinem Glücksstern. Es ist scheiße." Sie ließ ihren Blick durch den Raum schweifen und grinste. „Das ist mal eine Party. Dieses Internet-Mädchen hat die Mädels angelockt. Wenn du das nur für mich auch tun könntest."

Wieder einmal ignorierte ich ihren Kommentar und sagte: „Du musst Tazia finden und sie zum Tisch meines Vaters bringen. Denkst du, du schaffst das?"

„Ja, Ma'am. Bin schon dabei." Sie strich über ihr Kleid, als wollte sie es von nicht vorhandenen Falten befreien, und ging dann mit einem strahlenden Lächeln in die entgegengesetzte Richtung.

Ich ließ meinen Blick erneut durch den Raum schweifen und fand Lennon, die fröhlich mit einer Gruppe von Männern und Frauen plauderte. Gut. Je mehr Leute sie traf, desto besser.

Wo waren Celia und Tazia? Ah, da waren sie. Celia hüpfte neben Tazia her und plapperte fröhlich über – hatte sie gerade imitiert, wie zwei Leute miteinander …? Ich starrte auf ihre Hände – und ja, sie machte tatsächlich das universelle Zeichen für … Sie wissen schon. Ich biss die Zähne zusammen und ging zu ihnen hinüber.

„Celia? Was habe ich über unangemessenes Verhalten gesagt?"

Der Geist lächelte mich unschuldig an. „Ich habe Tazia nur eine Geschichte erzählt. Du brauchst nicht ‚Der Teufel trägt Prada' raushängen zu lassen."

„Die – was? Ich weiß nicht, was das bedeutet", sagte ich stirnrunzelnd.

Tazia lachte. „Es bedeutet nur, dass sie will, dass du dich ein bisschen entspannst."

„Später ist reichlich Zeit dazu. Jetzt müssen wir ein paar Paare zusammenbringen." Ich wandte mich wieder meiner Geisterassistentin zu. „Kannst du Sara Groveland ein paar anderen Männern vorstellen? Ich weiß schon, dass sie nicht die Richtige für meinen Dad ist." Ich deutete auf seinen Tisch und die zierliche Brünette, die links von ihm saß.

Tazia lächelt mich an. „Ich weiß, was du tust."

Ich warf ihr den unschuldigsten Blick zu, den ich aufbringen konnte. „Ich habe keine Ahnung, wovon du redest."

„Natürlich nicht." Trotzdem folgte sie Celia und setzte sich auf Saras Stuhl. Es dauerte nicht lange, bis sie ihre Hand auf die meines Vaters legte und über etwas lachte, das er gesagt hatte.

Perfekt. Wenn die Götter auf meiner Seite waren, würde Tazia meinen Vater bezaubern, und wenn ich sie zu einem Mini-Date schickte, hätte er nichts dagegen.

Ich warf einen Blick zur Tür und suchte dann den Raum nach Jax ab. Es war nicht das erste Mal, dass ich nach ihm Ausschau hielt, und es würde nicht das letzte Mal sein. Das Get-together hatte vor 45 Minuten angefangen, und ich fing an, mich zu fragen, ob er überhaupt auftauchen würde.

„Schau", sagte Iris, als sie neben mir erschien und mich am Arm anstieß.

Ich folgte ihrem Blick und sah, wie Celia Sara einem zwanzig Jahre jüngeren Mann vorstellte. Bain, dem Musiker.

Wenn ich mich nicht täuschte, war er vor einem Monat gerade vierzig geworden.

„Was in aller Welt macht Celia?"

„Ihren Job?", fragte Iris mit einem Grinsen.

„Im Ernst? Sie ist eine Babyboomerin, er ein Millennial. Das ist eine schreckliche Kombination."

„Wahrscheinlich nicht im Schlafzimmer", sagte Iris mit einem Kichern.

„O mein Gott! Celia hat auf dich abgefärbt, oder?", wollte ich wissen.

Iris schüttelte belustigt den Kopf. „Komm schon, Marion. Entspann dich ein bisschen. Sie ist eine junge Babyboomerin, und er steht wahrscheinlich an der Schwelle zu Generation X. Außerdem ist doch nichts falsch daran, mit einem Typen auszugehen, der ein bisschen Energie hat, oder?"

„Nein, aber …" Ich kniff die Augen zusammen. Wurden ihre Auren violett? Während ich sie anstarrte, bemerkte ich, dass Celia weg war, aber Lennon Love kam dazu – und plötzlich sprühten die Funken zwischen dem Musiker und der Influencerin. Meine Nerven beruhigten sich, und Celias Mätzchen schienen keine Rolle mehr zu spielen. Ich hatte Bain speziell rekrutiert, um ihn Lennon vorzustellen. Und mein Bauchgefühl hatte es gewusst, bevor ich die beiden überhaupt zusammen gesehen hatte. Manchmal musste ich einfach nur einen Schritt zurücktreten und warten, bis die Magie passierte. Bei zwei wirklich tollen Optionen war es schwer zu sagen, für wen sie sich entscheiden würde, aber ich wusste, wem ich die Daumen drückte. Ich war schon immer ein Fan von zweiten Chancen für die Liebe.

Jetzt musste ich nur noch jemanden finden, der altersmäßig zu Sara passte. Zufrieden mit mir selbst schnappte ich mir ein Champagnerglas von einem der Kellner, aber kaum hatte ich einen Schluck getrunken, brach die Hölle los.

KAPITEL 5

„*E*ine Penispumpe!", schrie eine Frau, gefolgt von: „Was zum Teufel ist das für eine Dating-Agentur, die einen Kunden annimmt, dessen Ausrüstung nicht funktioniert?"

„Penispumpe?", wiederholte jemand überrascht. „Wer benutzt denn eine Penispumpe? Etwa der alte Typ mit dem Geist?"

Mein Kopf schoss herum – und ich sah einen großen, weißhaarigen Mann, der an der Tür stand. Celia stand neben ihm und funkelte die Person an, die seine sexuellen Fähigkeiten infrage gestellt hatte. „Nehmen Sie das sofort zurück! Sir Vincent hat sicherlich keine Probleme mit seinem Penis." Sie ließ ihren Blick über ihn gleiten. „Oder?"

Er lächelte sie langsam an – und schüttelte dann den Kopf.

Gute Göttin! Celia war ja beschäftigt gewesen. Wann hatte sie Zeit gefunden, einen Mann aufzutreiben? Ich blinzelte ihn an – und bemerkte, dass seine Haut irgendwie durchscheinend wirkte. Dann traf es mich wie ein Schlag.

Er war ein Geist!

Das erklärte zumindest, warum ich ihn nicht erkannt hatte. Ich fragte mich einen Moment lang, woher er kam, bis jemand anderes rief: „Nein, nicht er. Die Penispumpe gehört Memphis!"

Die Frau, die die Worte zuerst herausgeplatzt hatte, sprang von ihrem Platz am Tisch meines Vaters auf und zeigte mit dem Finger auf ihn. Ihr blond gefärbtes Haar war ihr in die Augen gefallen, und sie strich es hastig zur Seite, während sie ihr Handy hochhielt, als könnte jeder auf dem kleinen Bildschirm erkennen, was sie da gerade sah.

„Was?!" Mein Dad schoss so abrupt in die Höhe, dass er seinen Stuhl umwarf. „Ich weiß nicht einmal, was eine Penispumpe ist!"

„Bitte. Es steht hier auf deiner Facebook-Seite", sagte die Blondine und tippte hektisch auf ihrem Handy herum.

„Einen Moment", sagte ich, eilte auf den Tumult zu und winkte mit den Händen, als ich endlich aus der Schockstarre erwachte. „Wovon reden Sie?"

Blondie hielt mir ihr Handy entgegen. „Sehen Sie? Videos von Penispumpen und Natursekt. Ganz zu schweigen von Stringtangas und Analkugeln."

„Das klingt nach Spaß", sagte eine kleinere Frau mit dickem Eyeliner und einem auffällig bedruckten Kleid – und grinste meinen Vater verschmitzt an.

Er schauderte sichtlich.

„Was in aller Welt?", murmelte ich, nahm der Frau das Handy aus der Hand und scrollte durch die Facebook-Seite meines Vaters. „Candy", keuchte ich, als wäre ihr Name ein Fluch. „Sie ist diejenige, die diesen Mist auf deiner Seite gepostet hat, Dad. Und sie hat auch noch ein paar Leute getaggt. Sieht aus, als wären das alles deine und ihre gemeinsamen Freunde."

„Scheiße", knurrte mein Vater, atmete dann tief durch und versuchte, sich zu beruhigen.

„Ich glaube nicht, dass ich mit einem Dating-Service in Verbindung gebracht werden kann, der Perverse als Vermittlungskandidaten anbietet", sagte eine Frau hinter mir spitz.

Als ich mich umdrehte, erhaschte ich nur einen flüchtigen Blick auf einen türkisblauen Rock, während eine Frau schnellen Schrittes Richtung Haustür eilte.

Ich drehte mich wieder zur Menge um, hob die Arme und gestikulierte, um alle zur Ruhe zu bringen. Ich war entschlossen, diese Situation in den Griff zu bekommen.

Aber bevor mich jemand bemerkte, rief mein Vater: „Wenn bitte alle zuhören würden!" Er versuchte, auf den Tisch vor sich zu klettern, doch als dieser unter ihm nachgab, schrie er auf und fiel nach vorn – direkt in die Frau mit dem grell bedruckten Kleid, die Interesse an ihm gezeigt hatte. Sie stolperte zurück, prallte gegen mich und riss uns beide samt dem Tisch hinter uns zu Boden.

Ein lauter Knall ließ meine Ohren klingeln, und für einen Moment konnte ich nichts hören. Die Frau rollte sich von mir herunter, rappelte sich auf und rannte durch die Menge. Mir war die Luft aus den Lungen gewichen, und mit entsetztem Blick sah ich, wie die umgekippte Kerze vom Tisch rollte – und mit einem Zischen die Tischdecke in Brand setzte!

Einige Gäste schrien auf, und plötzlich geriet alles in Bewegung. Die Leute strömten panisch zur Eingangstür, doch die Menge staute sich an der Eingangstür, als alle versuchten, sich gleichzeitig hinauszudrängen.

„Marion, beweg dich!", befahl mein Vater, zog mich auf die Füße und packte mich am Ellbogen, um mich zum Seitenausgang zu führen.

„Ich muss dafür sorgen, dass alle rauskommen!",

protestierte ich, unfähig und unwillig, das Gebäude zu verlassen, solange meine Gäste noch drin waren. Das Feuer breitete sich schnell auf den umgestürzten Tisch aus, und mir dämmerte, dass der Alkohol den Flammen zusätzlich Nahrung gab. Panisch sah ich mich um – hatte mir der Manager nicht gezeigt, wo die Feuerlöscher waren, als wir die Besichtigung gemacht hatten?

Da! Gleich neben der Küchentür. Genau da, wo sie immer sind.

Ich rannte schnurstracks darauf zu und ignorierte die eindringliche Aufforderung meines Vaters, das Gebäude zu verlassen. „Bring du die Leute durch den Seitenausgang nach draußen!", rief ich ihm zu.

Er runzelte die Stirn, nickte dann aber und setzte sich sofort in Bewegung.

Der Feuerlöscher war genau dort, wo er sein sollte. Mit zitternden Händen riss ich den Sicherungsstift heraus, wodurch das Siegel brach. Als ich mich dem Feuer näherte, begannen meine Augen vom Rauch zu brennen, und meine Lunge protestierte. Ich zog schnell mein Top über den Mund und richtete den Feuerlöscher auf die Flammen. Ein Schwall Schaum ging darauf hernieder und erstickte einen Teil des Feuers, doch es war schnell klar, dass ich mit einem einzigen Feuerlöscher nicht viel ausrichten konnte.

Der Rauch wurde dichter, füllte den Raum und trieb mir Tränen in die Augen. Mir blieb keine andere Wahl, als das Gebäude zu verlassen. Ich drehte mich um, suchte nach dem Seitenausgang – und stellte entsetzt fest, dass ich nicht genau wusste, wo ich war.

Der Rauch war zu dick.

Ich ließ mich auf die Knie fallen, kniff die Augen zusammen und versuchte, mich zu orientieren. Doch bevor ich mich auch nur einen Zentimeter bewegen konnte, spürte ich plötzlich einen starken Arm um meine Taille. Ein Mann in gelber Feuerwehrmontur hob mich mühelos hoch und warf mich über seine Schulter.

Ich klammerte mich an ihn und atmete tief ein – Erleichterung durchströmte mich. „Bitte sorgen Sie dafür, dass alle anderen rauskommen!", flehte ich.

„Dein Dad hat das schon im Griff", sagte er ruhig mit einer vertrauten Stimme.

Trotz der Panik und des Lärms um mich herum hätte ich diese Stimme überall erkannt.

Jax Williams.

Ich schloss die Augen und hielt ihn fester. So erschüttert ich von der ganzen Situation war – mir war durchaus bewusst, dass der einzige Mann, den ich je geliebt hatte, mich gerade aus einem brennenden Gebäude gerettet hatte.

Es war wie in einem Liebesroman.

Obwohl ich wusste, dass Jax freiwilliger Feuerwehrmann war und hier nur seinen Job machte, erlaubte ich mir einen Moment lang, mir vorzustellen, er sei in das Restaurant gestürmt, um die Liebe seines Lebens zu retten.

Ein Mädchen darf träumen, oder?

„Was zum Henker hast du dir dabei gedacht?!", fuhr Jax mich an, als er mich auf der Ladefläche seines Pickups absetzte.

Ich setzte mich langsam auf und starrte ihn einfach nur an. Sein hübsches Gesicht verschwamm etwas vor meinen Augen, während der Schock und die letzten Adrenalinstöße langsam nachließen. Die Realität holte mich ein.

Rauch quoll aus dem Restaurant, Blaulichter flackerten in der Nacht, und Sirenen zerrissen die angespannte Stille. Einsatzfahrzeuge fuhren auf den Parkplatz, ihre Lichter spiegelten sich auf dem Asphalt. Ich blinzelte und versuchte, an dem Polizeiauto vorbeizusehen, das direkt neben uns gehalten hatte.

In der Ferne hörte ich Dads Stimme – er war dabei, die Gäste vom Gebäude wegzuführen. Ein Teil meiner Anspannung löste sich. Er war in Sicherheit.

„Marion!", wiederholte Jax eindringlich. „Hast du gehört, was ich gesagt habe?"

Ich nickte langsam, doch statt seine Frage zu beantworten, fiel mein Blick auf den Einsatzwagen der Feuerwehr von Premonition Pointe.

„Wie bist du so schnell hierhergekommen?", fragte ich leise.

„Ich war schon auf dem Weg hierher, um wie versprochen vorbeizuschauen, als der Notruf kam", erklärte er und richtete sich auf. „Ich habe nicht auf den Rest der Einheit gewartet."

Er ließ den Blick über die Szene gleiten, dann fügte er hinzu: „Ich muss mit dem Einsatzleiter sprechen. Warte hier auf mich."

Kopfschüttelnd stieß ich mich von der Ladefläche ab und sagte: „Ich muss nach meinen Gästen sehen."

„Du musst auf einen Sanitäter warten." Jax hob mich sanft hoch und setzte mich wieder auf die Ladefläche. „Mit Rauchvergiftung ist nicht zu spaßen. Versprich mir, dass du hier bleibst, während ich einen Sanitäter suche."

Ich war mir nicht sicher, ob ich stillsitzen konnte. Nicht ohne ihn als Ablenkung. Aber ich nickte trotzdem, denn ich wusste, dass er, wenn ich ablehnte, jemanden finden würde, der auf mich aufpasste, während er sich um seine Angelegenheiten kümmerte.

„Versprich mir, dass du hier bleibst, bis ein Sanitäter dich untersucht hat", wiederholte er, und seine dunklen Augen suchten meine.

Wie hätte ich ihm irgendwas abschlagen können? Das hatte ich noch nie gekonnt. Ich nickte, griff nach seiner Hand und drückte sie. „Danke für ..." Ich schluckte schwer. „Einfach danke."

Jax sagte kein Wort. Er zog mich einfach in eine feste Umarmung, presste seine Lippen auf meinen Kopf und sagte mit rauer Stimme: „Ich weiß nicht, was ich getan hätte, wenn dir was passiert wäre."

Ich sah ihn an. So viele unausgesprochene Worte lagen zwischen uns. Bedauern, Sehnsucht, Erleichterung. Doch bevor ich etwas sagen konnte, ließ er mich los und ging auf den Einsatzleiter zu, der schon auf ihn wartete.

Unterwegs wurde er von Bethany abgefangen. Ihre panische Stimme drang zu mir herüber. „Oh, Jax! Gott sei Dank geht's dir gut. Ich wusste nicht, wo du warst, und hatte solche Angst, dass du noch in diesem Inferno gefangen bist."

Inferno? Ich warf einen Blick auf das Restaurant. Feuerwehrleute eilten hinein. Eine Menge Rauch quoll heraus, aber das Gebäude stand noch. Zumindest vorerst. Ihre übertriebene Sorge ging mir auf die Nerven. Er war bei der Freiwilligen Feuerwehr. Jax konnte im Notfall auf sich selbst aufpassen.

Jax sagte etwas zu Bethany, das ich nicht verstand, und ging dann weiter, um mit dem Einsatzleiter zu sprechen.

Einen Moment später tauchte der Sanitäter auf. Er führte eine Reihe von Untersuchungen durch und stellte fest, dass ich keine weitere medizinische Versorgung brauchte. Allerdings warnte er mich, sofort meinen Arzt zu kontaktieren, falls ich Husten oder Kopfschmerzen bekam oder mich kurzatmig fühlte. Ich versprach, das zu tun, und richtete dann schließlich meine Aufmerksamkeit auf das halbe Dutzend Streifenwagen, die vor dem Restaurant geparkt waren.

„Marion!", rief Iris, als sie mich entdeckte. „Den Göttern sei Dank! Da bist du ja!" Sie zog mich in eine Umarmung. „Ich habe mir solche Sorgen gemacht, als wir dich nicht aus dem

Restaurant kommen sahen. Aber die Feuerwehrleute sagten, es sei niemand mehr im Gebäude, also begannen wir uns zu fragen, ob diese Arschlöcher dich entführt haben oder so."

Ich runzelte verwirrt die Stirn. „Welche Arschlöcher?"

„Die, die diese Nachricht auf deinem Auto hinterlassen haben. Hast du sie nicht gesehen?"

Ich schüttelte langsam den Kopf. „Nein." Dann drehte ich mich um und entdeckte meinen weißen SUV, der unter einer Straßenlaterne geparkt war. Alles schien in Ordnung zu sein. Nicht einmal der Aufkleber „Miss Matched Midlife Dating-Agentur", den ich letzten Monat hatte anbringen lassen, war beschädigt. Stirnrunzelnd sagte ich: „Ich sehe nichts Ungewöhnliches."

Iris folgte meinem Blick und stieß dann einen kleinen Seufzer aus. „Oh nein. Wenn das nicht dein Auto ist, dann muss es Lennons sein." Sie deutete hinter mich.

Ich drehte mich um und entdeckte einen anderen weißen, wenn auch etwas kleineren SUV mit demselben „Miss Matched"-Aufkleber, der Teil unserer Vertragsvereinbarung gewesen war.

Die Botschaft war unmissverständlich.

Geh dorthin zurück, wo du hergekommen bist, Schlampe!

KAPITEL 6

„O mein Gott!", keuchte ich mit weit aufgerissenen Augen und einem mulmigen Gefühl im Magen, wissend, dass eine meiner Klientinnen bei einer meiner Veranstaltungen ins Visier genommen worden war. „Wo ist Lennon?"

„Da drüben." Iris nickte in Richtung der Ersthelfer, die am Eingang des Restaurants standen.

Die hinreißende Influencerin hielt Jax' Arm fest, während sie eindringlich mit einem der Polizisten sprach. Es war klar, dass sie ihr Auto schon gesehen hatte.

„Es tut mir leid", sagte Iris, als sie neben mir hereilte. „Ich habe mir solche Sorgen um dich gemacht, dass ich völlig vergessen hatte, dass wir Aufkleber für Lennons Auto ausgehandelt hatten, ganz zu schweigen von der Tatsache, dass sie einen weißen SUV hat. Mir hätte klar sein müssen, dass das Auto unserer prominenten Kundin gehört."

„Nein, mach dir keine Sorgen", sagte ich und hörte die Erschöpfung in meiner eigenen Stimme. Es war eine höllische Nacht gewesen, und es schien, als wäre sie noch lange nicht vorbei. „Wenn ich nicht wüsste, wo ich geparkt habe, hätte ich ihr Auto auch leicht mit meinem verwechseln können. Lass uns einfach nachsehen, ob es ihr gut geht."

Iris hielt mit meinen schnellen Schritten mit und sprach als Erste, als wir Lennon erreichten. „Lennon, geht's dir gut? Was können wir für dich tun?"

Lennon sah Iris und dann mich an. „Ich würde lügen, wenn ich sagen würde, dass mich das nicht erschüttert, aber wenn man eine Person des öffentlichen Lebens ist, passiert sowas manchmal."

Es war nicht viel Aufwand nötig, um herauszufinden, wo Lennon an diesem Abend sein würde. Sie hatte schon auf ihren Social-Media-Accounts über die Dates gepostet und dass sie heute Abend auf einer Party sein würde. Sie war vage gewesen, wo die Party stattfinden würde, aber Premonition Pointe war eine kleine Strandstadt. Wenn jemand ein ganzes Restaurant für den Abend mietete, blieb das nicht unbemerkt.

„Es tut mir so leid, dass das passiert ist", sagte ich und drückte ihre Hand. Ich wandte mich dem Polizisten zu, der neben ihr stand, und sagte: „Ich bin sicher, die Restaurantbesitzer haben Überwachungsaufnahmen. Hat sie schon jemand angerufen?"

„Wir sind dran, Mrs. Matched."

„Miss", sagte ich automatisch, obwohl es kaum eine Rolle spielte. Aber da es im Namen meines Unternehmens stand, korrigierte ich jeden, der die andere Anrede verwendete.

„Gut. Nun, Miss Matched, wir werden allem nachgehen, um den Täter zu finden. In der Zwischenzeit müssen wir Ihnen einige Fragen zu dem Vorfall im Restaurant stellen."

Ich schauderte. „Natürlich."

Wir traten von Iris und Lennon weg und gesellten uns zum Einsatzleiter der Feuerwehr. Ich tat mein Bestes, um ihre Fragen zu beantworten, wie das Feuer ausgebrochen war. Als ich alle Fragen beantwortet hatte, versicherten sie mir, dass es zwar eine Untersuchung geben werde, der Brand aber bisher als verrückter Unfall eingestuft würde.

Verrückt. Sicher. Wenn ich nur nicht darauf bestanden hätte, echte Kerzen zu verwenden, wäre das alles nicht passiert. Aber nein, ich war zu sehr darauf bedacht gewesen, für eine romantische Atmosphäre zu sorgen. Wie hätte ich vorhersehen sollen, dass mein eigener Vater auf einen Tisch klettern würde? Es war kein Junggesellinnenabschied, um Himmels willen! Es war ein Get-together gewesen, bei dem ich beobachtet hatte, wer gut zusammenpassen könnte, damit ich ein paar Dates in die Wege leiten konnte.

„Marion!", rief Bellatrix Malone, die Besitzerin des Witches' Garden, als sie auf mich zueilte. „Ist alles in Ordnung? Niemand wurde verletzt, oder?"

Ich schüttelte den Kopf. „Nein. Allen geht's gut. Ich kann mich gar nicht genug entschuldigen."

„Ich weiß, Liebes", sagte die Frau und ergriff meine Hände. „Es ist okay. Wir sind versichert. Solange niemand verletzt wurde, ist das das Wichtigste. Ich hoffe nur, dass der Schaden nicht zu groß ist."

„Das hoffe ich auch."

Bellatrix wurde weggerufen, um mit den Rettungskräften zu sprechen, und ich stand da und starrte ihr nach. Wenn ich ein Restaurant besäße und meine Kunden es aus Versehen fast abgefackelt hätten, wäre ich bestimmt nicht annähernd so freundlich gewesen. Aber sobald sie herausfand, dass mein Vater schuld war, würde ihr Verständnis wahrscheinlich der Vergangenheit angehören.

„Ich denke nur, ich sollte es für eine Weile runterfahren", sagte Lennon, als ich wieder zu ihr und Iris zurückkehrte. „Mein Leben so offen zu leben, bringt mir nur das ein." Sie gestikulierte angewidert mit der Hand in Richtung ihres

Autos. „Was passiert als Nächstes? Sie tauchen bei mir zu Hause auf? Ich war viel zu offen über zu viel, findest du nicht?", fragte sie Iris.

Iris begegnete meinem Blick, ihr Gesichtsausdruck wie das Kaninchen vor der Schlange. Zweifellos war sie nicht sicher, was sie der Influencerin sagen sollte.

Ich räusperte mich und wartete darauf, dass Lennon ihre Aufmerksamkeit mir zuwandte. „Du musst tun, was du kannst, um für deine Sicherheit zu sorgen."

Lennon stieß einen Seufzer aus und sah extrem erleichtert aus. „Ich bin so froh, dass du das sagst. Denn ich glaube, ich muss meinen Account sperren, bis derjenige, der das getan hat, geschnappt ist. Ich bin einfach zu exponiert."

„Sie hat einen Vertrag, oder?", sagte Celia, die wieder aus dem Nichts auftauchte.

„Celia!", ermahnte ich sie. „Jetzt ist nicht der richtige Zeitpunkt."

„Das würde ich auch sagen", sagte Lennon in kaltem Ton.

„Ich meine nur, dass man sich an sein Wort halten sollten, das ist alles", sagte Celia und warf mir einen eindringlichen Blick zu, bevor sie davonschwebte. Ich fragte mich kurz, was das sollte, verdrängte es aber schnell, als ich meine Aufmerksamkeit wieder Lennon zuwandte. Sie hatte die Arme vor der Brust verschränkt und starrte uns finster an.

Das war's. Damit war jede Hoffnung dahin, mit Lennons Posts über ihre Dating-Erfahrungen mit meiner Agentur einen riesigen Interneterfolg zu landen. Es war nicht so, dass ich ihr einen Vorwurf daraus machte. Wenn ich befürchtete, dass jemand es auf mich abgesehen hatte, würde ich dasselbe tun. Aber ich hatte einen großen Teil meines Marketingbudgets für ihr Honorar ausgegeben. Und jetzt würde das nicht die Rendite bringen, die ich mir erhofft hatte.

„Es tut mir leid, Marion", sagte Lennon mit Endgültigkeit

im Ton. „Ich kann jetzt nicht das Gesicht von Miss Matched sein. Nicht nach alldem." Ihr Blick fiel auf ihr Fahrzeug, und ich konnte nicht widersprechen.

„Ich verstehe. Bitte, mach' dir keine Sorgen." Ich war enttäuscht, aber letztendlich war ihre Sicherheit das Wichtigste.

„Was ist mit all deinen anderen Markendeals?", fragte Iris sie. „Ich möchte nicht, dass du deine Haupteinnahmequelle aufgibst, nur weil irgend so ein Arschloch versucht, dir Angst zu machen."

„Er hat es nicht nur versucht. Er hat es geschafft", sagte sie leise.

Mein Herz begann, um ihretwillen zu schmerzen. „Lennon, ich –"

Ich wollte gerade etwas Unterstützendes sagen und sie wissen lassen, dass ich hinter ihr stand, ganz gleich, was sie brauchte, doch Jax erschien neben mir und sagte: „Der Einsatzleiter hat grünes Licht gegeben. Alle können nach Hause gehen. Braucht jemand eine Mitfahrgelegenheit?"

„Ja", sagte Lennon und sah ihn mit Interesse in ihren leuchtend grünen Augen an.

Jax' Blick glitt über sie, und ich musste mich zurückhalten, um nicht meinen Arm um ihn zu legen, als würde ich ihn für mich beanspruchen. Meine einzige Rettung war, dass ihre Auren überhaupt nicht zueinanderpassten. Jax' war von einem beruhigenden Blau, während Lennons von einem rötlichen Orange war, was auf eine gewisse Anspannung hindeutete. Das war normal. Aber die beiden Auren schienen aufeinanderzuprallen, anstatt miteinander zu verschmelzen, wie es normalerweise der Fall war, wenn zwei Menschen gut zueinanderpassten.

„Hi, ich bin Lennon", sagte die zierliche Brünette und streckte ihm ihre Hand entgegen.

Er nahm sie und schenkte ihr sein Grübchenlächeln. Obwohl ich wusste, dass Jax nicht an ihr interessiert war, hasste ich diesen Austausch trotzdem. Ich fing an, dieses Grübchen als meins zu betrachten. „Jax Williams. Nett, dich kennenzulernen."

„Es ist immer schön, einen Mann in Uniform kennenzulernen", sagte sie und klimperte mit ihren langen Wimpern.

Ich verschluckte mich an meiner Spucke und beugte mich hustend vornüber.

„Marion, geht's dir gut?", fragte Jax und legte mir die Hand auf den Rücken.

„Ja", sagte ich und holte Luft. „Mir ist nur was in den falschen Hals gerutscht. Ich komm' schon klar."

„Dein Gesicht ist knallrot. Vielleicht solltest du dich kurz hinsetzen." Angesichts der Sorge in seinem Ton wollte ich tun, was er verlangte, aber ich schüttelte nur den Kopf und richtete mich auf.

„Schon okay. Mir geht's wirklich gut", sagte ich, obwohl es mir alles andere als gut ging. Die Ereignisse der Nacht schwirrten mir durch den Kopf. Ich musste einfach, was auch immer ich noch hier erledigen musste, hinter mich bringen, damit ich nach Hause gehen und mich sammeln konnte.

„Es ist ein Glück, dass du aufgetaucht bist", sagte Lennon und wandte ihre Aufmerksamkeit wieder Jax zu. „Wer weiß, wie schlimm das Feuer ohne dich noch geworden wäre." Sie lächelte ihn süß an. „Bist du zufällig vorbeigefahren und hast den Tumult gesehen?"

„Nein", sagte Jax und klang abgelenkt, während er mich weiter beobachtete. „Ich war auf dem Weg zum Get-together."

„Oh", sagte sie, und ihre Augenbrauen schossen fast bis zu ihrem Haaransatz hoch. „Das ist interessant." Sie tippte mit dem Finger gegen ihre Lippen. „Das ist einfach zu gut. Ich kann meine Social-Media-Konten jetzt nicht dichtmachen. Meine Fans werden darüber ausflippen."

„Worüber?", fragte ich und schüttelte mich aus meiner unangebrachten Eifersuchtsstarre.

„Meine Möglichkeiten. Im Ernst! Wenn ich über die drei Männer poste, die ich für ein Probedate ausgewählt habe, werden sie ausflippen. Ich meine, komm schon. Meine Optionen sind ein Ex-Freund, ein Feuerwehrmann und ein Musiker? Das ist der Stoff, aus dem romantische Klischees gemacht sind. Meine Fans werden total darauf abfahren."

Bain, Bodhi und … Jax? Bain und Bodhi passten perfekt, aber nicht Jax. Wäre sie eine andere Klientin gewesen, hätte ich versucht, sie zu jemand anderem als Jax zu lenken, aber da er derjenige zu sein schien, der geholfen hatte, ihre Meinung zu ändern, konnte ich das nicht. Nicht, wenn das bedeutete, dass unsere Partnerschaft nicht vorbei war. „Also wirst du dich nicht aus dem Influencer-Geschäft zurückziehen?", hakte ich nach und fragte mich, ob das eine gute Idee war.

„Nein. Ich poste einfach erst nach jedem Date, damit niemand weiß, wo ich sein werde. In der Zwischenzeit werde ich mir eine Wohnung zur Kurzzeitmiete suchen oder bei einer Freundin wohnen, damit mir niemand von zu Hause aus folgen kann." Sie lächelte glücklich und strahlte dann Jax an. „Ich kann mein Date mit dir kaum erwarten. Ich war noch nie mit einem Feuerwehrmann aus."

„Date?", fragte Jax, doch sein Blick war auf mich gerichtet. Er trat einen Schritt näher an mich heran und neigte den Kopf, um zu flüstern: „Ich habe nie zugestimmt, auf irgendwelche Dates zu gehen. Du hast doch nicht gedacht, dass ich einer deiner Kunden werden würde, oder?"

Ich schüttelte schnell den Kopf. „Natürlich nicht." Obwohl ich ihn mit der Idee eingeladen hatte, ihn mit jemandem zu verkuppeln. Möglicherweise mit Bethany, aber nur, wenn er dazu bereit war. „Entschuldige uns einen Moment, Lennon", sagte ich und zog ihn ein paar Meter weg, wo wir uns unterhalten konnten, ohne dass jemand zuhörte.

„Was genau geht hier vor, Marion?", fragte Jax und kniff misstrauisch die Augen zusammen. „Versuchst du ernsthaft, mich mit einer Social-Media-Berühmtheit zu verkuppeln?"

„Nein!" Verdammt! Das war überhaupt nicht das, was ich wollte. „Ich schwöre, ich hatte nie die Absicht, dich mit ihr zu verkuppeln." Das war die Wahrheit. Jax war nicht der Typ, der sein Leben im Internet zur Schau stellte. Außerdem passten ihre Auren nicht einmal ansatzweise zusammen. „Ich habe dich eingeladen, weil ich dachte, es könnte eine lustige Veranstaltung werden."

„Nein, hast du nicht. Du hattest vielleicht nicht vor, mich mit Miss Love da drüben zu verkuppeln, aber ich bin sicher, du hattest vor, mich mit jemandem zu verkuppeln, nur nicht mit dir. Habe ich recht?"

Es hatte keinen Sinn, ihn anzulügen. Jax würde mich durchschauen. Das hatte er schon immer. „Okay, ja. Ich dachte, du könntest jemanden treffen, der besser zu dir passt als ich. Oder dich entscheiden, Bethany eine Chance zu geben. Ist es so falsch, dich glücklich sehen zu wollen?"

Er schloss die Augen und schüttelte langsam den Kopf. „Du verstehst es nicht, oder? Ich bin glücklich, Marion. Ich liebe mein Leben. Trotz deines Geschäfts musst du wissen, dass nicht jeder einen Partner braucht, um glücklich zu sein, oder?"

„Natürlich weiß ich das. Ich habe keinen und bin glücklich!", schrie ich ihn fast an.

Er sah mich ausdruckslos an. „Wenn du meinst."

„Arschloch", murmelte ich.

Jax lachte. „Da ist sie wieder. Ich habe diese temperamentvolle Seite an dir vermisst."

Ich konnte mir ein Kichern nicht verkneifen. Wie konnte er

es nur schaffen, mich immer zum Lachen zu bringen, selbst wenn mein Tag beschissen und ich wütend auf die Welt war? Meine Schultern sackten herab, als ich meinen Stolz hinunterschluckte und ihm die Entschuldigung gab, die er verdiente. „Es tut mir leid, dass" – ich winkte in Richtung des Restaurants – „du weißt schon, dass ich versucht habe, dir ein Date zu suchen, obwohl du meine Hilfe offensichtlich nicht brauchst."

Er warf einen Blick über die Schulter zu Lennon. „Du hast recht. Ich brauche deine Hilfe nicht, aber es sieht so aus, als ob du meine brauchen könntest."

Verdammt! „Ja. Ich könnte deine Hilfe wirklich gebrauchen. Wenn Lennon ihre Social Media-Konten auf ‚privat' umstellt, geht mein gesamter Marketingplan für die Einführung der Agentur den Bach runter."

Er nickte. „Okay, dann gehe ich mit ihr aus." Seine Lippen verzogen sich zu einem schiefen Lächeln. „Aber nur unter einer Bedingung."

Ich zog eine Augenbraue hoch und wartete.

„Du musst mit mir zu Abend essen."

„Jax", sagte ich seufzend. „Willst du mich wirklich so dazu bringen, mit dir auszugehen?"

Sein Lächeln verschwand, als er den Kopf schüttelte. „Nein. Fuck!" Er fuhr sich mit der Hand durch die dunklen Locken. „Also gut. Mach dir keine Gedanken. Ich gehe mit der Internetkönigin aus, aber nur einmal. Dann bin ich raus."

Ich starrte ihn einen Moment sprachlos an. Schließlich fragte ich: „Warum?"

„Du weißt warum, Marion." Dann drehte er sich um und ging.

Ohne nachzudenken, streckte ich die Hand aus, packte ihn am Handgelenk und hielt ihn davon ab.

Er blieb stehen und sah mich an.

„Okay. Dienstagabend habe ich Zeit." Die Wahrheit war, dass ich in der kommenden Woche jeden Abend Zeit hatte, aber ich brauchte ein paar Tage, um mich auf ein Date vorzubereiten. Ich musste sehen, ob ich einen Termin im Spa bekommen und was zum Anziehen finden konnte, das mich nicht aussehen ließ, als hätte ich mich in eine Wurstpelle gezwängt. Die letzten Jahre hatten meiner Taille nicht gutgetan.

Er verzog die Lippen und ließ mich dieses Grübchen sehen. „Ich hole dich um sechs ab."

Ich nickte und hielt mein Lachen zurück. Sechs Uhr. Mann, wir waren alt geworden! Damals, als wir in der Highschool zusammen waren, galt acht Uhr als früh.

Ich sah ihm nach, als er zu Lennon zurückging. Er schenkte ihr ein unbeschwertes Lächeln, aber es war nicht dasselbe, das er anscheinend für mich reservierte. Das Lächeln, das er ihr schenkte, war freundlich. Das Lächeln, das er mir schenkte, war normalerweise sexy und übermütig. Dieses Lächeln hatte mir damals eine Menge Ärger eingebracht. Zweifellos konnte es das immer noch.

„Oh, den Göttern sei Dank", sagte Iris, als sie zu mir eilte.

Jax begleitete Lennon zu seinem Truck. Sie hing an seinem Arm, aber Jax sah sie nicht an. Er beobachtete mich. Als sich unsere Blicke begegneten, lief mir ein Schauer der Vorfreude über den Rücken. Meine Güte, ich wollte diesen Mann. Ich riss meinen Blick los und konzentrierte mich auf Iris.

„Nun. Das ist interessant, nicht wahr?" Ihre Augen funkelten amüsiert.

„Ich weiß nicht, wovon du redest", sagte ich mit einem gleichgültigen Achselzucken.

„Natürlich nicht." Mit einem Grinsen machte sie sich eine Notiz in dem kleinen Notizbuch, das sie immer mit sich herumtrug.

„Was hast du gerade aufgeschrieben?", wollte ich wissen.

„Nur, dass Jax Williams vergeben ist", sagte sie in sachlichem Ton.

„Nein, ist er nicht", beharrte ich. „Wir sind nur alte Freunde."

„Ich glaube dir, dass ihr alte Freunde seid, aber da gibt es kein *nur*. Dieser Mann will dich. Und wenn man bedenkt, dass du aussiehst, als wolltest du Lennon die Augen auskratzen, lehne ich mich einfach mal aus dem Fenster und sage, dass du ihn auch willst."

Warum muss mir heute Abend jeder meine Sache mit Jax aufs Brot schmieren? „Okay. Das tue ich. Aber wir gehen nicht miteinander aus, und er ist nicht vergeben. Wir passen nicht gut zusammen."

„Wem zufolge?", fragte sie. „Dir?"

„Ja, mir. Wem sonst?"

„Ich weiß nicht. Ich dachte wohl, Heiratsvermittlerin zu sein, ist so ähnlich wie Therapeutin zu sein. Niemand sollte sich selbst diagnostizieren."

„Du willst damit sagen, dass ich nicht gut beurteilen kann, mit wem ich ausgehen sollte?", fragte ich ein wenig beleidigt.

„Nein, nein", kicherte sie. „Ich meinte nur, dass eine Meinung von außen manchmal nützlich sein kann. So ähnlich wie wenn man sich eine zweite Meinung zu einem Badeanzug einholt."

Ich stöhnte. „Das hast du nicht gerade gesagt. Gott sei Dank ist es Januar, und ich muss nicht so bald versuchen, diesen Körper in einen Badeanzug zu zwängen."

Iris lachte laut auf. „Du siehst toll aus. Jetzt lass uns hier verschwinden. Mit den Folgen hier können wir uns morgen auseinandersetzen."

Ich folgte ihr zu meinem Auto, aber auf halbem Weg blieb ich wie angewurzelt stehen und ließ den Kopf hängen.

„Marion?", fragte Iris. „Geht's dir gut?"

„Ja. Oder zumindest denke ich, dass es mir wieder gut gehen wird. Ich glaube, ich muss einfach nach Hause und mich ausruhen. Du hast recht. Um alles andere können wir uns morgen kümmern."

„Morgen sieht bestimmt alles besser aus", sagte Iris, als ich ihr zum Abschied zuwinkte.

Ich bezweifelte das sehr, aber ich bewunderte ihren Optimismus.

KAPITEL 7

*D*ad? Bist du zu Hause?", rief ich, als ich mein Haus „betrat. Sein SUV parkte davor, aber weder über der Garage noch in meinem Haus brannte Licht.

Ich ging direkt in die Küche und goss mir ein Glas Wein ein. Doch gerade, als ich es an meine Lippen hob, begann mein Kopf wieder zu pochen, und ich goss es widerwillig in den Abfluss.

Konnte diese Nacht noch schlimmer werden? Nachdem ich ein paar Aspirin geschluckt hatte, nippte ich an einem Glas Wasser und machte mich auf den Weg in mein Schlafzimmer, doch aus den Augenwinkeln sah ich eine Bewegung auf der Veranda hinter dem Haus. Mein ganzer Körper war angespannt, bis ich die große Gestalt meines Vaters erkannte. Er stand im Schatten der Überdachung, aber ich konnte immer noch sehen, dass er mit seinem Arm in der Luft herumfuchtelte, während er auf- und abging.

Als ich näherkam, konnte ich das Handy an seinem Ohr und den finsteren Gesichtsausdruck besser erkennen. Ich zog die Glasschiebetür auf und blieb stehen, während ich ihm zuhörte, wie er mit der Person am anderen Ende der Leitung stritt.

Candy. Seine Ex. Ich brauchte nur einen Moment, um zu wissen, dass er mit ihr sprach.

„Nimm diesen Mist sofort aus dem Internet, sonst hörst du von meinem Anwalt", verlangte er. Es folgte eine Pause, und dann fuhr er fort: „Ich werde klagen, denn nichts davon entspricht der Wahrheit!"

Er fuhr sich mit einer Hand durch sein Haar und zog an den Enden, offensichtlich über alle Maßen frustriert. „Warum ich dich verklagen sollte? Was denkst du? Rufschädigung! Ich wusste nicht einmal, was zum Teufel eine Penispumpe ist, du dumme Kuh. Ich musste googeln. Jetzt habe ich das in meinem Suchverlauf. Herzlichen Dank dafür."

Ich hörte Gackern am anderen Ende der Leitung, bevor er das Handy von seinem Ohr nahm und auf den Bildschirm tippte, um das Gespräch zu beenden.

„Dieses elende Miststück", murmelte er vor sich hin.

„Wenigstens weiß ich, woher ich das habe", sagte ich und trat auf die Veranda, um mich zu ihm zu setzen.

„Woher du was hast?"

„Mein schmutziges Mundwerk." Ich zwinkerte ihm zu und legte ihm einen Arm um die Taille, um ihn zu umarmen.

„Das ist wahrscheinlich nicht meine beste Eigenschaft", sagte er und schlang seine Arme um mich für eine seiner berühmten Bärenumarmungen.

„Das ist besser als deine Vorliebe für goldene Duschen", sagte ich mit ernster Miene.

„Marion", knurrte er. „Sag diese Worte nie wieder in meiner Gegenwart."

Ich kicherte und ließ ihn los. „Komm. Lass uns reingehen und ich zeige dir, wie du Candy von deiner Seite blocken kannst."

„Das kann ich?", fragte er und musterte mich misstrauisch.

„Ja. Muss ich dich für einen Social-Media-Kurs unten im Seniorenzentrum anmelden?", neckte ich ihn.

„Verdammt. Vielleicht musst du das."

Zwanzig Minuten später, mit seinem Laptop vor mir und Candys Post erfolgreich von Dads Seite entfernt, tranken wir koffeinfreie Lattes.

„Sind all deine Partys so?", fragte Dad, und seine Lippen zuckten amüsiert.

„Halt die Klappe, alter Mann", sagte ich. „Du weißt genau, dass sie nicht so sind."

„Es gab eine Handvoll schöner, interessanter Frauen zur Auswahl. Das muss ich dir lassen." Er nahm seine Tasse und führte sie an seine Lippen.

„Hieß eine von ihnen rein zufällig Tazia?", fragte ich und versuchte, unschuldig zu klingen.

Dad kniff die Augen zusammen, während er mich musterte. „Ja, und tatsächlich fand ich Tazia schön und interessant. Aber ich werde nicht mit ihr ausgehen."

Ich stieß einen Seufzer aus, der mir stundenlang im Hals gesteckt war. Ich hatte gewusst, dass er das sagen würde. Aber nur dieses eine Mal wünschte ich mir, ich hätte mich geirrt. „Komm schon, Dad. Warum gehst du nicht mit ihr aus? Ist sie zu nett? Zu elegant? Zu passend für dich?"

„Ja." Er stand auf und ging zum Waschbecken.

Ich wollte ihm gerade weitere Fragen stellen, als es an der Tür klingelte. Ich warf einen Blick auf die Uhr. Es war weit nach Mitternacht.

„Wer kommt so spät abends noch bei dir vorbei?", fragte Dad. Dann drehte er sich um und starrte mich an. „Da will doch nicht jemand ein Stelldichein, oder?"

„Was? Nein." Ich verdrehte die Augen, als ich das Zimmer nebenan betrat. „Ich mache sowas nicht."

„Netflix und chillen?", rief er mir nach.

Ich schüttelte den Kopf und kicherte über seine Bemerkungen. Wenigstens war er nicht langweilig. Ich öffnete die Tür und sah Tazia mit einer Keramikschüssel in der Hand dastehen.

„Tazia. Was ist?"

„Ich konnte nicht schlafen, also wollte ich dir diesen Kuchen bringen. Ich habe ihn heute Nachmittag gemacht. Es tut mir leid, dass ich so spät vorbeikomme, aber kann ich kurz reinkommen?"

„Natürlich." Ich trat zur Seite und winkte sie herein.

„Dad!", rief ich. „Es gibt Kuchen zu deinem Latte."

Er erschien in der Tür zwischen den beiden Zimmern und lehnte sich an den Türrahmen.

„Ich weiß, ich hätte bis morgen warten sollen, aber ich habe gesehen, dass bei dir noch Licht an ist und …" Tazia sah mich hilflos an.

„Keine Sorge. Wir sind noch wach." Ich reichte meinem Vater den Kuchen. „Kannst du den in die Küche mitnehmen?"

„Er ist besser, wenn du ihn aufwärmst", sagte Tazia zu ihm und wandte ihre Aufmerksamkeit dann wieder mir zu. „Geht's dir gut?"

„Körperlich? Ja, sicher. Warum?" Ich ließ mich auf die Couch sinken und beobachtete sie, als sie im Wohnzimmer auf- und abging.

Tazia presste ihre Lippen zu einer dünnen Linie zusammen, während sie auf das große Panoramafenster starrte, aber ich wusste, dass sie nichts als ihr eigenes Spiegelbild sah. „Ich hatte eine Art Vorahnung." Sie richtete ihren Blick auf mich. „Über dich."

Diese kalte Furcht war wieder da und ließ mir eiskalte Schauer über den Rücken laufen. Eine Vorahnung? Das klang nicht gut. Vor allem, wenn sie fragte, ob es mir gut ging. „Was war es?", fragte ich mit belegter Stimme.

„Ich habe dich gesehen. Du standest hier in diesem Zimmer, vor Schmerzen gekrümmt, deinen Kopf in beiden Händen, als würde er jeden Moment explodieren."

„Mörderische Kopfschmerzen?" Automatisch hob ich eine Hand und berührte meine Schläfe mit den Fingern. Mein Kopf war ein bisschen benebelt und immer noch etwas empfindlich, aber das Aspirin hatte größtenteils getan, was es sollte. Ich hatte zumindest nicht mehr das Gefühl, dass sich mein Hirn einen Weg aus dem Kopf hämmern wollte.

„Nicht nur Kopfschmerzen. Ein Schmerz, der von dir Besitz zu ergreifen schien. Als ob die einzige Möglichkeit, ihn loszuwerden, darin bestünde, ihn auszutreiben."

„Wie einen Dämon?", fragte ich und warf ihr einen *Was zum ...?*-Blick zu.

„Ja. So." Sie begann wieder auf- und abzugehen und rang sich die Hände, während sie ein Loch in meinen Teppich lief.

„Äh, Tazia, willst du damit sagen, dass du glaubst, ich bin von einem Dämon besessen?" Mein Ton war scherzhaft, aber die Art, wie sie zusammenzuckte, ließ mich fürchten, dass sie genau das meinte. „Warte. Brauche ich einen Exorzisten?"

Sie hörte schließlich auf, auf- und abzugehen, und blinzelte mich an. „Ich weiß nicht. Ich weiß nur, dass was nicht stimmt. Ganz und gar nicht, aber ich kann nicht genau sagen, was."

„Tazia." Die Stimme meines Vaters war fest und gemessen. „Danke für den Kuchen, aber es ist ziemlich spät und ich glaube, wir müssen uns alle ausruhen."

Sie blinzelte ihn an. Nach einem Moment straffte sie ihre Schultern und nickte. „Richtig. Es ist spät. Tut mir leid, dass ich euch gestört habe. Ich konnte dieses Gefühl einfach nicht loswerden. Ich bin sicher, morgen früh sieht alles besser aus."

Ich sprang auf und hielt sie auf, bevor sie zur Haustür

gehen konnte. Ich ergriff ihre Hände, sah ihr in die Augen und sagte: „Danke, dass du gekommen bist. Aber ich fühle mich wirklich gut. Vielleicht ist es nur der Stress wegen des Feuers, der deine … was auch immer es ist, verursacht hat."

„Vielleicht." Sie schloss die Augen und holte tief Luft, während sich ihre Hände um meine Finger schlossen. „Aber das glaube ich nicht wirklich. Ich kann die stürmische Energie spüren, die von dir ausgeht."

Ich warf meinem Vater einen Blick zu, der uns mit gerunzelter Stirn ansah. „Bist du eine Empathin?", fragte er.

„Nein", sagte Tazia schnell, ließ meine Hände los und trat einen Schritt zurück. „Eher eine Seherin, nur, dass ich keinen Einfluss darauf habe." Sie musterte Dad und ging dann zu ihm hinüber, nahm seine Hände in ihre und faltete sie, während sie ihm in die Augen sah.

„Und?", fragte er.

Sie blickte zu ihm auf und lächelte dann sanft. „Deine Energie ist vollkommen in Ordnung." Ihre Wangen erröteten, als wäre sie schüchtern oder verlegen. Aber ich kannte Tazia besser. Sie war nicht schüchtern und entschuldigte sich normalerweise nicht dafür, wer sie war oder was sie fühlte.

Ich blinzelte sie an. Mit bloßem Auge war klar, dass sie eine Art Verbindung spürten. Es war offensichtlich an der Art, wie sie einander ansahen. Aber ihre Auren waren vollkommen unterschiedlich. Am Abend zuvor hatten sie sich in einem tiefen Violett vermischt, was mich überzeugt hatte, dass sie perfekt zueinanderpassten. Aber jetzt hatte seine einen tiefen Orangeton und ihre war blassgelb mit sepiafarbenen Rändern.

Da sie sich berührten, sollten ihre Auren nicht inzwischen einen tiefen Violettton annehmen? Oder vielleicht hatte mein Vater recht. Es war eine lange, anstrengende Nacht gewesen. Niemand, der das Feuer erlebt hatte, dachte an Romantik.

Sex vielleicht. Nur zur Entspannung. Aber Romantik? Auf

keinen Fall. Das war zu anstrengend, nachdem ich fast ein Restaurant niedergebrannt hätte.

„Ich sollte gehen", sagte Tazia und unterbrach den Blickkontakt.

„Richtig." Dad vergrub die Hände in die Taschen und trat einen Schritt zurück. „Überlass den Dämon mir. Ich werde mich um sie kümmern."

Ich lachte.

Tazia blickte an meinem Vater vorbei, und Sorge füllte ihre schokoladenbraunen Augen. „Versprich mir einfach, dass du mich anrufst, wenn du anfängst, dich … anders zu fühlen. Okay?"

„Inwiefern anders?", fragte ich verwirrt.

„Nur, wenn du dich nicht wie du selbst fühlst. Oder wenn du das Gefühl hast, deine Emotionen nicht mehr unter Kontrolle zu haben. Ich kenne Leute, die dir helfen können."

Ich verschränkte die Arme vor der Brust und schüttelte den Kopf. Tazia öffnete den Mund, um zu protestieren, aber ich hob eine Hand und hielt sie davon ab. „Ich habe auch Leute."

Ich hatte einen ganzen Zirkel, der angerannt kommen würde, wenn ich jemanden brauchte.

Sie konnten mit Dämonen umgehen, oder?

Ja, sagte ich mir, als ich Tazia und meinem Dad eine gute Nacht wünschte und mich darauf vorbereitete, ins Bett zu fallen. Was auch immer meine Seele verzehren wollte, musste warten, bis ich acht Stunden Schlaf hatte.

Dann würde es einen Kampf geben.

Und ich würde bereit sein.

KAPITEL 8

 *M*ein Kopf pochte, und mein flauer Magen protestierte, als ich die Tasse Kaffee an meine Lippen führte. Ich stöhnte und stellte die Tasse auf meinen Schreibtisch, ohne einen Schluck zu trinken.

„Womit habe ich das verdient?", fragte ich in das leere Büro hinein. Ich war kurz nach Sonnenaufgang aufgewacht und hatte mich gefühlt, als hätte ich die Nacht zuvor mehr als einen über den Durst getrunken. Nachdem ich vergeblich versucht hatte, die Kopfschmerzen auszuschlafen, war ich endlich aus dem Bett gekrochen und hatte mich zur Arbeit geschleppt, in der Hoffnung, dass ich so tun könnte, als fühlte ich mich normal, bis es so war.

Doch das passierte nicht.

Mein Telefon summte mit einer SMS, und ich blinzelte darauf.

Tandy: *Heilige Scheiße, Mar. Ich habe von dem Feuer gehört. Was ist passiert? Und warum hast du mich gestern Abend nicht angerufen?*

Ich schnitt eine Grimasse und tippte meine Antwort: *Tut*

mir leid. Lange Nacht. Mir geht's gut. Niemand wurde verletzt. Kann ich dich später anrufen, dass wir uns dann unterhalten können?

Tandy: *Das solltest du besser, sonst verstopfe ich deine Inbox.*

Und genau das würde sie tun. Tandy war die Art Freundin, die immer für die da war, die ihr wichtig waren. Und irgendwie schaffte sie es immer, da zu sein, wenn man sie am meisten brauchte. Wir schrieben uns während der Arbeitszeiten fast nie SMS. Ihre Tage waren vollgepackt mit Meetings für ihre zahlreichen Projekte, aber es überraschte mich nicht, dass sie sich einen Moment Zeit nahm, um nach mir zu hören. Nicht nach dem, was letzte Nacht passiert war.

Die Eingangstür schwang auf, und Iris kam herein, mit einer Tüte von der *Bird's Eye Bakery* in der Hand.

„Ich bringe was zur Stärkung", sagte sie mit leiser Stimme. Sie stellte die Tüte auf meinen Schreibtisch und sagte: „Hier sind Sauerteigtoast für jetzt und Kürbisteilchen für später, falls du Lust hast." Ein Pappbecher landete neben der Tüte. „Und das ist Kräutertee von Gigi. Sie sagt, er wird deinen Magen beruhigen und deine Kopfschmerzen lindern."

„Gott segne euch beide!" Ich lächelte sie dankbar an und nahm den Tee. Ich konnte kaum etwas riechen, was mich Gigi noch mehr schätzen ließ. Die Frau wusste definitiv, was sie in Sachen Kräuter tat. Dank ihr und Carly hätte ich eigentlich schon ein Mittel gegen meinen Pseudo-Kater haben sollen, aber ich war so selten krank, dass ich gar nicht auf die Idee gekommen war, mich je mit stärkenden Mitteln einzudecken.

„Bist du sicher, dass dir nicht jemand was in den Drink gegossen hat?", fragte Iris und ließ sich mit Sorge in den hellblauen Augen mir gegenüber nieder. „Das passiert nicht nach einem Glas Champagner."

„Das glaube ich nicht, aber wenn man bedenkt, dass ich mich wie der Tod auf Latschen fühle, würde das sicherlich vieles erklären." Oder vielleicht war Tazia etwas auf der Spur gewesen, als sie gesagt hatte, ich sei von einem Dämon besessen. Sowas dürfte reichen, um jeden fertigzumachen, oder?

Ich trank einen Schluck Tee. Sein milder Geschmack drehte mir nicht den Magen um, und ermutigt durch diesen Fortschritt trank ich einen zweiten, größeren Schluck. Die Wirkung trat fast sofort ein. Das Pochen in meinem Schädel wurde zu einem dumpfen Schmerz, und obwohl ich immer noch erschöpft war, konnte ich wenigstens endlich auf meinen Computerbildschirm schauen, ohne dass sich der Raum drehte.

„Es funktioniert", sagte Iris und klang zufrieden.

„Das tut es. Danke."

„Den Göttern sei Dank! Vielleicht ist es nur so ein 24-Stunden-Virus, der Gigis Tee nicht gewachsen ist."

Ich nickte und zog die Tüte mit dem Gebäck zu mir heran. Brot war eines der Dinge, auf die ich verzichten wollte, um abzunehmen, aber verzweifelte Zeiten erforderten verzweifelte Maßnahmen. Ich hatte bisher nichts essen können, und Sauerteigtoast klang genau richtig, um meinen Magen zu beruhigen. Die Kürbisteilchen würde ich auf jeden Fall später essen. Es hatte doch keinen Sinn, Essen zu verschwenden, oder?

„Hast du Lennons Social-Media-Posts schon gelesen?", fragte Iris.

„Nein. Meine Augen haben gestreikt." Ich tippte auf meinen Laptop, um ihn aufzuwecken, und klickte auf die Verknüpfung, die ich bereits gespeichert hatte und die zu Lennons Seite führte.

Ich stöhnte, als ich das Bild des Feuerwehrautos und eines Krankenwagens vor dem *Witches' Garden* sah. Die Überschrift lautete:

Als ich das Universum um ein superheißes Date gebeten habe, habe ich das nicht wörtlich gemeint!

„Man muss zugeben, dass ihre Überschriften perfekt sind", sagte ich ohne jede Begeisterung. Ich wollte auf keinen Fall, dass mein Geschäft mit einem beinahe niedergebrannten Restaurant in Verbindung gebracht wurde. Aber ich konnte sie kaum darum bitten, dieses Detail vorzuenthalten. Der Vorfall hatte es doch sicher in die Lokalnachrichten geschafft, und die Leute würden schon bald alles darüber online finden.

„Es ist nicht so schlimm, wie du denkst", sagte Iris, stand auf und ging zur Espressomaschine im Büro.

„Das ist wahrscheinlich keine gute Messlatte", sagte ich, da ich das Schlimmste erwartet hatte.

Liebe Leute von der Seite,

gestern Abend war das Miss-Matched-Get-together. Wie ihr sehen könnt, hat das Event eine unerwartete Wendung genommen. Es gab nicht nur ein Feuer, sondern das Feuer wurde auch noch von einem Mann ausgelöst, der von einer Penispumpe gefaselt hat!

Ja, ihr habt richtig gelesen. Ein Mann auf der Party hat über seine Penispumpe gesprochen. Oder besser gesagt, er hat geleugnet, dass er eine hat, nachdem ihn jemand auf Social Media beschuldigt hatte, seine zurückgelassen zu haben. Ich kenne diese Geschichte nicht, aber man hat nicht gelebt, bis ein Mann ein Feuer entfacht, nur damit die Leute aufhören, ihm vorzuwerfen, Hilfe zu brauchen, um seine Ausrüstung zum Laufen zu bringen.

Wie auch immer, soweit ich das beurteilen kann, war das Feuer ein Unfall, und niemand wurde verletzt. Den Göttern sei Dank! Bis die Flammen uns aus dem Restaurant vertrieben haben, war ich angenehm überrascht und habe mich tatsächlich amüsiert.

Scrollt durch meine Bilder, um mich in meinem neuesten Look zu

sehen, mit dem ich alle Männer an meinem Tisch bezaubert habe.
Zwinker.

Aber als ich nach draußen gekommen bin, wurde ich mit einer
Hässlichkeit konfrontiert, die niemand verdient. Scrollt weiter, um
die Graffiti auf meinem Auto zu sehen. Ich bin ehrlich und sage euch,
als ich diese Hässlichkeit gesehen habe, war ich ganz kurz davor,
meine Social-Media-Seiten zu schließen.

Jede Persönlichkeit des öffentlichen Lebens muss sich im Internet
mit Arschlöchern herumschlagen, aber das hier ist anders. Ich kann
nicht einfach jemanden blocken, der mir zu einer öffentlichen
Veranstaltung gefolgt ist und dann diese Gemeinheit auf mein Auto
gesprüht hat. Es ist verletzend und entsetzlich zu wissen, dass jemand
motiviert genug war, sowas zu tun.

Ich war voll und ganz darauf vorbereitet, meine Accounts auf Eis
zu legen, bis der Täter gefasst ist, aber ich habe inzwischen
entschieden, dass ich mir von niemandem meine Freude und meinen
Lebensunterhalt nehmen lassen werde.

Darum werde ich mir Mühe geben, vorsichtiger zu sein, wenn ich
poste, wo ich bin oder sein werde, und ihr bekommt Updates künftig
im Nachhinein. Das hätte ich wahrscheinlich von Anfang an tun
sollen, also ist das einfach eine neue Richtlinie von mir.

Bleibt also bitte hier, um alles über meine großen und kleinen
Abenteuer zu erfahren. In meinem nächsten Beitrag erfahrt ihr, wie
es mit der Miss Matched Midlife Dating-Agentur weitergeht!

ICH WARF Iris einen Blick zu. „Ich hätte auf die Erwähnung der
Penispumpe verzichten können, aber alles in allem ist das so
ziemlich das Beste, was ich mir erhoffen konnte."

Sie nickte und grinste. „Lies den nächsten Beitrag."

Ich scrollte zum neuesten Beitrag, und meine Augen traten
mir fast aus dem Kopf, als ich sah, dass es schon zehntausende
Kommentare gab.

„Das kann nicht sein."

„Das ist pures Gold. Du wirst ausflippen, wenn du siehst, wie viele Anfragen heute Morgen schon auf der Website eingegangen sind."

„Im Ernst?" Ich zog die Augenbrauen hoch, meine Finger juckten, zur Kontakt-E-Mail unserer Website zu wechseln, aber ich hielt mich zurück. Ich musste wissen, was Lennon gepostet hatte, bevor ich irgendwas anderes tat.

„Im Ernst. Es ist noch besser, als ich gehofft hatte." Iris lehnte sich zurück und legte ihre Füße auf den Schreibtisch, die Hände hinter dem Kopf verschränkt.

Da mein mysteriöser Kater unter Kontrolle und Iris von der Aussicht auf neue Kunden ganz aufgedreht war, sah es heute definitiv besser aus.

Ich richtete meine Aufmerksamkeit auf Lennons neuesten Beitrag.

ZEIT, abzustimmen!

Helft einem Mädchen, ja? Mir wurden diese drei heißen Typen vorgeschlagen. Marion Matched hat wirklich Volltreffer gelandet, findet ihr nicht? Sie sind nicht nur zum Anbeißen, sondern jeder von ihnen ist in seinem gewählten Beruf erfolgreich. Ein echtes Gesamtpaket.

Nein, nicht dieses Paket, ihr Perversen. Nehmt eure Gedanken aus der Gosse!

Ich spreche von Männern, die ihr Leben im Griff haben und zufällig auch noch aussehen wie GQ-Covermodels. Aber das bringt seine eigenen Herausforderungen mit sich. Wie soll ich mich zum Beispiel jemals zwischen diesen drei heißen Typen entscheiden können?

Lasst mich in den Kommentaren wissen, wen ihr bevorzugt:

🔥 **Den Feuerwehrmann**

🎸 **Den Musiker**

🖤 **Oder ... Trommelwirbel ... den Ex, der mir durch die Finger geglitten ist?**

Ganz genau, Leute. Marion Matched hat jemanden gefunden, den ich schon einmal geliebt und verloren habe. Gibt es Hoffnung auf eine zweite Chance für die Liebe in meiner Zukunft? Oder bin ich dazu bestimmt, Zeit mit dem Mann zu verbringen, der mein Feuer entfacht? Aber dann könnte sich der Gedanke, von einem Musiker wie ein Instrument gespielt zu werden, als zu verlockend erweisen, um ihn abzuweisen.

Seid nicht schüchtern. Sagt mir, wen ihr auswählen würdet.

Es GAB Fotos von jedem der Männer, im Profil aufgenommen, sodass ihre Gesichtszüge weitgehend verdeckt waren. Ehrlich gesagt, die Fotos waren genial. Alle drei sahen verdammt sexy aus, aber sie zu identifizieren würde sich für die Massen als ziemlich schwierig erweisen.

Ich warf einen Blick auf die Kommentare und bemerkte, wie sich meine Lippen zu einem zufriedenen Lächeln verzogen. Die Stimmen für die verschiedenen Männer waren sehr unterschiedlich. Und ich war erfreut zu sehen, dass, obwohl der Feuerwehrmann beliebt war, die meisten für den Musiker waren. Natürlich waren sie das. Mit dieser Zeile, dass er sie wie ein Instrument spielen würde, hatte sie sie auf ihn eingestimmt.

„Dieser Beitrag ist brillant", sagte ich zu Iris.

„Das ist er wirklich. *Lennon Love* ist jeden Cent wert, den du ihr zahlst. Sieh dir die Seite der *Miss Matched Midlife Dating-Agentur* an. Sieh dir die Flut neuer User an, die uns folgen."

Meine alte Social-Media-Seite für mein Unternehmen, das ich in L.A. hatte, hatte eine gesunde Anhängerschaft, aber die neue für die *Miss Matched Midlife Dating-Agentur* hatte vor dem

Get-together nur ein paar Dutzend. Aber jetzt? Wir hatten mehr als zweitausend Follower, und die Zahl stieg weiter. Außerdem gab es viele Kommentare unter der Ankündigung des Get-togethers, die meisten baten darum, mit dem Feuerwehrmann oder dem Musiker verkuppelt zu werden oder ihnen zu helfen, den Mann, der ihnen durch die Finger geglitten war, zu finden. Jeder war seiner ersten Liebe verfallen.

„Was zum …?", wandte ich mich an Iris. „Das ist verrückt."

„Das ist es wirklich." Sie trank einen großen Schluck von ihrem Kaffee und fügte dann hinzu: „Sollen wir uns an die Arbeit machen?"

Und dazu gab es natürlich keinen besseren Zeitpunkt als jetzt.

KAPITEL 9

*V*ier Stunden später waren wir alle Anfragen auf der Website durchgegangen, hatten über ein Dutzend neue Kunden unter Vertrag genommen, und ich machte mich daran, Termine für Lennons Solo-Dates mit Jax, Bodhi und Bain zu vereinbaren. Ich hatte Jax zuerst angesetzt, da ich wusste, dass sie nicht gut zusammenpassten und die ersten Treffen eines neuen Kunden normalerweise nicht so gut verliefen, wie man es sich erhoffen würde. Sie waren meist zu nervös, um sich zu entspannen. Außerdem wollte ich es einfach hinter mich bringen, damit ich nicht mehr daran denken musste.

Nachdem ich mit der Terminplanung für Lennons Dates fertig war, wandte ich mich Iris zu.

„Wie wäre es mit Mittagessen? Ich glaube, ich brauche was anderes als Kürbisteilchen."

„Klar. Kade hat mir gerade eine Nachricht geschickt und gesagt, er sei im *Pointe of View Café*. Wir könnten ihn dort treffen."

Ich runzelte die Stirn. „Ich will dein Mittagessen-Date

nicht stören. Geh du zu deinem Date. Ich lasse einen Salat oder sowas liefern."

„Auf keinen Fall", sagte sie und stand schon auf. „Es ist kein Date. Er ist mit Lucas da. Komm. Bewahre mich davor, von der Testosteronwolke knallharter Männer überwältigt zu werden, die den ganzen Morgen mit bloßen Händen gearbeitet und Möbel gebaut haben."

Ich lachte. „Okay. Wenn du es so formulierst, wie kann ich dann Nein sagen?"

„Das kannst du nicht." Sie schnappte sich ihre Jacke und ihre Schlüssel. „Komm. Ich bin plötzlich am Verhungern."

Zehn Minuten später, als wir das Café betraten, steuerte Iris schnurstracks auf den hinteren Teil zu. Ich brauchte einen Moment, um zu realisieren, wer alles an unserem Tisch saß. Kade, Iris' Freund, Lucas, Hopes Verlobter, und Owen, Grace' Freund.

„Was haben wir hier?", fragte ich, als ich mich auf einem der Stühle niederließ. „Sieht aus wie ein Männer-Mittagessen. Wir stören doch nicht, oder?"

„Auf keinen Fall", sagte Kade und legte seinen Arm um Iris. „Ihr beide habt dieses Mittagessen gerade erträglich gemacht."

Iris lächelte zu ihm hinunter und legte ihre Hand in seinen Nacken. „Das war süß."

Die anderen beiden Männer machten pubertäre Kussgeräusche, um das Paar aufzuziehen, aber ich schenkte ihnen keine Beachtung. Stattdessen starrte ich Kade und Iris an. Ich hatte sie schon öfter zusammen gesehen, als ich zählen konnte. Jedes Mal hatten sich ihre Auren zu einem schönen Violettton vermischt, der an den Rändern magentafarben war.

Heute war von keiner der beiden Farben etwas zu sehen. Iris' Aura war tiefrot und Kades hellblau. Am wichtigsten war jedoch, dass sie beide an den Rändern sepiabraun waren, genau wie die von Tazia und meinem Vater am Abend zuvor.

Ich blinzelte, betrachtete sie genauer und fragte mich, was passieren würde, wenn ich noch ein paar Minuten wartete. Würden die braunen Ränder verblassen oder intensiver werden? Und was genau bedeutete das? Das war mir noch nie passiert.

Mein Herz begann zu rasen, während meine Handflächen schwitzig wurden.

„Marion?", fragte Iris besorgt. „Was ist los?"

„Ich bin mir nicht sicher", wich ich aus.

Iris blickte hinter sich und dann durch das Restaurant. „Was übersehe ich hier?"

Ich stieß einen Seufzer aus und fuhr mir mit der Hand durch meine rotbraun gefärbten Locken. Das war ein Zeichen dafür, wie desorientiert ich war. Eine Frau mit natürlichen Locken versuchte fast nie, ihre Locken mit den Fingern zu kämmen. Außer sie wollte sich mit einem krausen Mopp herumschlagen.

„Es sind eure Auren. Sie sind … nicht richtig."

„Was meinst du mit nicht richtig?", fragte Lucas, während Owen sagte: „Du kannst Auren sehen?"

Offensichtlich hatte Grace ihn nicht über mein besonderes Talent aufgeklärt.

„Ja", sagte ich. „Deine ist im Moment blassorange." Und wieder waren die Ränder braun.

„Was bedeutet das?", fragte er und klang neugierig.

Ich zuckte die Achseln. „Es könnte alles Mögliche sein, aber ich bin sowieso nicht die Richtige, um *danach* zu fragen. Ich lese nur Kompatibilität, wenn es um Auren geht, und wenn ich Iris und Kade gerade erst kennengelernt hätte, würde ich zu dem Schluss kommen, dass sie überhaupt nicht zusammenpassen."

Am Tisch herrschte Stille, während alle von mir zu Iris und Kade und wieder zurückblickten.

„Oops", sagte ich. „Ich wollte nicht so damit herausplatzen. Natürlich seid ihr perfekt füreinander. Ich habe es schon oft mit eigenen Augen gesehen. Das hier" – ich gestikulierte in ihre Richtung – „ist eine Anomalie. Ich habe gestern Abend dasselbe bei meinem Vater und Tazia passieren sehen. Ich dachte, es lag daran, dass ich müde war und sie auch. Aber jetzt …"

Ich verstummte und fragte mich, was los war. Warum begannen all die Liebespaare um mich herum auseinanderzubrechen?

„Du willst damit sagen, unsere Auren verschmelzen nicht so, wie sie es tun, wenn Menschen gut zueinanderpassen?", fragte Iris.

Ich nickte. „Und die Ränder werden braun, als ob nicht genug Energie da ist, um deine Aura bei voller Stärke zu halten."

„Ich bin mir nicht einmal sicher, was das bedeutet", sagte Iris leise.

„Ist okay. Alles, was du wissen musst, ist, dass meine Gabe, Auren zu lesen, gerade nicht richtig funktioniert. Entweder das, oder jeder, der verliebt ist, ist verflucht."

„Verflucht?", fragte Iris. „Das kann doch nicht sein, oder?" Sie drückte Kades Schulter, und er legte eine Hand auf ihre.

„Wenn wir verflucht sind, dann bin ich froh, dass wir gemeinsam verflucht sind", sagte Kade und zwinkerte ihr zu.

Owen und Lucas stöhnten beide.

„Alter", sagte Lucas. „Das ist genug süßer Mist, um mich zum Diabetiker zu machen."

Kade zuckte mit einer Schulter. „Aber es war ein guter Spruch, oder?"

Iris kicherte. „Auf jeden Fall."

„Hey! Wir haben es geschafft!", rief Grace, als sie zum Tisch eilte, Hope direkt hinter ihr.

„Tut mir leid, dass wir spät dran sind." Hope beugte sich hinunter und küsste Lucas auf die Wange. „Grace hier musste sich die Augenbrauen waxen lassen. Sie sagte was von Raupen, die über ihr Gesicht kriechen. Dann gab es noch das Oberlippenwaxing, das Wimpernfärben und die Drohung einer Pediküre, aber da habe ich mich durchgesetzt und verlangt, dass ich was zu essen bekomme, bevor sie sich zu weiteren Spa-Behandlungen verpflichtet."

Um mich herum wurde immer mehr geplaudert, als die sechs Freunde über die Aufregung vom Vorabend sprachen. Ich blendete sie schnell aus und konzentrierte mich zuerst auf Grace und Owen und dann auf Hope und Lucas.

Mein Kopf begann wieder zu schmerzen, während sich mir der Magen umdrehte.

Das Offensichtliche war nicht zu leugnen. Am Tisch saßen drei glückliche Paare. Paare, deren Auren ich unzählige Male gesehen hatte. Sie passten alle ausgezeichnet zueinander.

Und doch ließen ihre Auren sie heute alle so aussehen, als ob ihre Beziehungen in großen Schwierigkeiten steckten.

Ich wusste instinktiv, dass sie nicht das Problem waren. Das Problem war ich.

Meine Gabe war weg.

KAPITEL 10

„*W*as meinst du damit, deine Gabe ist weg?",
wollte Iris wissen.

Für den Großteil des Mittagessens war ich still gewesen.
Erst nachdem die Männer gegangen waren, richteten die drei
Zirkelmitglieder ihre ungeteilte Aufmerksamkeit auf mich.
Jetzt waren wir im Zirkelkreis und blickten auf *Premonition
Pointe*, wo die Wellen am Fuß der Klippe tosten. Grace hatte
die übrigen Zirkelmitglieder angerufen, und wir warteten auf
ihre Ankunft.

„Sie ist einfach verschwunden. Ich habe es gestern Nacht
bemerkt, habe es aber abgetan. Dann heute, als ich euch alle
mit euren Lebensgefährten gesehen habe, war es klar. Ich kann
mich nicht mehr auf meine Fähigkeit verlassen, Auren zu
lesen, um zu erkennen, wer zueinanderpasst. Dieser Teil ist
einfach … weg."

Ich schluckte schwer, als ich an Tazia und ihre Warnung
dachte.

Dämon.

War ich wirklich besessen? Ich hatte ihren Bedenken

zunächst keine ernsthafte Beachtung geschenkt. Soweit es mich betraf, war dämonische Besessenheit etwas, das nur in Filmen vorkam, nicht in Premonition Pointe mit einer Heiratsvermittlerin mittleren Alters. Warum sollte ein Dämon meinen Körper übernehmen und nicht jemanden, der heißer und flexibler war und viel mehr Energie hatte?

„Gaben lösen sich nicht einfach in Luft auf", sagte Grace nachdenklich. „Vielleicht stört etwas deine Wahrnehmung?"

„Wie Stromleitungen oder vielleicht Besessenheit durch einen Dämon?", fragte ich flapsig. Ich hatte nicht vorgehabt, die Sache mit dem Dämon zu erwähnen. Ich war sicher nicht besessen. Ich hatte nicht versucht, jemandem die Augen auszukratzen oder etwas gekotzt, das wie Erbsensuppe aussah.

„Dämon?", fragte Grace vorsichtig.

Die anderen beiden verdrehten die Augen. Hope sprach als Erste. „Ich finde, gleich von dämonischer Besessenheit zu sprechen, ist ein bisschen übertrieben, findest du nicht?"

„Sicher", sagte ich und brachte es immer noch nicht übers Herz, ihnen von Tazias Warnung zu erzählen. „Ich will nur nichts unversucht lassen."

Gigi Martin kam und tauchte plötzlich hinter einem Mammutbaum auf. „Was höre ich da über Dämonen?" Sie blickte in den Kreis, nickte ihren Freundinnen zu, bevor sie meinen Blick festhielt. „Deine Energie ist anders, Marion. Schwerer und irgendwas ist klebrig daran. Irgendwas stimmt nicht, oder?"

Ich nickte der anderen Frau zu, sicherer denn je, dass Tazia tatsächlich recht haben könnte.

Gigi kam zu mir herüber, ihr weißes Leinenkleid wehte im Wind. Sie hatte immer eine ätherische Ausstrahlung. Ich dachte, vielleicht lag es an ihrer Verbindung zur Erde und der Tatsache, dass sie mit den Geistern ihrer Vorfahren unter einem Dach lebte. Sie schien einfach mehr im Einklang mit der spirituellen Ebene zu sein.

Sie legte ihre Hand in meine, und sofort weiteten sich ihre Augen voller Schock und Sorge.

„Oh, verdammt. Ich bin wirklich besessen, oder?", platzte ich heraus. „Tazia hat gesagt, ich könnte besessen sein, aber ich habe sie nicht ernst genommen. Selbst in Hollywood habe ich nie jemanden gekannt, der besessen war. Und wenn ein Dämon nach einer Seele sucht, die er verderben kann, dann ist das der richtige Ort dafür."

Hinter mir hörte ich leises Kichern, und als ich mich umdrehte, sah ich Carly Preston und Joy Lansing dort stehen. Carly war ein echter Filmstar und eine alte Freundin, die schon seit Jahrzehnten im Geschäft war. Joy hatte gerade ihre Schauspielkarriere begonnen, und als sie kürzlich mit Carly in einem Film mitgespielt hatte, war das ihr Durchbruch gewesen.

Carly stand auf der anderen Seite von Gigi und sagte: „Mir fallen ein paar Leute ein, die höchstwahrscheinlich besessen waren. Das würde vieles erklären."

Ich lächelte sie traurig an. „Das stimmt wohl. Aber hauptsächlich denke ich, dass diese Leute machtbesessene Arschlöcher waren."

„Da hast du recht." Sie sah Gigi an. „Fühlst du das?"

Gigi nickte. „Ihre Energie ist … schwer. Als ob sie feststeckt."

„Ja, das ist eine gute Beschreibung", stimmte Carly zu.

„Ich habe mich nicht gut gefühlt, als ich aufgewacht bin. Wahrscheinlich brauche ich einfach mehr Schlaf", sagte ich, obwohl ich nicht sicher war, warum ich versuchte, ihre Gefühle wegzuerklären. Vielleicht wollte ich einfach nur wirklich glauben, dass es keinen Bösewicht von der dunklen Seite gab, der versuchte, meine Seele zu verzehren.

„Das ist es nicht", sagte Gigi. „Es fühlt sich wie Magie an."

Iris stieß einen Seufzer aus. „Du glaubst, sie wurde von einem Fluch getroffen?"

„Das ist durchaus möglich", sagte Gigi.

Carly nickte zustimmend.

„Sollen wir die *Magical Task Force* anrufen?", fragte Iris und holte bereits ihr Handy hervor.

„Was ist das?", fragte ich und runzelte die Stirn.

„Das ist die Agentur, die alle ungewöhnlichen paranormalen Aktivitäten untersucht", sagte Hope. Sie lächelte mich ermutigend an. „Wenn du einen Dämon beherbergst, sind sie die Leute, die du anrufen solltest."

„Mach das", befahl ich Iris. „Was auch immer mit mir passiert, ich möchte, dass sich die Profis darum kümmern."

„Okay." Iris tippte auf ihr Display und wartete, bis jemand sich meldete. Die Zeit schien stillzustehen, als sie das Handy an ihr Ohr hielt und das Gesicht verzog. Nach ein paar Augenblicken lächelte sie und grüßte den Mitarbeiter am anderen Ende der Leitung.

Sie erklärte schnell die Situation und runzelte dann die Stirn. „Was meinen Sie mit niedrige Priorität? Was, wenn meine Freundin verflucht wurde?"

Ich biss mir auf die Wange, während ich dem Telefongespräch lauschte, dessen Stimmung sich schnell dem Frostpunkt näherte.

„Nein. Sie scheint nicht in unmittelbarer Gefahr zu sein. Nein, sie ist für niemanden sonst eine Gefahr. Aber—" Sie stieß einen frustrierten Seufzer aus. „Wie ich gerade sagen wollte –"

Gigi drückte meine Hand. Ich sah zu ihr auf, dankbar für die Unterstützung.

„Also sollen wir einfach nur herumsitzen und warten, bis jemand irgendwann Zeit hat?", fragte Iris und klang verzweifelt. „Ich schätze, wir haben keine andere Wahl, oder?"

Sie legte auf und drehte sich mit erhitztem Gesicht zu mir um.

„Sie haben zu wenig Personal. Scheinbar ist niemand verfügbar, um einen möglichen Fluch zu untersuchen, es sei denn, du blutest aus den Augen."

„Natürlich nicht", murmelte ich. Kundenservice schien es heutzutage nirgendwo mehr zu geben. Es hatte fast einen Monat gedauert, bis meine Internetverbindung im Büro endlich freigeschaltet worden war. Ganz zu schweigen davon, dass es bei meiner letzten Hauszahlung einen Fehler bei der Abbuchung gegeben hatte, und ich immer noch mit der Bank kämpfte, um das zu klären.

Warum hatte ich gedacht, dass die *Magical Task Force* anders sein würde?

„Wir brauchen sie nicht", sagte Gigi.

Alle drehten sich zu ihr um. Sie starrte aufs Meer hinaus, ihr Blick war unfokussiert.

„Äh, Gigi?", fragte Joy. „Was willst du damit sagen?"

Gigi blinzelte mit ihren warmen bernsteinfarbenen Augen und konzentrierte sich auf die große, modeldünne Blondine. „Wir sind ein Hexenzirkel, oder? Wir können einen Zauberspruch sprechen, um den Fluch oder schlimmstenfalls den Dämon zu enthüllen."

„Whoa!" Hope hob abwehrend die Hände vor sich. „Ich denke, einen Dämon zu beschwören, ist ein bisschen zu weit von unserem Fachgebiet entfernt, meinst du nicht?"

Die anderen Hexenzirkelmitglieder stimmten zu, einige wirkten aufgeregt.

„Wir werden keinen Dämon *beschwören*", sagte Gigi und schüttelte den Kopf. „Wir werden nur die Göttin bitten, uns zu helfen, herauszufinden, was Marions Energie blockiert."

„Oh. Na, das ist okay", sagte Hope und zuckte mit einer Schulter. „Das ergibt mehr Sinn."

Grace setzte sich wieder neben Hope und sagte: „Typisch für dich, dich wie eine richtige Drama-Queen zu benehmen."

Hope lachte nur. Soweit ich sie kannte, war sie tatsächlich eines der entspanntesten Mitglieder des Zirkels. Sie erweckte bei mir nie den Eindruck von Drama.

Gigi klatschte in die Hände. „Los geht's, Zirkel. Wir haben zu tun."

Ich setzte mich auf einen Baumstamm und beobachtete, wie alle in Aktion traten. Kerzen erschienen aus dem Nichts, ein Salzkreis wurde gestreut, und eine von ihnen brachte einen Mörser und Stößel sowie verschiedene Kräuter.

„Marion, setz dich hierher." Gigi winkte zu einem Baumstamm in der Mitte des Kreises.

Grace reichte mir eine dicke weiße Stumpenkerze. „Halt die."

Beide Hände um die Kerze geschlungen, saß ich auf dem Baumstamm und beobachtete, wie sich meine Freundinnen bewegten, als würden sie einen choreografierten Tanz aufführen. Sie hielten jeweils eine Kerze in der Hand und gingen im Kreis umher, wobei sie ihre nicht brennenden Kerzen synchron hoben und senkten.

Dann hielten sie alle inne und wandten sich dem Kreis zu, und Gigi sagte: „Göttin der Erde, des Windes, des Meeres und der Sonne, entzünde unsere Opfergaben und erleuchte unsere Versammlung."

Jede Kerze, auch meine, erwachte mit einer sanften Flamme zum Leben.

Der Hexenzirkel hielt seine Kerzen hoch, dann ließen die Frauen ihre Hände sinken, sodass die Kerzen vor jeder Hexe in der Luft schwebten.

„Lass deine Kerze los, Marion", sagte Gigi sanft.

Ich blickte auf die Kerze in meinen Händen und versuchte, die Nervosität zu ignorieren, die durch meinen Körper strömte. Ich hatte nicht die Art von Magie, die die Hexenzirkelmitglieder hatten. Wenn ich losließ, würde sie dann in der Luft schweben oder in meinen Schoß fallen, während die Flamme noch im Wind flackerte?

„Vertrau uns", sagte Gigi und klang freundlich und geduldig.

Ich nickte knapp, behielt die Kerze im Auge und ließ sie langsam los. Sobald ich sie nicht mehr in der Hand hatte, erhob sie sich in die Luft und schwebte auf gleicher Höhe mit den anderen sechs.

Gigi streckte die Arme in die Luft. Der Hexenzirkel ahmte ihre Bewegungen nach, und alle begannen zu singen.

„Göttin der Erde, des Windes, des Meeres und der Sonne, höre unseren Ruf."

Sie wiederholten den Satz dreimal, bevor Gigi übernahm und sagte: „Zeig uns die Geheimnisse, die Marion im Schatten trägt."

Ich schluckte. *Meine Geheimnisse?* Bedeutete das, dass sie etwas über das eine Mal erfahren würden, als Jax und ich wegen Erregung öffentlichen Ärgernisses verhaftet worden waren? Oder das eine Mal, als ich in der Nacht, als Jax und ich uns endgültig getrennt hatten, einen halben Liter Eiscreme aus dem Laden an der Ecke geklaut hatte? Aber konnten sie mir einen Vorwurf daraus machen? Damals war ich pleite gewesen und brauchte Trost. Außerdem war der Besitzer ein Idiot, der einmal einen Hund ins Tierheim gebracht hatte, weil er zu faul war, die Nummer auf seiner Marke anzurufen.

Obwohl der Tag klar gewesen war, zogen plötzlich Wolken auf, und Donner grollte über uns. Der Wind frischte auf, und die sechs Mitglieder des Zirkels richteten sich auf, ihre Arme hoch in die Luft erhoben – sie wirkten mächtig und überlebensgroß.

Die Wolken teilten sich, und Licht strömte durch die Öffnung. Meine Haut begann zu prickeln, dann überzog Magie meine Haut. Die Auren aller Mitglieder des Zirkels wurden klar und deutlich, jede Einzelne war reinweiß, bis auf die versengten braunen Ränder. Je länger ich sie anstarrte, desto deutlicher wurden die braunen Ränder.

Gigi ließ die Arme sinken, und die anderen Frauen ahmten ihre Bewegung nach. Alle Kerzen schwebten zu Boden, und als sie die Erde berührten, erloschen die Flammen. Die Wolken lichteten sich, und wir badeten alle in der kalifornischen Sonne, während eine sanfte Brise mir eine Gänsehaut über den Rücken jagte.

Ich blinzelte Gigi an. „Was ist gerade passiert?"

„Die Göttin hat offenbart, was dir fehlt", sagte Gigi und ließ sich langsam auf einen der Baumstämme nieder. Die anderen Mitglieder des Zirkels taten dasselbe, aber keiner von ihnen sagte ein Wort.

Ich ließ meinen Blick über ihre steinernen Gesichter schweifen und spürte, wie das flaue Gefühl in meinem Magen zurückkehrte. „Es ist ein Dämon, oder?"

Gigis Lippen zuckten belustigt, aber sie bekam ihre Gesichtszüge schnell wieder in den Griff. „Nein. Es gibt keinen Dämon."

Die Anspannung wich augenblicklich aus meinem Körper. Was auch immer es war, zumindest würde ich nicht versuchen, mein eigenes Fleisch von innen heraus zu fressen. „Okay. Das ist eine Erleichterung. Und warum dann die langen Gesichter?"

Sie tauschten Blicke, sagten aber nichts. Stattdessen sahen sie alle zu Gigi, um mir die schlechte Nachricht zu überbringen.

„Gigi", seufzte ich. „Sag es mir einfach. Hattet ihr eine Vorahnung, dass mir was Schreckliches passieren wird, oder was?"

Das sähe mir ähnlich. Endlich in einer Stadt zu landen, die ich liebe, und mein Geschäft zum Laufen zu bringen, nur um dann an einem Herzinfarkt zu sterben.

Gigi schüttelte kichernd den Kopf. „Platzt du immer mit allem heraus, was du denkst?"

„Wenn ich nervös bin, ja", gab ich zu.

Sie nickte. „Das verstehe ich. Nun, ich kann nicht sagen, dass die Nervosität nicht gerechtfertigt ist. Hast du die Magie gesehen, die auf deiner Haut liegt?"

„Ja. Ich dachte, das wäre von euch sechs."

„Es würde alles viel einfacher machen, wenn es so wäre", sagte sie mit einem Seufzer. „Das ist ein Fluch."

Ich holte scharf Luft. Ich hatte gewusst, dass das eine Möglichkeit war. „Also gut. Wie werden wir ihn los? Das könnt ihr doch, oder?"

Gigi starrte mich direkt an, holte tief Luft und sagte: „Nein. Es tut mir leid, Marion, aber der ist von Dauer."

KAPITEL 11

„Was?" Ich sprang vom Baumstamm auf und drehte mich um, wobei ich die Mienen jedes einzelnen Zirkelmitglieds betrachtete. „Das kann nicht sein. Es gibt doch sicher einen Gegenfluch oder irgendeinen Trank, der ihn neutralisieren kann – was auch immer es ist."

„Ich wünschte, es gäbe einen", sagte Carly und trat neben Gigi. „Aber der Fluch, der an dir klebt, ist nicht oberflächlich. Keiner von uns ist mächtig genug, ihn zu brechen."

„Aber was, wenn ihr euch zusammentut? Ihr habt gerade die Wolken geteilt und Donner grollen lassen", sagte ich und winkte zum Himmel. „Ihr könnt einen Fluch nicht brechen? Ich weiß nicht mal, wo ich ihn herhabe. Hätte das nicht wehtun müssen oder so?"

Ich wandte mich an Iris. „Hast du das Amulett deines Vaters? Es muss stark genug sein, um diese Sache rückgängig zu machen."

Iris war die Einzige von uns, die ein magisches Gerät mit dieser Art von Macht besaß. Sie benutzte es selten, und soweit ich wusste, bewahrte sie es sicher an einem Ort auf, wo andere nicht so leicht herankamen.

Iris biss sich auf die Unterlippe und schüttelte langsam den Kopf. „So präzise ist es nicht. Ich fürchte, ich könnte dich verletzen, wenn ich das versuchen würde. Es ist eher eine Art stumpfe Gewaltanwendung als ein Werkzeug für Präzisionsarbeit wie das Brechen von Flüchen."

„Das ist Mist", sagte ich, warf die Hände in die Höhe und versuchte, die Panik zu ignorieren, die in meinem Bauch aufstieg.

„Aber lass mich ein bisschen recherchieren", schlug Iris vor. „Rausfinden, ob es Berichte über Amulette gibt, die Flüche gebrochen haben, ohne jemanden zu verletzen."

Ich atmete langsam aus. „Okay. Das scheint vernünftig. Danke."

„Ich werde anfangen, mich in der Stadt umzuhören", sagte Hope. „Ich bin sicher, meine Mutter würde sich auch bereit erklären. Wenn sie anderen helfen kann, ist das so ziemlich das eine Mal, dass sie für ihre Gabe dankbar ist."

Sowohl Hope als auch ihre Mutter hatten die Fähigkeit, die Gedanken anderer Leute zu belauschen, aber Angelas Macht war viel stärker. Normalerweise hasste sie es, ihre Gabe einzusetzen, aber jemanden zu finden, der herumlief und Leute verfluchte, war wahrscheinlich genau ihr Ding.

Ich streckte die Hand aus und drückte Hopes Hand. „Danke."

Joy kam näher. „Das muss doch letzte Nacht passiert sein, oder? Oder heute Morgen?"

„Definitiv letzte Nacht. Ich habe es bemerkt, als Tazia gegen Mitternacht vorbeigekommen ist. Ich habe während des Get-togethers immer noch Aura-Kompatibilität gesehen", sagte ich und drückte die Finger an meine Schläfen. „Ich weiß nicht. Es muss nach dem Brand und bevor ich nach Hause gekommen bin passiert sein."

Grace schnappte nach Luft. „Da war eine Art Lichtblitz, als dein Vater anfing, auf den Tisch zu klettern. Ich fand das seltsam, habe es aber in der ganzen Aufregung völlig vergessen. Es sah definitiv wie eine Art Zauber aus."

Wir schwiegen alle, während wir das auf uns wirken ließen.

„Du glaubst, jemand hat es im Restaurant getan?", fragte Iris Grace.

Grace zuckte mit den Schultern. „Das ist meine Vermutung. Hat jemand eine bessere Idee?"

Alle schüttelten den Kopf. Dann sahen sie mich an.

Ich sah sie ratlos an. „Ich *habe* was gehört. Wie einen Knall, genau als die Frau im Blumenkleid mich zu Boden gerissen hat. Die Theorie ist also wahrscheinlich so gut wie jede andere." Alle schwiegen. „Die Frau im Blumenkleid. Da müssen wir anfangen, oder?", fragte ich.

Sie murmelten alle zustimmend.

Iris runzelte die Stirn. „Ich habe sie nicht erkannt. Und du?"

Ich schüttelte den Kopf. „Nein. Aber das ist nicht so ungewöhnlich. Ich lade oft Leute, die auf der Liste der überprüften Kandidaten stehen, zu solchen Dingen ein, auch wenn ich nicht glaube, dass sie perfekt passen, weil man nie wirklich weiß, ob es funkt."

„Ich denke, da fangen wir an", sagte Carly, setzte sich neben mich und nahm meine Hand in ihre. „Lass uns rausfinden, wer sie ist, und dann fangen wir an, Fragen zu stellen."

„Das klingt nach einem guten Plan, aber wir können nicht sicher sein, dass sie es war. Ich meine, mein Vater war derjenige, der sie gegen mich gestoßen hat, weißt du noch?"

Joy nickte. „Dann sollten wir anfangen, alle Gäste unter die Lupe zu nehmen."

„Hast du eine Idee, wie wir das anstellen sollen?", fragte ich und war mehr als nur skeptisch. Ich war nicht begeistert von der Idee, jeden *Miss Matched*-Kunden auf die Verdächtigenliste zu setzen. Aber wenn es stimmte, dass mich jemand bei der Party verflucht hatte, welche Wahl hatten wir dann?

„Ich kann damit anfangen, mir Fotos von allen anzusehen, die dort waren", sagte Joy.

Ich runzelte die Stirn. „Wonach würdest du suchen?"

„Visionen", sagte Carly leise. „Joy hat gesehen, wie meine Nichte vor einiger Zeit entführt wurde, und sie ist der Grund, warum Harlow wieder sicher bei mir ist."

Richtig. Das hatte ich gehört, obwohl ich nicht glaubte, dass es öffentlich bekannt war. Der Zirkel hielt solche Dinge geheim.

„Das ist bemerkenswert."

„Du musst nur wissen, dass ich die Visionen nicht kontrollieren oder erzwingen kann", sagte Joy. „Ich werde es versuchen, aber ich kann nichts versprechen. Obwohl sie in letzter Zeit häufiger passieren. Leider sind diese flüchtigen Blicke meistens Dinge, die ich nicht wirklich sehen möchte. Du hast nicht gelebt, bis du einen kurzen Blick auf deinen Co-Star beim Manscaping erhascht hast."

Sie schauderte und blickte auf ihren Schritt. „Das gibt dem Begriff ‚Schwanzbilder' eine ganz neue Bedeutung."

Ein unerwartetes Kichern entkam meinen Lippen. „Das klingt ... interessant."

„Das kannst du laut sagen", murmelte Hope neben Joy.

Ich hielt Joys Blick fest. „Ich weiß das Angebot zu schätzen und nehme jede Hilfe an, die ich kriegen kann."

Carly und Gigi boten an, die Köpfe zusammenzustecken und zu versuchen, eine Art Aufklärungszauber zu erschaffen, während Grace sagte, sie würde in der Stadt die Ohren offenhalten. Als Immobilienmaklerin hörte sie alle möglichen Dinge – und nicht immer nur von den Lebenden. Derzeit war sie die Maklerin, an die man sich wandte, wenn es in einem Haus spukte.

Iris holte ihr Handy aus der Tasche und begann, sich Notizen zu machen. „Ich fange damit an, eine Datenbank aller Personen anzulegen, die gestern Abend dort waren." Sie drehte sich zu mir um. „Dann können wir uns ihre Hintergründe ansehen und überprüfen, ob es irgendwelche Warnzeichen gibt. Alles, was uns helfen würde, herauszufinden, wer das getan hat und warum."

Ich nickte, dankbar für sie alle. Tränen brannten in meinen Augen. „Vielen Dank, dass ihr herausgefunden habt, dass ich verflucht bin, und für alles, was ihr tut, um mir zu helfen, diesen Fluch loszuwerden. Ich weiß nur nicht, was ich machen soll, wenn meine Gabe nicht zurückkommt."

Iris streckte die Hand aus und drückte sie. „Alles wird gut. Ich habe gesehen, wie du arbeitest. Es ist nicht nur deine Magie und ihre Auren. Du hast auch ein Talent dafür, *Menschen* zu lesen. Du wirst schon sehen. Versprochen."

Egal, was Iris sagte, ich wusste, wie sehr ich mich auf meine Fähigkeit, Auren zu lesen, verließ. Ohne sie wäre ich nur eine weitere Heiratsvermittlerin, die Leuten Dates vermittelt und auf das Beste hofft. Das war nicht die Art von Service, die ich versprach.

Wenn der Fluch nicht aufgehoben würde, würde mein ganzes Leben auf den Kopf gestellt werden, und ich könnte mich von meiner Partnervermittlung *Miss Matched Midlife Dating-Agentur* verabschieden.

Und was dann?

Wie sollte ich meinen Lebensunterhalt verdienen? Ein Café oder einen Geschenkeladen eröffnen?

An keiner dieser Alternativen war etwas auszusetzen, sie waren nur einfach nicht mein Ding.

Ich war eine Heiratsvermittlerin. Eine magische. Ohne meine Gabe wusste ich nicht, wer ich war.

„Marion?", fragte Iris.

Ich begegnete ihrem Blick und wartete.

„Alles wird gut. Verstanden?"

„Ja, okay", sagte ich, denn was sollte ich sonst tun? Direkt hier im Zirkel vor den Frauen, die ich am meisten bewunderte, einen Nervenzusammenbruch bekommen? Auf keinen Fall. Ich würde warten, bis ich zu Hause war und dann ausrasten.

KAPITEL 12

*I*ch betrat mein Haus und ging direkt in die Küche. Es gab kein Zögern. Keine Schuldgefühle. Keine Rechtfertigungen. Ich hatte einen beschissenen Tag gehabt, und es gab nichts, was das ändern konnte. Aber das hieß nicht, dass ich mich nicht besser fühlen konnte.

Die Pop-Tarts waren genau dort, wo ich sie hingestellt hatte, im obersten Regal des Schranks auf der rechten Seite. Ich riss die silberne Verpackung auf, warf sie in den Toaster und wartete darauf, dass der süße Duft von braunem Zucker und Zimt meine Küche erfüllte.

„Weißt du, was perfekt zu Pop-Tarts passt?"

Ich drehte mich um und sah Celia, das Gespenst, an der Theke lehnen, die Arme vor der Brust verschränkt.

„Ein heißer Mann, der sie mir füttert?"

Ihre Lippen verzogen sich zu einem schiefen Lächeln. „Das ist besser als das, was ich sagen wollte, aber da ich hier keinen sehe, musst du uns eben Lattes machen."

„Uns?", fragte ich mit hochgezogener Augenbraue.

„Ja, uns. Ich kann vielleicht nichts essen, aber ich kann es immer noch riechen. Und ich bezweifle stark, dass du mich an deinem riechen lassen willst."

Kichernd ging ich zur Nespresso-Maschine und bereitete meinen Latte zu.

Als die Pop-Tarts aus dem Toaster kamen, knurrte mein Magen vor Vorfreude. Ohne abzuwarten, bis sie abgekühlt waren, riss ich eine Ecke ab und stopfte sie mir in den Mund. Der braune Zucker schmolz auf meiner Zunge, und ich stöhnte zufrieden.

„Ich hasse dich gerade so sehr", sagte Celia und beäugte mein Gebäck, als wolle sie damit Liebe machen.

„Verdammt, das ist köstlich." Ich leckte mir die Finger ab und schiebe mir noch ein Stück in den Mund, bevor ich meinen Latte trank.

„Hey!", protestierte Celia. „Was ist mit mir?"

Ich goss ihr etwas von meinem in eine Tasse und stellte sie auf die Theke. „Fröhliches Schnuppern."

Als wir nebeneinander in der Küche standen, schnupperte Celia an ihrem Latte wie ein Drogenspürhund auf dem Flughafen, während ich langsamer machte und mir Zeit ließ, meine Pop-Tarts zu genießen.

„Erzähl mir von dem Geist beim Get-together", sagte ich. „Neuer Freund?"

„Neuer Kunde", sagte sie. „Er sucht ein Date. Ich habe ihm gesagt, dass ich eine Heiratsvermittlerin bin, und er hat versprochen, mir zu zeigen, wie ich meine Kleidung wechseln und wieder Essen schmecken kann, wenn ich ihm ein Date besorge."

„Und du hast ihm geglaubt?", fragte ich, mehr als nur ein bisschen skeptisch.

„Ich habe gesehen, wie er seine Kleidung von Jeans und T-Shirt zu dem Anzug verwandelt hat, den er getragen hat, also ja, ich glaube, er sagt die Wahrheit." Sie legte den Kopf in den

Nacken und starrte an die Decke. „Außerdem, wenn er ein Lügner ist, was macht das für einen Unterschied? Es ist ja nicht so, dass ich Bezahlung in Form von Bargeld brauche. Ich will nur lernen, wie ich ein besseres Geisterleben führen kann."

Ihr Ton war so wehmütig, dass ich ihr am liebsten die Hand gedrückt oder sie umarmt hätte. Stattdessen ließ ich sie an meiner Pop-Tart schnuppern.

Sie seufzte zufrieden und sagte: „Du könntest glatt die beste Chefin aller Zeiten sein."

Als Jax eine Minute später hereinkam, standen wir beide immer noch nebeneinander und stöhnten zufrieden, während wir unsere volle Aufmerksamkeit unseren Nachmittagssnacks widmeten.

„Soll ich später wiederkommen?", fragte er und ging bereits rückwärts durch die Tür.

„Was? Nein", sagte ich mit vollem Mund. „Es gibt keinen Grund zu gehen."

„Bist du sicher? Es hörte sich an, als hättest du einen Moment mit ..." Er kniff die Augen zusammen und lachte dann. „Isst du Pop-Tarts?"

„Ja." Ich schlang den letzten Bissen hinunter, nahm mir meinen Latte und deutete auf dem Weg zum Tisch auf den Kühlschrank. „Bedien dich, wenn du was trinken möchtest."

Jax nickte, nahm sich ein Bier und setzte sich dann neben mich, nachdem er den Kronkorken geöffnet hatte.

Ich betrachtete das Lagerbier einer Brauerei aus der Gegend und fragte mich, wann mein Vater es gekauft hatte. Ich war kein großer Biertrinker, also war es nicht meines.

„Ich bin mir ziemlich sicher, dass es meinem Dad gehört. Er erwartet vielleicht, dass du es ersetzt."

„Zweifellos", lachte Jax. „Keine Sorge. Ich bin kreditwürdig."

Wir saßen schweigend da und nippten an unseren Getränken.

Celia, die uns angestarrt hatte, stieß einen schweren Seufzer aus. „Verdammt, die Spannung hier drinnen ist genug, um ein Mädchen zum Trinken zu bringen. Zu schade, dass ich nicht anfangen kann, Kurze zu kippen."

„Welche Spannung?", fragte ich, während Jax seine Bierflasche auf den Tisch stellte und nach meiner Hand griff. Ich starrte auf seine Finger auf meinen, und blickte dann zu ihm auf.

„Diese Spannung." Celia schüttelte den Kopf. „Und könntet ihr das, was auch immer das ist, einen Tick runterfahren?" Sie winkte in unsere Richtung. „Wenn eure Auren noch violetter wären, müsste ich mir die Augen mit Bleiche waschen."

„Was?" Mein Kopf schoss herum und ich starrte sie mit großen Augen an.

„Violett erinnert mich immer an meine Mutter und den schrecklichen Trailer, in dem ich aufgewachsen bin. Alles war *violett*. Und ich meine wirklich alles. Das Sofa, der schäbige Sitzsack, das Geschirr, der Teppich, der Duschvorhang, den sie als Vorhang vor der Glasschiebetür benutzt hat. Das war schlimmer als ihre Weihrauchphase." Der Geist schauderte sichtlich.

„Du machst Witze", stellte ich mit einer Endgültigkeit fest, die keiner Antwort bedurfte.

Trotzdem zuckte sie mit einer Schulter. „Wenn du meinst. Aber wenn ich noch am Leben wäre, würde ich dir die Bilder zeigen. Es ist, als hätte jemand den ganzen Wohnwagen mit Traubensaft vollgekotzt."

„Das ist nicht –"

„Klopf, klopf!" Durch die Fliegengittertür drang Tazias vertraute Stimme herein.

„Komm rein, Tazia", rief ich zurück und lauschte, als die

Tür quietschend aufging und ihre Schritte über den Parkettboden klapperten.

„Oh, ich wusste nicht, dass du Besuch hast", sagte sie, als sie Jax und Celia entdeckte. Sie hielt einen Strauß dunkelroter Tulpen in der Hand.

„Eigentlich bin ich kein Besucher", sagte Celia. „Eher eine Kollegin. Außerdem schuldet mir Marion ein Date."

Tazias Blick wanderte zwischen dem Geist und mir hin und her. „Ist das ein neuer Service? Du hilfst Leuten, die schon hinübergegangen sind?"

„Nein." Ich stand auf und ging zu Tazia.

Celia schnaubte gereizt. „Du hast gesagt, du würdest mir helfen."

Ich sah sie an. „Ich habe gesagt, ich würde helfen, wenn ich könnte. Wie, ist mir jedoch schleierhaft. Leute im Jenseits zusammenzubringen, ist definitiv nicht Teil meines Geschäftsplans."

Obwohl … vielleicht sollte ich der Idee gegenüber aufgeschlossen bleiben. Wenn ich keine Auren mehr sehen konnte, musste ich kreativ werden.

Tazia reichte mir die Blumen und sagte: „Sie sind aus meinem Gewächshaus."

„Für mich?", fragte ich begeistert.

„Natürlich für dich. Wen sonst – Celia?", fragte sie lachend.

„Hey! Ich mag Blumen. Obwohl ich eher der Typ für langstielige Rosen bin", sagte Celia schmollend. „Es ist schon ewig her, dass ich einen Mann mit diesen Wimpern anklimpern konnte, bis er nicht widerstehen konnte, mir zwei Dutzend davon zu schicken, in der Hoffnung auf ein Date im Café."

Ich verdrehte die Augen und nahm Tazia die Blumen ab. Ich streckte die Hand nach ihr aus, um sie zu umarmen, und flüsterte: „Danke. Sie sind wunderschön. Es war sehr aufmerksam von dir, sie vorbeizubringen. Und nur damit du es weißt, ich bin nicht besessen. Der Hexenzirkel hat es bestätigt."

Sie zog sich zurück und sah mir in die Augen. Ich war mir sicher, dass sie mir nicht glaubte, aber dann nickte sie und flüsterte zurück: „Okay. Danke, dass du es mir erzählt hast. Aber da ist doch was, oder? Wie ein Zauber oder Fluch?"

Ich nickte ernst. „Wir arbeiten daran."

Tazia umarmte mich noch einmal fest. „Ich bin da, wenn du mich brauchst."

„Ich weiß." Ich kniff die Augen zusammen und hielt sie fest, bis ich Schritte auf meinem Parkettboden hörte.

„Ich wusste nicht, dass hier eine Party stattfindet", sagte mein Vater und trat hinter Tazia.

Tazia wandte sich ihm zu und lächelte ihn süß an. Ein Lächeln, das fast schüchtern war. „Hi, Memphis. Wie geht's dir heute?"

„Besser als gestern Abend." Er ging zur Theke und nahm sich einen Keks aus der Keksdose. Er bot jedem einen an, aber Tazia war die Einzige, die sein Angebot annahm.

„Ugh. Die beiden müssen gehen. Ich kann so viel Violett nicht ertragen", schnaubte Celia und deutete auf Tazia und meinen Vater. „Das könnte ein Mädchen glatt zum Kotzen bringen."

„Gut, dass du diese Körperfunktion hinter dir hast", bemerkte ich trocken. Doch dann warf ich einen langen Blick auf meinen Vater und Tazia. Ihre Auren waren wie ausgewaschen, ihre blassgelb und seine blassorange. Kein Violett in Sicht. „Celia, ziehst du mich auf?"

„Das ist durchaus möglich", sagte Jax mit einem Kichern. „Ist das nicht der einzige Grund, warum sie dich in letzter Zeit besucht?"

„Bitte, ich bin jetzt ein berufstätiges Mädchen", sagte Celia mit einem Anflug von Überlegenheit. „Du wirst schon sehen. Ich werde ihr helfen, *Miss Matched* zu einem durchschlagenden Erfolg zu machen."

„Ich entschuldige mich", sagte Jax ernst. „Ich wollte dich nicht beleidigen."

Sie winkte mit der Hand in seine Richtung und tat seine Entschuldigung ab. „Bitte. Vor zwei Tagen hättest du recht gehabt." Sie zwinkerte ihm mit einem ihrer großen Augen zu. „Marion schreit geradezu danach, aufgezogen zu werden. Wer kann da widerstehen?"

„Celia, wir müssen reden", sagte ich und ging schon ins Wohnzimmer.

„Worüber?", rief sie von ihrem Platz in der Küche.

„Komm einfach her", befahl ich, ließ mich auf die Couch fallen und schloss die Augen. Wie war mein Haus zur *Grand Central Station* geworden, wo ich nicht einmal *einen* von ihnen eingeladen hatte?

„Harter Tag?", fragte eine willkommene und vertraute Stimme.

Ich riss die Augen auf und sah Ty mit seinem zerzaustem dunklem Haar und einem Koffer zu seinen Füßen in der Tür stehen. „Ty!" Ich sprang auf und nahm ihn in die Arme, umarmte ihn so fest ich konnte. „Warum hast du mir nicht gesagt, dass du auf dem Weg bist?"

„Ich wollte, dass es eine Überraschung ist", sagte er über meine Schulter. „Sieht so aus, als hätte mein Plan funktioniert."

Ich lachte glücklich, zog mich zurück und starrte in sein hübsches Gesicht. Er war so am Boden zerstört gewesen, als Trish vor vier Jahren bei dem Autounfall gestorben war. Mir ging es genauso, aber wenigstens war mir nicht meine ganze Welt entrissen worden, als dieser Betrunkene eine rote Ampel überfahren hatte. Ich hatte nur ein gebrochenes Herz.

„Ich habe eine Überraschung mitgebracht", sagte er und lächelte mich schüchtern an.

Ich blinzelte ihn an. „Eine Überraschung? Was für eine Überraschung?"

„Hoffentlich eine gute." Er trat einen Schritt nach rechts und enthüllte einen anderen jungen Mann in seinem Alter, mit dunklem, lockigem Haar, dunkler Haut und den strahlendsten blauen Augen, die ich je gesehen hatte. „Marion, das ist Kennedy."

„Endlich", sagte ich und ging auf Kennedy zu, die Arme erhoben und bereit für eine Umarmung.

Er zögerte nicht. Kennedy schlang seine Arme um mich und drückte mich fest an sich. „Es ist schön, dich endlich kennenzulernen, *Mama Marion*."

Ich kicherte über den Spitznamen. Ty hatte mich so genannt, seit ich darauf bestanden hatte, dass er nach Trishs Tod bei mir einzog. Da er damals schon achtzehn war, war er erwachsen und hätte tun können, was er wollte. Und obwohl Trish eine beträchtliche Lebensversicherung abgeschlossen hatte, die bedeutete, dass er sich nie darauf verlassen musste, dass sich jemand um ihn kümmerte, hatte Ty emotionale Unterstützung und eine Art Elternfigur in seinem Leben gebraucht. Und ich hatte ihn auch gebraucht. Ich hatte jemanden gebraucht, um den ich mich kümmern konnte, während ich um meine beste Freundin trauerte.

„Wie lange bleibst du?", fragte ich Kennedy.

Die beiden tauschten einen Blick, den ich nicht deuten konnte.

Tys normalerweise lebhafte blaugrüne Aura war jetzt trübes Grün, während Kennedys von trübem Grau war. Das musste wegen meines Fluchs sein. Alles war einfach falsch, und eine Welle der Frustration überkam mich. Was hatte es für einen Sinn, Auren sehen zu können, wenn meine Deutungen unzuverlässig waren? Nicht, dass ich jemals nur Auren lesen wollte, um meinen Lebensunterhalt zu verdienen. Paare zusammenzubringen, war meine Leidenschaft.

Ich hob eine Augenbraue und blickte zwischen den Jungs hin und her. „Ty? Wie lange bleibt Kennedy?"

„Nun …" Er rieb sich sein kantiges Kinn. „Er zieht auch nach *Premonition Pointe*. Wir hatten irgendwie gehofft, dass er hier bleiben könnte, bis er eine eigene Wohnung gefunden hat."

„Oh." Das war eine Überraschung. „Natürlich, ich habe nichts dagegen. Aber mein Dad ist hier, also ist die Garagenwohnung belegt. Ihr müsst euch dein Zimmer teilen."

Wieder tauschten sie einen Blick aus, den ich nicht einordnen konnte. War das Sorge, die ich in Tys Gesichtsausdruck sah?

Aber kaum hatte ich diesen Gedanken, strahlte Ty mich an und sprang auf, um mich fest zu umarmen.

Ich stieß ein gedämpftes „Uff!" aus, als ich meine Arme um ihn schlang, und lachte dann über die übertriebene Reaktion.

„Danke, Mar. Du bist die Beste."

„Hast du allen Ernstes gedacht, ich würde nein sagen?", fragte ich und klang selbst in meinen eigenen Ohren ungläubig.

Er schüttelte den Kopf. „Überhaupt nicht. Ich möchte nur, dass du weißt, wie sehr ich dich schätze. Nicht jeder hat jemanden, auf den er zählen kann, dass er für ihn da ist, egal was passiert."

Die Emotion, die seine Stimme zum Überschlagen brachte, war nicht zu überhören, und ich lehnte mich zurück, um ihm in die Augen zu sehen. „Danke. Das ist wirklich süß. Aber du scheinst …" Ich war mir nicht sicher, wie ich den Satz beenden sollte, also entschied ich mich für: „Gibt es was, das du mir sagen willst?"

Sein Blick huschte zu Kennedy.

Der andere junge Mann wirkte besorgt, als sein Blick zu mir und dann schnell wieder zu Ty wanderte.

Ty räusperte sich, aber anstatt meine Frage zu beantworten, drückte er meine Hand und sagte: „Ich werde Kennedy das Zimmer zeigen."

Ich beobachtete, wie Ty seine Hand auf Kennedys Schulter legte, seinen Koffer nahm und ihn zu seinem Schlafzimmer am Ende des Flurs führte.

Kennedy lächelte ihn dankbar an.

An der Interaktion war nichts Ungewöhnliches. Man musste kein Genie sein, um zu erkennen, dass Kennedy mit irgendwas zu kämpfen hatte und Ty sein Bestes tat, um seinen Freund zu unterstützen. Ty war schon immer der fürsorgliche Typ gewesen. Als sie jedoch das Wohnzimmer verließen, spürte ich ein Kribbeln im unteren Rücken, und plötzlich fragte ich mich, ob zwischen ihnen mehr als nur Freundschaft war.

„Verdammt", sagte Celia leise von ihrem Platz in der Nähe des Kücheneingangs. „Was ist in diesem Haus los? Ich schwöre, dieses verdammte Violett ist wie eine Krankheit. Gibt es niemanden in diesem Haus, der nicht darin badet?"

„Warte, was?", fragte ich sie mit großen Augen, während ich Ty und Kennedy nachstarrte. Wollte sie damit andeuten, dass sie mehr als nur Freunde waren?

„Meine Augen tun weh. Ich kann es hier nicht mehr ertragen." Celia verschwand plötzlich, und ich fluchte leise.

Warum musste sie ausgerechnet dann verschwinden, wenn ich so viele Fragen hatte? Wie konnte sie plötzlich Auren sehen, die auf Liebespaare hindeuten, wenn ich es nicht mehr konnte? Aber selbst wenn ich die Gelegenheit gehabt hätte, sie danach zu fragen, könnte ich ihren Worten trauen?

Sicher, mein Dad und Tazia passten perfekt zusammen.

Das hatte ich ein paar Abende zuvor mit eigenen Augen gesehen. Aber Jax und ich hatten nie kompatible Auren gehabt, also war dieser Teil offensichtlich nicht wahr. Warum sollte ich ihr bei Ty und Kennedy glauben?

Soweit ich wusste, war Ty noch nie mit einem Mann ausgegangen. Er hatte immer Freundinnen gehabt. Tatsächlich … war er nicht immer noch mit Camille zusammen? Ich hatte in letzter Zeit keine Fotos von ihnen online gesehen, aber das musste nichts heißen. Er war eher ein sporadischer Social-Media-Poster.

Ich schüttelte den Kopf. Sicherlich würde Ty es mir sagen, wenn es was zu erzählen gab. Er wusste, dass ich kein Problem mit gleichgeschlechtlichen Beziehungen hatte.

Ich blickte noch einmal den Flur hinunter und ging dann zurück in die Küche, um nach meinen Gästen zu sehen.

KAPITEL 13

*I*ch fand Jax, Tazia und meinen Vater draußen auf meiner Terrasse sitzend. Das erklärte, warum niemand Ty und Kennedy kommen gehört hatte. Sie diskutierten über meine mangelnde Gartengestaltung und machten offenbar einen Plan für einen Blumengarten.

„Sonnenblumen in dieser Ecke", sagte Tazia. „Und da drüben, im Schatten neben dem Haus, ist der perfekte Platz für eine Hortensie."

„Wo kommen die Rhododendren hin?", fragte ich, als ich mich neben sie setzte.

Sie neigte den Kopf zur Seite, sodass ihre Locken über ein Auge fielen. „Vorn, links vom Haus. Ungefähr drei davon, um eine Laubwand zwischen dir und deinem Nachbarn zu bilden."

Ich nickte. „Ich brauche eindeutig einen Landschaftsgestaltungsplan von dir."

„Das mache ich gern, aber ich lege noch einen drauf. Ich komme und helfe dir, wenn Pflanzzeit ist."

„Wenn das bedeutet, dass mein Garten nur halb so gut aussehen wird wie deiner, bin ich dabei", sagte ich.

„Vergiss die Dahlien nicht", bemerkte Jax.

Mein Herz schmolz fast dahin. Seine Mutter hatte einen beeindruckenden Dahliengarten bei sich zu Hause gehabt, als wir auf der Highschool waren, und ich hatte ihn immer geliebt. Er erinnerte sich daran.

Ich konnte das zufriedene Lächeln nicht unterdrücken, das meine Lippen umspielte. „Ja, ich werde definitiv ein paar Dahlien brauchen. Große, rosafarbene."

„Verstanden", sagte Tazia und blickte zwischen mir und Jax hin und her.

„Du bist eine gute Freundin." Ich drückte ihre Hand und musterte sie dann. Sie trug eine weite Leinenhose und ein schulterfreies, figurbetontes Oberteil, das sie schick und elegant aussehen ließ. Ich dachte nicht, dass ich nach meinem fünfundzwanzigsten Geburtstag je so gut ausgesehen hatte. „Tazia, wie kommt's, dass du dich heute so schick gemacht hast? Hast du ein Date oder so?"

Sie warf meinem Vater einen schnellen Blick zu, wurde rot und sah dann weg. „Äh, heute Abend kein Date. Aber ich hatte heute ein Mittagessen und vorhin ein paar Termine in der Stadt." Sie richtete sich auf. „Ich dachte, es könnte nicht schaden, bei Gesprächen mit den Geldleuten gut auszusehen."

„Da hast du recht", sagte ich mit einem Nicken und verstand jetzt, warum sie nicht ihren typischen Baumwollrock und die Bauernbluse trug. Ihre natürliche Neigung, wie ein Kind der Sechziger auszusehen, führte manchmal dazu, dass die Leute sie nicht ernst nahmen.

Mein Vater starrte sie mit gerunzelter Stirn an. „Geldleute?", fragte er. „Ist alles in Ordnung?"

„Oh, alles in Ordnung. Das war nur Routinekram. Nichts, worüber man sich Sorgen machen müsste." Tazia schenkte ihm ein strahlendes Lächeln. „Aber da ich jetzt schon so schick angezogen bin, können wir es genauso gut nutzen. Memphis, hast du heute Abend was vor? Ich dachte, wenn du nicht beschäftigt bist, könnten wir diesen Kindern vielleicht aus dem Weg gehen und was essen gehen."

Tazia zwinkerte mir zu, als steckten wir bei dieser Einladung unter einer Decke.

Ich verkniff mir eine Grimasse, denn ich wusste, dass mein Dad genau das denken würde. Dass ich diese Einladung eingefädelt hatte. Das hatte ich nicht, aber war das so wichtig, wenn man bedenkt, dass mir die Idee, dass sie miteinander ausgingen, gefiel?

Mein Dad warf mir einen scharfen Blick zu, was meinen Verdacht bestätigte, dass er glaubte, das sei meine Idee gewesen.

„Äh … danke, Tazia. Das ist ein wirklich süßes Angebot, aber ich habe heute Abend tatsächlich schon was vor." Er stand auf und griff nach seiner leeren Bierflasche. „Vielleicht ein anderes Mal?"

„Sicher", sagte Tazia, ohne zu zögern. Sie stand ebenfalls auf und steckte die Hände in die Taschen. Es war ein Zeichen dafür, dass sie ein bisschen nervös war. „Ich sollte los." Sie lächelte meinen Vater kurz an, bevor sie meine Schulter drückte. „Wir sehen uns morgen."

Ich tätschelte ihre Hand. „Frühstück im *Bird's Eye*?"

„Das würde ich mir nicht entgehen lassen." Sie drehte sich auf dem Absatz um und verschwand im Haus. Einen Moment später hörte ich, wie sich die Fliegengittertür schloss, was bedeutete, dass sie gegangen war.

„Dad!", schalt ich ihn. „Du hast heute Abend *nichts* vor. Warum hast du Nein gesagt?"

„Mach dir keine Sorgen, Marionberry. Ich habe nicht vor, heute Abend das fünfte Rad am Wagen für dich und Jax zu sein. Ich gehe in die Garagenwohnung, damit ihr … tun könnt, was immer ihr vorhabt."

„Du bist kein fünftes Rad am Wagen", beharrte ich.

„Ist er nicht?", fragte Jax mit einem kaum hörbaren Lachen.

Ich starrte den Mann neben mir wütend an. „Das hilft nicht."

Jax verzog seine Lippen zu einem schiefen Lächeln und ließ wieder dieses verdammte Grübchen blitzen. Ich verspürte das starke Verlangen, mich vorzubeugen und es zu küssen. Stattdessen riss ich meinen Blick los und konzentrierte mich auf die Gestalt meines Vaters, die sich entfernte.

„Ty ist hier."

Mein Vater hielt inne und sah mich an. „Wirklich?"

Ich nickte. „Er ist erst vor ein paar Minuten hier angekommen. Wie du also siehst, hatte ich nicht vor, heute Abend mit Jax allein zu sein."

„Ach so? Vielleicht solltest du das überdenken."

„Dad! Du schätzt es nicht, dass ich mich in dein Liebesleben einmische. Warum steckst du deine Nase in meines?"

Dad schnaubte und ging zurück ins Haus.

Jax lehnte den Kopf zurück und lachte.

„Was ist so lustig?"

„Du und dein Vater. Ihr streitet, weil ihr euch gleicht wie ein Ei dem anderen." Er streckte die Hand aus und legte sie auf meine. „Nun zu dem, was dein Dad gesagt hat."

„Du meinst, dass wir Zeit miteinander verbringen?"

„Ja." Sein Daumen streichelte meinen Handrücken. „Kann ich dich zu einem Spaziergang am Strand überreden?"

„Bist du deshalb vorbeigekommen?", fragte ich, nur um seine Frage nicht beantworten zu müssen. Denn die Wahrheit war, dass ich unbedingt mit ihm einen Abendspaziergang am Strand machen wollte. Aber ich konnte nicht Ja sagen. Es war eine schreckliche Idee. Wenn wir zusammen an den Strand gingen, würde ich meine persönlichen Regeln brechen. Die Regeln, die mir verboten, mit Jax Williams auszugehen.

„Ja", sagte er. „Es ist ein schöner Abend, und ich dachte, es wäre nett, Gesellschaft zu haben." Er stand auf, hielt meine Hand fest und zog mich auf die Füße. „Komm, Marion. Es ist nur ein Spaziergang, kein Date. Nur zwei Freunde, die sich ein bisschen bewegen."

„Bewegung. Richtig. Also werden wir keinen romantischen Spaziergang am Strand bei Sonnenuntergang machen?", fragte ich.

„Wer hat was von romantisch gesagt?" Er ließ wieder sein Grübchen blitzen und machte sich auf den Weg ins Haus.

„Jax, warte." Ich blieb stehen und wartete, bis er sich umdrehte und mich ansah.

„Ja?" Er zog beide Augenbrauen hoch.

„Es ist wirklich nur ein Spaziergang mit einem alten Freund? Sonst nichts?" Ich gab nach und rechtfertigte mir den Ausflug, damit ich die Schuldgefühle loswerden und ihm folgen konnte, wohin auch immer er mich führen wollte. Wenn ich eine stärkere Frau wäre, würde ich ihn zur Tür begleiten und dann den Rest des Abends meine Entscheidung bereuen.

„Nur ein Spaziergang mit einem alten Freund. Sonst nichts", bestätigte er.

Ich stieß einen kleinen Seufzer aus, nickte und folgte ihm durch das Haus. Als wir den Flur passierten, hielt ich inne. „Warte einen Moment. Ich will nur schnell Ty sagen, dass ich gehe."

Er wartete geduldig an der Tür, während ich den Flur hinunterging.

Kurz bevor ich klopfte, hörte ich Kennedys Stimme auf der anderen Seite der Tür. „Du darfst es ihr nicht sagen. Was, wenn sie uns rauswirft?"

„Das würde sie nie tun, Ken", sagte Ty beruhigend. „Marion

ist … na ja, sie ist die beste Person, die ich kenne. Meine zweite Mom. Sie ist nicht wie deine Eltern."

Mein Herz schwoll an, und unerwartete Tränen brannten in meinen Augen. Die Liebe und das Vertrauen in Tys Stimme zu hören, war ein Geschenk, das ich für immer schätzen würde.

„Ich dachte auch, dass meine Eltern das nie tun würden!", zischte Kennedy. „Und schau, was passiert ist!"

Der Ausbruch überraschte mich, riss mich aber auch aus meiner Trance. Ich hatte kein Recht, ihr Gespräch zu belauschen. Wenn Ty die Tür öffnete und mich dort stehen und nur zuhören sah, müsste ich hoffen, dass sich der Boden unter meinen Füßen auftat. Jeder verdiente Privatsphäre. Wenn er mir etwas sagen wollte, würde er es tun, wenn er dazu bereit war.

Ich ging schweigend zum anderen Ende des Flurs zurück und rief: „Ty! Ich gehe spazieren. Im Kühlschrank ist was zu essen, falls ihr hungrig seid."

Die Tür schwang auf. Ty stand mit den Händen in den Taschen da und sah ernst aus. Kennedy hatte uns beiden den Rücken zugewandt, und wenn ich mich nicht täuschte, sah es so aus, als würde er sich die Augen wischen.

Es gab kein Halten mehr. Ich wusste, ich hätte es einfach dabei belassen sollen, aber ich konnte ihn keine Minute länger denken lassen, dass ich ihn auch zurückweisen würde. Ich ging zu Ty, nahm seine Hand in meine und zog ihn dann zu Kennedy.

Nachdem ich einen Arm um Kennedys Schultern gelegt hatte, drückte ich ihm einen Kuss auf die Wange und sagte: „Ihr seid perfekt, so wie ihr seid, und ich liebe euch beide, so oder so. Verstanden?"

Kennedys Augen weiteten sich geschockt, und dann begann

er zu zittern, während Tränen unkontrolliert über sein Gesicht liefen.

Ty wollte ihn an sich ziehen, aber ich hob meine Hand und sagte: „Lass mich."

Im nächsten Moment lag Kennedy in meinen Armen und weinte sich die Augen aus, während ich ihn hielt und die beschissenen Eltern ersetzte, die ihn abgelehnt hatten.

„Es tut mir so leid, Sweetheart", flüsterte ich ihm zu, während ich mit der Hand über seine dunklen Locken strich. „Du bist hier immer geliebt und willkommen."

Er schluchzte und hielt mich fester. Ich beruhigte ihn mit sanften Worten, während er weinte, und dann fühlte ich, wie mein Herz fast wieder brach, als Ty hinter ihn trat und seine Arme um uns beide schlang.

„Du bist hier in Sicherheit", flüsterte Ty ihm zu. „Mom und ich sind hier."

Das war's. Die Tränen, die ich zurückgehalten hatte, um für Kennedy stark zu sein, begannen zu fließen, und ich hielt sie beide und vergaß dabei völlig den Mann, der an der Haustür auf mich wartete.

KAPITEL 14

*A*ls Kennedys Schluchzen aufhörte, sagte er: „Ich glaube, jetzt geht's mir gut."

Ty und ich ließen ihn los, doch Ty ließ seine Hand auf Kennedys Schulter ruhen.

„Es tut mir leid", sagte Kennedy und wischte sich mit dem Handrücken über die Augen. „Ich wollte nicht so zusammenbrechen."

Ich drückte meine Handfläche an seine Wange. „In diesem Haus musst du dich nie dafür entschuldigen, dass du Gefühle zeigst."

Seine Augen füllten sich wieder mit Tränen, aber er blinzelte sie weg. „Danke, Marion."

Kennedy starrte zu Boden und trat von einem Fuß auf den anderen, als könne er es kaum erwarten, dass der Moment zu Ende ging.

Ich sah Ty in die Augen. „Wie wär's mit heißer Schokolade? Ich mache euch die Echte."

„Sicher", sagte Ty und lächelte mich dankbar an, während

er seine Hand über Kennedys Arm gleiten ließ und dessen Hand ergriff. „Wir sind gleich da."

Ich nickte und ging zurück in die Küche, wo ich eine Notiz an meinem Kühlschrank fand.

Lass uns den Spaziergang verschieben. Alles Liebe, J.

Mein Herz schwoll so weit an, dass es platzen wollte. Ich hatte vollkommen vergessen, dass Jax auf mich wartete, aber als er bemerkt hatte, dass die Jungs mich brauchten, war er leise und ohne jedes Drama gegangen – und hatte mir gleichzeitig klargemacht, dass er immer noch Zeit mit mir verbringen wollte.

Was tat ich nur, diesen Mann auf Abstand zu halten?

In der Küche holte ich die guten Zutaten heraus. Vollmilch und echte Schokolade.

Während ich damit beschäftigt war, die Mischung auf dem Herd umzurühren, kam Ty mit den Händen in den Taschen in die Küche. Ohne ein Wort zu sagen, legte er seine Arme um mich und schmiegte seinen Kopf an meine Schulter.

Ich legte meine Hand auf sein Haar und hielt ihn einfach. Es gab keine Tränen, nur ein stilles Bekenntnis der Liebe zwischen uns beiden.

„Ich weiß nicht, was ich ohne dich machen würde", sagte er, als er sich zurückzog.

„Das musst du nicht herausfinden." Ich legte meine Hand an seine Wange und hielt seinen Blick fest mit meinem. „Willst du darüber reden?"

„Ja, aber nicht heute Abend, wenn das okay ist." Er blickte hinter sich auf die andere Seite des Hauses. „Kennedy … er ist überfordert. Ich glaube nicht, dass er rauskommen wird, und ich will ihn nicht zu lange allein lassen."

„Natürlich." Ich drückte ihm einen Kuss auf die Wange. „Nur zu. Geh und kümmere dich um deinen ... Ich bringe euch die heiße Schokolade, wenn sie fertig ist."

Ty lächelte mich amüsiert an. „Freund."

„Ich weiß, Honey. Ich wollte nur, dass du es zuerst sagst."
Ich tätschelte seine Wange. „Jetzt geh. Wir reden morgen."

„Danke", sagte er mit leiser, von Emotionen schwerer
Stimme. Nach einer letzten Umarmung ließ er mich mit der
heißen Schokolade allein in der Küche.

Tränen stiegen mir in die Augen, als sich langsam Wut in
meiner Brust festsetzte. Ich würde nie verstehen, wie Eltern
ihr Kind ablehnen konnten, weil es jemanden liebte, der ihnen
nicht passte. Die Ablehnung, die sie Kennedy
entgegenbrachten, war von der Art, die ein bleibendes Trauma
hinterlassen würde. Ich wollte schreien und toben und
jemandem die Meinung sagen. Stattdessen stand ich am Herd
und rührte die heiße Schokolade heftig um, bis sie perfekt war.

AM NÄCHSTEN MORGEN schlief ich länger als gewöhnlich, und
als ich aufstand, lag eine Nachricht von Ty auf dem Tisch, dass
er und Kennedy den größten Teil des Tages unterwegs sein
würden und sich mit mir zum Abendessen treffen wollten. Ich
drückte die Nachricht an meine Brust, und mein Herz schwoll
vor Zuneigung an. *Trish wäre so stolz auf ihn.*

Ein kleiner Schmerz durchbohrte mein Herz. Es war so
unfair, dass sie nicht mehr da war und nicht miterleben durfte,
wie er sich in einen so wunderbaren Mann verwandelte.

„Marion?", rief mein Vater, als er ins Haus kam.

„Hey, Dad", sagte ich und stopfte die Nachricht in meine
Tasche. Ich würde sie später in meinen Schuhkarton legen, zu
all den anderen Notizen, die Ty mir im Laufe der Jahre
geschrieben hatte. „Was hast du heute vor?"

„Ich habe ein Date, also werde ich bis spät weg sein."

Als er ins Wohnzimmer kam, trug er eine Jeans und ein

hellblaues Hemd mit tropischem Print. Er sah aus, als gehöre er nach Miami, nicht in die kleine Küstenstadt *Premonition Pointe.*

„Ein Date? Mit Tazia?", fragte ich hoffnungsvoll.

Er schnaubte. „Nein. Und denk nicht, ich wüsste nicht, dass du darauf drängst. Sie ist nicht mein Typ, also lass es gut sein."

Ich runzelte die Stirn. „Sie ist *genau* dein Typ, Dad. Ich bin eine Heiratsvermittlerin. Und zwar eine gute. Wann wirst du anfangen, mir zu vertrauen?"

„Ich suche keine neue Frau. Das weißt du." Er ging in die Küche und fing an, an meiner Espressomaschine herumzufummeln.

„Nur weil du ein Date hast, heißt das nicht, dass du heiraten musst. Tazia ist –"

„Ich will kein Wort mehr über Tazia hören! Verstanden?", blaffte er. „Ich habe es nicht nötig, dass meine Tochter mich anbietet wie einen Preisbullen."

„Anbietet wie einen Preisbullen?" Ich starrte ihn an, als er alle falschen Knöpfe an meiner Maschine drückte. „Ein bisschen dramatisch, findest du nicht?"

Er brummte vor sich hin und stieß dann ein frustriertes Grunzen aus, als es ihm nicht gelang, die Maschine einzuschalten.

„Ich mache das", sagte ich seufzend und schob ihn aus dem Weg.

Er murmelte etwas davon, dass ich ihn wie ein Kind behandelte, trat aber trotzdem zur Seite.

Ich bediente die Maschine wie eine erfahrene Barista und machte uns beiden einen Latte. Als ich ihm seine Tasse reichte, nickte er anerkennend, bevor er wieder ins Wohnzimmer ging.

„Dad?", rief ich.

Er blieb stehen und sah mich an.

„Wer ist dein Date?"

„Ist das wichtig?", fragte er mit hochgezogener Augenbraue.

„Nein. Es interessiert mich nur."

Er presste seine Lippen zu einer Linie zusammen, und für einen Moment war ich sicher, dass er nicht antworten würde. Aber dann starrte er an die Decke, als er sagte: „Angela Anderson."

„Angela? Hopes Mutter?", fragte ich und konnte die Überraschung nicht aus meiner Stimme heraushalten.

„Ja. Hopes Mutter. Ist das ein Problem?"

„Nein." Ich biss mir auf die Zunge und versuchte, nichts zu sagen, aber ich konnte mich nicht zurückhalten. „Du weißt, dass sie Gedanken lesen kann, oder?"

Seine Lippen verzogen sich zu einem Grinsen. „Ja, das habe ich ziemlich schnell herausgefunden. Ich würde sagen, es hat dazu beigetragen, sie davon zu überzeugen, Ja zu sagen."

„Oh. Ich verstehe."

Dieser Ausdruck auf seinem Gesicht ließ mich wünschen, der Boden würde sich unter mir auftun und mich verschlucken. Ich sprach ein stilles Dankgebet an die Göttin, dass ich keine Gedanken lesen konnte, denn ich war mir sicher, auf keinen Fall wissen zu wollen, wie er Angela bezaubert hatte.

Dad lachte leise und winkte. „Bis später, Marionberry."

„Sei vorsichtig!", rief ich ihm nach.

Er lachte nur noch lauter.

Verdammt. Wie hoch war die Wahrscheinlichkeit, dass er etwas Fragwürdiges denken und Angela ihn auf die Straße setzen würde? Wahrscheinlich nicht allzu hoch, wenn Dads Andeutung auch nur annähernd zutraf.

∽

„ICH HABE DIE DATENBANK FERTIG", sagte Iris von ihrem Schreibtisch mir gegenüber.

Eigentlich hatten wir heute geschlossen, aber wir waren trotzdem im Büro. Wir wollten herausfinden, wer mich verflucht haben könnte, und versuchen, die Flut an Anfragen potentieller neuer Kunden auf der Website in den Griff zu bekommen.

Ich blickte von meinem Terminplanungsprogramm auf. Ich hatte den Tag damit verbracht, Termine für die neuen Kunden zu vereinbaren, die nach Lennons Social-Media-Posts Interesse bekundet hatten.

„Gibt es Leute, die dir ins Auge stechen? Irgendjemanden, der einen Grund haben könnte, mich zu verfluchen?"

Sie runzelte die Stirn und schüttelte den Kopf. „Ich habe eine flüchtige Online-Suche nach allen durchgeführt, und da war nichts Verdächtiges. Willst du nachschauen, ob ich was übersehen habe?"

„Ja. Leg es in unseren gemeinsamen Ordner."

Ich stand auf, streckte mich und ging zur Kaffeemaschine. Es war definitiv ein Drei- oder Vier-Tassen-Tag. Es fühlte sich an, als würde mich alles auf einmal treffen. Das Feuer, der Fluch, Ty und Kennedy. Sicher, nach außen hin schien es mir gutzugehen, aber der Stress der letzten Tage fing an, mir zuzusetzen.

„Ich nehme auch eine Tasse", sagte Iris hinter mir.

Ich reichte ihr eine und lehnte mich dann mit überkreuzten Füßen an die Theke. „Hast du Lennons und Jax' Date für heute Abend bestätigt?"

Sobald die Worte über meine Lippen gekommen waren, spannte sich mein ganzer Körper an, und ein dumpfer Schmerz erwachte über meinem linken Auge.

Iris musterte mich, ohne Zweifel bemerkte sie meine steife

Körpersprache. „Das habe ich. Sie treffen sich zum Abendessen, und dann werden wir sehen, wie es weitergeht."

„Das ist gut."

„Ach ja?", fragte sie und strich sich eine blonde Haarsträhne hinters Ohr.

„Was die Partnervermittlung angeht, ja."

„Ich verstehe." Sie sah mich mitfühlend an und tätschelte meinen Arm. „Ich bin sicher, er wird sie sanft abweisen."

„Das hoffe ich."

„Das wird er", sagte Celia, die plötzlich ins Büro kam. „Dafür werde ich sorgen."

„Celia, wie lange bist du schon hier?", fragte ich sie.

„Nur ein paar Minuten. Ich wollte euch nicht unterbrechen." Sie grinste und warf ihr Haar über die Schulter.

„Äh, ja. Es hat doch nichts mit deinem Faible fürs Lauschen zu tun, oder?"

„Faible? Wer benutzt denn dieses Wort noch?", fragte Celia ungläubig. „Wer bist du, die Königin von England?"

Iris kicherte über unseren Wortwechsel.

Ich verdrehte die Augen und starrte Celia dann eindringlich an. „Mir fällt auf, dass du der Frage ausgewichen bist."

„Welcher Frage?" Celia zwinkerte spielerisch.

„Schon gut", sagte ich mit meiner strengen Chefstimme. „Halt dich heute Abend einfach von Jax und Lennon fern, okay? Wir spionieren unsere Kunden nicht aus. Niemals."

„Spaßbremse." Sie zog einen Schmollmund. „Was soll ich denn dann tun? Wie du schon gesagt hast, bin ich nicht besonders gut für das Büro."

„Du kannst in der Stadt lauschen", warf Iris ein. „Mal sehen, ob du irgendwas hörst, das uns hilft herauszufinden, wer Marion verflucht hat."

Celia nickte langsam. „Das kann ich machen. Könnte sogar lustig werden. Ich werde zuerst im Fitnessstudio nachsehen."

„Warum im Fitnessstudio?", fragte ich und wusste bereits, dass ich die Frage bereuen würde.

„Umkleideraumtratsch, natürlich. Ganz zu schweigen vom Dampfbad." Sie zog vielsagend die Augenbrauen hoch. „Ich sage dir, beide Orte sind eine Goldgrube für Informationen."

„Das wette ich", murmelte ich.

„Das ist die richtige Einstellung!", rief Celia, kurz bevor sie wieder verschwand.

„Sie ist was Besonderes", sagte Iris.

„Ja. Das ist sie."

Aber solange sie sich nicht in Jax' und Lennons Date einmischte, war alles in Ordnung, was sie vorhatte. Außerdem gab es bei Jax und Lennon sowieso nichts zu befürchten. Ich hatte bereits mit eigenen Augen gesehen, dass sie nicht die beste Kombination waren.

Das hieß aber noch lange nicht, dass ich glücklich darüber war.

Ich verzog das Gesicht und konnte nicht anders, als mir die beiden zusammen in einem romantischen Restaurant vorzustellen. Jax würde sie zweifellos bezaubern. Und sie würde flirten, und er würde sich dabei gut fühlen. Wer konnte schon wissen, was am Ende passieren würde? Nur weil ich wusste, dass sie nicht gut zusammenpassten, hieß das nicht, dass sie nicht trotzdem versuchen würden, miteinander auszugehen.

Das passierte ständig … bis die Flamme erlosch.

Iris legte eine Hand auf meinen Arm und drückte sanft, bevor sie sie wieder losließ. „Beziehungen sind nie einfach, oder?"

„Nein", stimmte ich zu.

„Besonders für eine Heiratsvermittlerin, die andere Menschen besser einschätzen kann als sich selbst."

Ich kniff die Augen zusammen und seufzte dann nur. „Ich weiß, was du sagen willst, aber ich kann einfach nicht so weitermachen. Das ist eine Katastrophe, die nur darauf wartet, zu passieren."

Iris nickte. „Ich verstehe, warum du das denkst. Aber lass mich dich was fragen ..."

Nachdem ich ein paar Sekunden gewartet hatte, dass sie fortfuhr, sagte ich: „Und?"

„Hast du jemals jemanden getroffen, dessen Aura genau zu dir gepasst hat?" Auf ihrem Gesicht lag echte Neugier. Diese Frage war mir im Laufe der Jahre oft gestellt worden, normalerweise begleitet von einem unterschwelligen Urteil. Manche Kunden konnten es einfach nicht fassen, dass eine Heiratsvermittlerin ihren Job zwar gut machen, aber nicht in der Lage sein konnte, ihren eigenen Partner zu finden.

„Einmal", gab ich zu.

„Wirklich?" Iris presste ihre Fingerspitzen zusammen und starrte mich mit großen Augen vor Aufregung an. „Erzähl."

„Wir waren acht", sagte ich.

„Acht Jahre alt?", fragte sie mit hoher Stimme, offensichtlich geschockt.

„Ja. Er saß im Unterricht neben mir. Ich habe all meinen Mut zusammengenommen und ihn gefragt, ob er mit mir zu Mittag essen wolle, als er mir einen Kuss auf die Wange gegeben hat und dann weggerannt ist." Bei der Erinnerung musste ich lachen. „Er ist eine Woche später weggezogen. Es war die kürzeste Romanze in der Geschichte der *Glen View Elementary*."

„Du hast deine einzig wahre Liebe mit acht Jahren verloren?", fragte Iris mit der Hand auf dem Herzen.

„Scheint so." Ich nickte ernst. „Pauly Baker ist vor vierzig

Jahren aus meinem Leben verschwunden, und ich war nie wieder dieselbe."

Kichernd schüttelte ich bei der Erinnerung den Kopf. „Es ist sehr lange her, seit ich daran gedacht habe."

„Das ist brutal", sagte Iris und kicherte mit.

Ich zuckte mit einer Schulter. „Unsere Auren waren kein tiefes Violett. Eher ein mittleres Lavendel. Was bedeutet, dass wir die Winterferien wahrscheinlich nicht überlebt hätten. Schade. Seine Familie hatte ein tolles Trampolin. Ich wollte es immer ausprobieren, aber als sie weggezogen sind, war's das."

Gackernd ging Iris zurück zu ihrem Schreibtisch und tippte auf eine Taste. Nachdem sie sich wieder unter Kontrolle hatte, wischte sie sich die tränenden Augen und sagte: „Willst du anfangen, die Datenbank durchzugehen?"

„Ja." Ich setzte mich an meinen Schreibtisch und sagte: „Lass uns das tun."

KAPITEL 15

*I*ch saß auf der Terrasse vom *Crabby's* und trank ein Glas Rosé. Der Abend war ein bisschen kühl, aber um die Tische herum waren Heizstrahler aufgestellt. Der Himmel war voller Orange-, Rot- und Lilatöne, als die Sonne über dem Meer unterging.

Das Restaurant hatte mir anfangs nur wegen der Aussicht gefallen, aber als sie Avocado-Pommes auf die Speisekarte setzten, wurde ich ein Fan.

Von der Terrasse aus hatte ich einen Blick auf das Meer, während ich dort saß und auf Ty und Kennedy wartete, und ließ das Rauschen der Wellen meine Seele beruhigen. Das Meer war einer der Gründe, warum ich mich für *Premonition Pointe* entschieden hatte. Das Wasser hier hatte eine beruhigende Wirkung auf mich, die keiner der Strandabschnitte weiter südlich hatte. Es war fast so, als hätte dieses Wasser mich gerufen.

„Hey", sagte Ty leise.

Ich drehte mich um und sah, wie Ty und Kennedy an meinem Tisch Platz nahmen. Ich lächelte sie an. „Auch hey."

Kennedy nickte zur Begrüßung, während Ty seine Hand auf meine legte und sie drückte, bevor er sie wieder wegnahm, um eine Speisekarte zu nehmen.

Ich nippte an meinem Wein, während beide Jungs Bier bestellten. Kennedy sah zu mir herüber, offensichtlich um zu sehen, wie ich auf ihre Getränkebestellungen reagierte. Ich runzelte die Stirn.

„Kennedy, wie alt bist du?"

„Marion!", zischte Ty leise. „Was machst du da?"

„Ich stelle Kennedy eine Frage", sagte ich ruhig. Er war nervös gewesen, als die Kellnerin die Bestellung aufgenommen hatte, also wollte ich mich versichern, ob ich nicht dabei half, einem Minderjährigen Alkohol zu verschaffen.

„Dreiundzwanzig", sagte er und wandte dann den Blick ab.

Ich war mir nicht sicher, warum ihm diese Frage so unangenehm war, also tat ich mein Bestes, um ihn zu entspannen.

„Ah, ein älterer Mann, was, Ty? Ich fand die Älteren auch immer interessanter."

„Wenn man fünf Monate älter so nennen kann", sagte Ty und verdrehte die Augen. Aber ein kleines Lächeln umspielte seine Lippen, das mir sagte, dass er meinen Humor zu schätzen wusste.

„Ich … ähm", stammelte Kennedy und gab dann auf, als er den Kopf drehte, um auf das Wasser zu starren.

Ich beobachtete ihn ein paar Sekunden lang und dachte dann, dass es am besten wäre, einfach loszulegen.

„Also …" Ich rieb meine Hände aneinander wie die neugierige Mutter, die im Begriff war, alle möglichen persönlichen Fragen zu stellen, um beide in Verlegenheit zu bringen.

Aber bevor ich meinen Mund öffnen konnte, um zu

sprechen, entdeckte ich einen großen, sehr vertrauten Mann, der seine Hand auf *Lennon Loves* unteren Rücken legte.

Was zum Teufel machten sie hier?

Ich blinzelte und blinzelte dann noch einmal, nur um mich zu versichern, dass meine Augen mir keinen Streich spielten. Ich war absolut sicher, dass sie eine Reservierung in einem Restaurant auf der anderen Seite der Stadt hatten.

Ich hob die Speisekarte höher, versteckte mein Gesicht und lehnte mich in Kennedys Richtung, um dafür zu sorgen, dass keiner von ihnen mich sah.

„Was ist los?", fragte Kennedy.

„Diese Leute sind meine Kunden, und ich möchte nicht, dass sie mich sehen", flüsterte ich.

„Warum?", fragte Ty und warf einen Blick über die Schulter dorthin, wo sie nur ein paar Tische weiter saßen.

„Weil es sonst so aussieht, als würde ich sie ausspionieren oder so."

Ich spähte hinter der Speisekarte hervor und fluchte leise, als ich Jax' Blick begegnete. Er runzelte die Stirn, schmunzelte dann aber und schüttelte kaum merklich den Kopf.

Ich steckte meinen Kopf wieder hinter die Speisekarte und spürte, wie mein Gesicht rot wurde.

„Verdammt, verdammt, verdammt!"

„Mar? Muss ich für irgendeine Art von Ablenkung sorgen, damit du hier rausrennen kannst?", fragte Ty mit Humor in seinem lockeren Ton.

„Darum kümmere ich mich", sagte Celia direkt hinter mir, woraufhin ich fast von meinem Stuhl aufgesprungen wäre.

„Celia!", ermahnte ich sie leise. „Was machst du hier?"

„Ich lausche der Stadt und versuche, ein paar Gerüchte aufzuschnappen, damit wir herausfinden können, wer dich verflucht hat", sagte sie. „Was sonst?"

Sie warf mir einen unschuldigen Blick zu, der mir nur

bewies, dass sie nichts Gutes im Schilde führte. Sie war hier, um Jax und Lennon auszuspionieren.

„Du bist verflucht?", fragte Ty und riss erschrocken die Augen auf.

Ich zuckte zusammen. „Ja. Ich wollte dir davon erzählen, aber ich hatte noch nicht wirklich Gelegenheit dazu. Du sollst nur wissen, dass es mir gut geht. Können wir später darüber reden?"

Ty presste die Lippen zusammen, offensichtlich nicht begeistert, aber er nickte.

Ich drehte mich zu Celia um und flüsterte: „Du machst genau das, was ich dir verboten habe!"

Sie schnaubte. „Du doch auch. Und zu deiner Information, du kannst die Speisekarte ruhig runternehmen. Die reicht nicht, um dich zu verstecken. Deine Haare sind zu voluminös. Jeder würde dich erkennen."

Der Protest lag mir auf der Zunge, aber als ich eine Handfläche auf meine Haare presste, verzog ich das Gesicht. Die Abendluft hatte für ein ganz neues Volumen gesorgt. Ich warf Ty und Kennedy einen Blick zu.

„Können wir hier verschwinden und woanders hingehen? Das ist höchst unprofessionell. Ich sollte nicht hier sein, wenn meine Kunden ein Date haben."

„Ja, okay", sagte Ty und schob bereits seinen Stuhl zurück.

Bevor einer von uns aufstehen und zur Tür gehen konnte, stapfte eine große Blondine in das Gebäude und direkt zu Jax' und Lennons Tisch.

„Bethany?", flüsterte ich, meinen Blick wie gebannt auf ihren Tisch gerichtet.

„Wer ist das?", fragte Ty.

„Jax' Nachbarin."

Ich kaute an meinem Fingernagel und fragte mich, ob sie da war, um ihm zu sagen, dass sein Haus bis auf die

Grundmauern niedergebrannt war. Aber da er freiwilliger Feuerwehrmann war, würde das auf keinen Fall passieren. Seine Kollegen würden in Massen auftauchen, alle bereit und willens, ihm bei allem zu helfen, was er brauchte.

Bethany schlug mit der Faust auf Jax' und Lennons Tisch, sodass ihre Wassergläser und das Besteck klirrten.

„Wie kannst du es wagen, Jax Williams? Ich dachte, du hättest gesagt, wir wären exklusiv!"

Da stieß ich ein hörbares Keuchen aus, aber niemand bemerkte mich, weil Lennon Jax bat, es zu erklären, und Jax Bethany aufforderte, sich zu rechtfertigen.

„Ich muss mich nicht rechtfertigen. Du weißt sehr genau, was du getan hast", sagte sie und stieß ihm in die Brust. „Wir … du … ich dachte, wir hätten etwas!" Tränen stiegen in ihre Augen und rollten dann lautlos über ihre Wangen.

Ich kniff die Augen zusammen und versuchte zu erkennen, ob die Tränen echt waren. Nachdem ich mit so vielen Hollywood-Stars gearbeitet hatte, konnte ich ziemlich gut erkennen, wenn jemand nur Theater spielte.

Bethanys Gesicht war rot, ihre Hände und Stimme zitterten. Ihren Augen war anzusehen, dass sie sich verraten fühlte, und etwas tief in meiner Seele sagte mir, dass der Schmerz, den sie durchlebte, echt war.

„Bethany?", fragte Jax zögernd und streckte die Hand aus, um ihren Arm zu berühren. Sein Gesicht war verwirrt. „Ich … was meinst du?"

Mein Herz pochte mir bis zum Hals, als ich schamlos auf die Szene starrte, die sich vor uns abspielte. Lief da was zwischen Jax und Bethany? Ich hatte ihre kompatiblen Auren bereits bemerkt. Es war nicht zu leugnen, dass sie sich zueinander hingezogen fühlten. Und die Art, wie Bethany reagierte, als sie ihn bei seinem Date mit Lennon sah, hätte mich davon überzeugt, dass sie ein Liebespaar waren.

Aber ich kannte auch Jax.

Er war immer ein ehrlicher Mensch gewesen. Ich hatte seine Ehrlichkeit nie in Frage gestellt. Ich hätte meine gesamte Karriere darauf verwettet, dass sein Schock und seine Sorge nicht gespielt waren.

„Ich meine ..." Bethany hob die Hände und stieß einen frustrierten Schrei aus. „Du bist ein Arschloch!"

Jax warf Lennon einen Blick zu, formte mit den Lippen „Es tut mir so leid", stand dann auf und streckte die Hände nach Bethany aus.

„Können wir kurz reden?"

„Reden?", schnaubte sie. „Das wolltest du gestern Abend nicht, du Arsch."

„Wovon sprichst du?", fragte Jax.

„Fass mich nicht an!"

Bethany drehte sich um, schnappte sich einen Teller vom Tisch neben ihr und warf, was auch immer darauf war, nach Jax.

Er wich schnell aus, und meine Augen weiteten sich vor Entsetzen, als ich sah, wie sich ein Teller voller Linguine und roter Muschelsauce über Lennons weißes Kleid ergoss.

Lennon stieß einen entsetzten Schrei aus und sprang auf, wobei die Nudeln von ihrem Schoß auf den Boden fielen.

Sie stand da, die Arme ausgestreckt, die Handflächen nach oben, und starrte auf die roten Flecken überall auf ihrem Kleid.

„Lennon!" Ich sprang von meinem Stuhl auf und eilte zu ihr hinüber. Auf dem Weg zu ihr pflückte ich Servietten von den anderen Tischen.

Ich versuchte vergeblich, die überschüssige Soße von ihrem Körper zu wischen, gab aber schnell auf, da mir klar wurde, dass ich sie retten musste.

„Komm mit mir."

„Marion?", fragte sie. „Warum bist du hier?"

„Ich wollte mit meiner Familie zu Abend essen", sagte ich und warf einen Blick zu Ty und Kennedy, die schon von ihren Stühlen aufgestanden waren und darauf warteten, mir zu folgen. „Aber das ist egal. Lass uns dich hier rausbringen."

„Marion", sagte Jax leise hinter uns.

Ich warf einen Blick über die Schulter und starrte ihn wütend an.

„Ich kümmere mich um Lennon. Kümmere du dich um deinen eigenen Schlamassel."

In meinem Herzen war ich mir nicht sicher, ob er meinen Ärger verdiente, aber wenn das stimmte, was Bethany angedeutet hatte – nämlich dass sie in der Nacht zuvor miteinander geschlafen hatten –, dann hatte er mich angelogen.

Er hatte gesagt, er hätte nicht vor, mit ihr auszugehen.

Miteinander zu schlafen ist kein Ausgehen, erinnerte mich mein Verstand.

Richtig. Aber das hieß nicht, dass es nicht wehtat. Ich schüttelte mich innerlich und steuerte Lennon zum Ausgang der Terrasse, damit sie nicht durch das Restaurant laufen musste.

„Halt!", schrie Bethany.

Ich drehte mich um und erwartete, dass sie Jax anschreien würde, aber ihr Finger war auf mich gerichtet. Oder auf Lennon?

„Du bist ein richtiges Miststück, weißt du das?" Bethany pirschte auf uns zu.

Ich warf Lennon einen Blick zu. Ihr Schock war abgeklungen, und jetzt brannte Wut in ihren leuchtend grünen Augen.

„Du solltest lieber Abstand halten", sagte sie in leisem, gefährlichem Ton. „Ich kenne dich nicht, und du kennst mich ganz sicher nicht. Wenn du ein Problem mit deinem Mann hast, ist das deine Sache. Nicht meine. Jetzt gehe ich, und ich schlage vor, dass du dich zusammenreißt, bevor du verhaftet wirst."

Das war eine Seite von Lennon, die ich noch nie gesehen hatte. Bei einigen unserer Interaktionen hatte ich Einblicke in ihre Stärke bekommen, aber diese Version war extrem cool.

„Du hast recht. Ich kenne dich nicht. Du bist mir auch egal. Ich meine sie."

Bethany stieß mir einen Finger direkt in die Brust.

Ich griff sofort danach, packte den Finger und warf ihre Hand zur Seite. „Hey. Fass mich nicht an. Ich habe nichts mit irgendwas von dem zu tun, was zwischen dir und Jax abgeht."

„Oh." Sie stieß ein humorloses Lachen aus. „Das denkst du wirklich?"

„Bethany", sagte Jax erneut, diesmal in einem beruhigenden Ton. „Bitte. Können wir hier rausgehen und das irgendwo ruhiger und ohne Publikum ausdiskutieren?"

„Ich wette, das ist genau das, was du willst, Jax Williams! Du musst dafür sorgen, dass dein Image als netter Kerl blitzsauber bleibt, oder? Also, nein. Ich werde mich nicht beruhigen. Wir werden das hier austragen."

„Ma'am", sagte ein großer Mann in Jeans und einem weißen Hemd hinter ihr. „Ich bin der Manager dieses Lokals, und ich muss Sie bitten zu gehen."

Sie warf ihm nur einen bösen Blick zu und richtete ihre Aufmerksamkeit wieder auf mich.

„Du bist ein echtes Miststück, Marion Matched. Was für eine Heiratsvermittlerin verkuppelt ihre Klientin mit einem Mann, von dem sie weiß, dass er in jemand anderen verliebt ist? Oder hält einen Mann jahrzehntelang hin, damit er für alle anderen emotional unerreichbar ist? Aber er hatte sicher kein Problem damit, seinen Schwanz –"

„Das reicht!", bellte der Mann hinter ihr. Er packte Bethany am Ellbogen und zerrte sie zum Ausgang.

„Wenn ich du wäre, würde ich Marion feuern!", kreischte Bethany und starrte Lennon an. „Sie hat dich nur der Klicks wegen mit ihrem Freund verkuppelt!"

Der Manager trat hinter sie und versperrte uns die Sicht. Dann war sie weg, und das Restaurant war so still, dass man nur die Wellen hörte, die sich am nahen Strand brachen.

„Stimmt das?", fragte Lennon schließlich. „Ist Jax dein Freund?"

„Nein", sagten Jax und ich gleichzeitig.

Ich seufzte müde und verzog das Gesicht, als ich sah, wie jemand Fotos von uns machte.

„Lass uns dich hier rausbringen."

Lennon bemerkte auch den Tisch voller junger Leute in ihren Zwanzigern mit ihren gezückten Handys, und ich konnte die Frustration spüren, die von ihr ausging. Sie drehte sich um und marschierte zum selben Ausgang, den Bethany und der Manager gerade einen Moment zuvor benutzt hatten.

Jax und ich folgten ihr, während Ty und Kennedy schweigend hinter uns blieben.

„Na, das war ja aufregend", sagte Celia, sobald wir auf dem Parkplatz waren.

Der Geist hatte die Arme vor der Brust verschränkt und starrte Jax wütend an. Es war überraschend, dass sie während des ganzen Aufruhrs im Restaurant geschwiegen hatte. Tatsächlich konnte ich mich nicht einmal daran erinnern, sie gesehen zu haben, als der Tumult angefangen hatte.

„Jax Williams, du hast einiges zu erklären."

Lennon, Celia und ich starrten ihn an.

Ty räusperte sich und berührte sanft meinen Arm. „Vielleicht sollten wir uns besser zu Hause treffen?"

Ich sah ihn und Kennedy an und nickte. „Es tut mir leid. So hatte ich mir den Abend nicht vorgestellt."

Ty lächelte mich mitfühlend an und küsste mich auf die Wange. „Das kann ich mir vorstellen."

Er nahm Kennedys Hand, und die beiden gingen und ließen uns zurück, um das Chaos aufzuklären, das Bethany angerichtet hatte.

Als die Jungs weg waren, richteten wir unsere Aufmerksamkeit wieder auf Jax. Ich war die Erste, die sprach.

„Gehst du mit Bethany aus?"

„Nein." Er verschränkte die Arme vor der Brust, wie Celia es tat.

„Dann fickst du sie also nur?", fragte der Geist.

„Nein!" Er fuhr sich mit der Hand durch seine dichten Locken und runzelte die Stirn. „Bethany ist meine Nachbarin. Wir sind nur Freunde. Ich habe keine Ahnung, wovon sie geredet hat."

Ich hob fragend eine Augenbraue.

„Verdammt, Marion. Du kennst mich. Wenn ich was mit ihr hätte, hätte ich es dir dann nicht gesagt? Ich hätte dich bestimmt nicht eingeladen, wenn ich mit ihr zusammen wäre."

Lennon schnalzte missbilligend mit der Zunge. „Also ist da was zwischen euch beiden", sagte sie und musterte mich und Jax.

„Nein", sagte ich, während Jax „Ja" sagte.

Jetzt war ich an der Reihe, ihn wütend anzustarren.

„Zwischen uns läuft nichts."

„Das stimmt nicht", sagte er leise und starrte auf das Meer hinaus. „Das wissen wir beide."

„Oh, hör auf damit", sagte Celia und wedelte mit den Armen. „Lennon verdient die Wahrheit." Der Geist wandte sich meiner Klientin zu.

„Hier sind die Fakten: Jax und Marion waren vor langer

Zeit zusammen. Sie haben sich gerade wiedergesehen, und Jax will wieder was anfangen, aber Marion glaubt nicht, dass sie gut zusammenpassen, also hält sie ihn auf Abstand, indem sie versucht, ihn mit anderen Leuten zusammenzubringen, damit sie nicht in Versuchung gerät, zu ihm zurückzugehen. Früher dachte ich, er wäre ein anständiger Kerl, aber jetzt, nach der Sache mit Bethany, bin ich mir nicht mehr so sicher. Also *Caveat emptor* und so."

„Ich verstehe."

Lennons ausdrucksloser Blick sagte mir alles, was ich wissen musste. Sie war nicht glücklich darüber, dass sie mit jemandem auf ein Date geschickt worden war, der offensichtlich an jemand anderem interessiert war.

„Ich kann nicht sagen, dass diese Erfahrung bisher angenehm war."

„Ich weiß, ich bin –", begann ich.

Sie hob eine Hand und brachte mich zum Schweigen. „Vergiss die Entschuldigungen. Ich werde die anderen beiden Dates wahrnehmen, weil sie in meinem Vertrag stehen, aber ich werde darüber posten, und glaub' nicht, dass ich mich zurückhalten werde. Wenn du den Vertrag kündigen willst, erwarte ich trotzdem mein Honorar und mein Treffen mit Tandy Knight. Wenn nicht, gehe ich die anderen Dates unvoreingenommen an, aber sei gewarnt, dass ich im Moment nicht allzu großzügig bin, was deine Dienstleistungen angeht. Ich kann nicht garantieren, dass ich dich empfehlen werde."

Verdammt! Es war keine Überraschung, dass Lennon wütend war. Ich wäre es nach dieser Shitshow auch. Es gab wirklich keine andere Wahl, als weiterzumachen.

Ich konnte nicht zulassen, dass diese Erfahrung damit endete, dass sie über ein Date postete, bei dem sie mit Linguine angegriffen wurde, und mit einem Mann auf ein Date geschickt worden war, der emotional nicht verfügbar war.

Zumindest hatte ich einen zweiten und dritten Versuch, das Ruder herumzureißen. Jeder liebt einen Außenseiter, oder?

Ich unterdrückte ein Stöhnen und sagte: „Ich werde mein Bestes tun, um das für dich in Ordnung zu bringen, Lennon. Ich entschuldige mich aufrichtig für den Verlauf des Abends. Bitte schick mir die Rechnung für die Reinigung."

„Das werde ich", sagte sie und wandte ihre Aufmerksamkeit Jax zu. „Ich hoffe, du kannst das, was auch immer das mit Bethany war, regeln. Wenn du ehrlich bist, habt ihr beide offensichtlich Kommunikationsprobleme."

„So kann man es ausdrücken", murmelte Jax.

Er streckte ihr seine Hand entgegen.

Sie starrte sie einen Moment lang an, bevor sie sie schüttelte.

„Es war mir eine Freude, dich kennenzulernen, Lennon. Es tut mir wirklich leid, dass der Abend so verlaufen ist", sagte Jax. „Ich hoffe, du findest, wonach du suchst."

Sie nickte knapp und sah mich an, bevor sie ihm wieder in die Augen sah. „Du auch, Jax."

Wir sahen ihr nach, als sie ging, und dann drehte sich Jax zu mir um.

„Wir müssen reden."

KAPITEL 16

*J*ax und ich starrten uns an.

„Das ist peinlich", sagte Celia. „Ich lasse euch beide allein, damit ihr … tun könnt, was immer ihr tun wollt."

Der Geist folgte Lennon und pfiff vor sich hin, als hätte sie keine Sorgen auf der Welt.

Jax streckte die Hand nach mir aus, aber ich trat zurück, als er sagte: „Marion, ich –"

Ich hob eine Hand. „Spar's dir. Ich glaube, ich will es gar nicht wissen."

„Ich habe nicht mit Bethany geschlafen", sagte er, seine Stimme extrem frustriert. „Ich habe keine Ahnung, was das da eben war, aber nichts davon ist wahr. Ich habe sie nie um ein Date gebeten. Wir haben immer nur als Freunde auf meiner Veranda was getrunken. Das ist alles. Ich habe nicht gelogen, als ich gesagt habe, sie erinnert mich zu sehr an meine Ex-Frau. Ich bin nicht an ihr interessiert."

„Warum denkt sie dann so?", fragte ich, nicht bereit, einfach alles auf sich beruhen zu lassen.

Tatsächlich war Jax mir keine Erklärungen schuldig. Seine Beziehung mit Bethany war seine Sache.

Ich hatte seine Flirtversuche abgelehnt und jede Einladung, die er mir seit meinem Umzug in die Stadt gemacht hatte, ausgeschlagen.

Ich hatte keinen Grund, verärgert oder eifersüchtig zu sein, wenn er sich mit jemand anderem traf.

Das wusste ich. Das Problem war, dass ich das Gefühl nicht loswurde, irgendwie betrogen worden zu sein.

Es war nicht fair, und ich tat mein Bestes, dieses Gefühl zu verdrängen, aber es gelang mir nicht wirklich.

Es stimmte auch, dass er mit Lennon nur als Gefallen für mich ausgegangen war. Er wollte nicht verkuppelt werden. Der arme Kerl war das Opfer in diesem verrückten Drama.

Aber nichts davon änderte etwas an der Tatsache, dass Bethany sich von ihm betrogen fühlte, und ich wollte wissen, warum.

„Ich weiß es wirklich nicht." Er seufzte und rieb sich mit einer Hand den Nacken. „Ehrlich gesagt muss ich mit ihr reden, aber nach diesem Drama eben will ich das wirklich nicht allein tun."

Ich runzelte die Stirn und zog die Augenbrauen zusammen, während ich ein wenig zurückwich.

„Du willst sagen, dass du einen Anstandswauwau brauchst?"

„Ja", sagte er ernst. „Ich mache mir Sorgen, dass sie eine Art Nervenzusammenbruch hat. Sie hat angedeutet, dass wir Sex hatten, aber das hatten wir nicht. Ich hatte keinen Sex mehr seit …"

Er murmelte einen Fluch, und ich war sehr neugierig auf die Antwort.

„Seit wann, Jax?", fragte ich sanft.

Es war eine persönliche Frage, die mir nicht zustand, aber

er hatte sie angesprochen. Wie sollte ich das einfach so auf sich beruhen lassen?

Er vergrub die Hände in den Taschen seiner Jeans. „Nicht seit vor meiner Scheidung."

„Oh."

Das war eine Überraschung.

Er war seit mindestens fünf Jahren geschieden, oder? Und wahrscheinlich schon länger getrennt.

„Das ist …"

„Bedauernswert?", fragte er, und seine Lippen zuckten amüsiert.

„Sehr."

Ich konnte nicht anders. Ich streckte meine Hand aus und drückte seine.

„Geht's dir gut?"

„Du meinst damit, dass ich viel zu lange enthaltsam gelebt habe?"

Ich kicherte.

„Nun, das und nach dem, was im Restaurant passiert ist. Bethanys Wutausbruch war ziemlich brutal."

„Mir geht's gut. Es tut mir nur leid, dass das ein schlechtes Licht auf deine Partnervermittlung wirft."

Sein Blick war so aufrichtig, dass ich auf dem Parkplatz fast dahinschmolz.

„Das Geschäft wird überleben."

Ich sah mich nach seinem Truck um.

„Soll ich dir nach Hause hinterherfahren?"

„Mein Truck ist nicht hier."

Er deutete auf die Nordseite der Stadt.

„Lennon und ich haben uns zum Abendessen im *Abalone* getroffen, aber sie haben unsere Reservierung verloren, und die Wartezeit war so lang, dass wir gegangen sind. So sind wir hier gelandet. Sie bestand darauf zu fahren."

„Sie haben eure Reservierung *verloren?*", fragte ich fassungslos. „Das war ein Date aus der Hölle."

„So ziemlich. Jedenfalls ist mein Truck am anderen Ende der Stadt."

„Sieht aus, als ob du eine Mitfahrgelegenheit brauchst."

Ich hakte mich bei ihm unter und führte ihn zu meinem SUV.

Wir schwiegen größtenteils auf dem Weg durch die Stadt.

Als ich neben seinem Truck anhielt, drehte er sich zu mir um.

„Treffen wir uns bei mir zu Hause?"

„Bist du sicher, dass du mich brauchst?", fragte ich. „Ich vermute, du wirst leichter Antworten von Bethany bekommen, wenn ich nicht dabei bin."

„Ich bin sicher. Ich möchte nicht, dass du Zweifel daran hast, dass ich dir die Wahrheit sage."

Ich öffnete den Mund, um zu sagen, dass ich keine hatte, schloss ihn dann aber wieder.

Ein kleiner Teil von mir wusste nicht so recht, was ich von der ganzen Situation halten sollte.

Warum würde sie ihm vorwerfen, mit ihr geschlafen zu haben, wenn das nicht stimmte?

Hatte sie sich das nur eingebildet?

Oder war Jax zu jemandem geworden, den ich nicht einmal mehr kannte?

Dieser letzte Gedanke tat mir im Herzen weh.

Es gab kein Zurück.

Ich brauchte Antworten.

„Ja. Wir treffen uns bei dir."

Jax streckte die Hand aus und drückte mein Bein. „Danke."

Ein paar Minuten später fuhr ich in seine Einfahrt und parkte neben seinem Truck.

Sein kleines einstöckiges Haus war dunkel, aber das Licht

auf der Veranda brannte und beleuchtete einen üppigen Hängegarten und eine schöne Sitzgarnitur.

Es war wirklich wunderschön.

Eine Vision von uns, wie wir zusammen dort saßen, Wein tranken und den Sonnenuntergang beobachteten, blitzte in meinem Kopf auf.

Wärme stieg in meine Brust, und ich legte eine Hand auf mein Herz und fragte mich, ob diese Vision jemals wahr werden würde.

„Hier entlang." Jax ergriff meine Hand und führte mich zu dem weißen Bungalow links von seinem Haus. In der Einfahrt stand ein roter Mustang mit dem Nummernschild *HRS PWR.*

„Sie muss hier sein. Das ist ihr Auto."

Ich warf einen Blick auf das Fahrzeug und verspürte einen Anflug von Neid. Ich hatte mir schon immer so eins gewünscht, war aber viel zu praktisch veranlagt, um einen Mustang zu kaufen.

Ich bewunderte ihren Geschmack und sagte mir, dass ich mir eines Tages so einen nur für mich selbst gönnen würde.

Das Licht auf der Veranda ging an, und Bethany kam heraus. Sie kam wie in Trance die Stufen hinunter. Ihr Gesicht war blass, und sie hatte die Arme um sich geschlungen, als müsste sie sich zusammenhalten.

„Bethany?", fragte ich. „Geht's dir gut?"

Die andere Frau schüttelte langsam den Kopf, ohne den Blick von Jax abzuwenden.

Das war eine ganz andere Bethany als die, die ich im Restaurant gesehen hatte.

Sie sah verängstigt aus, als wäre sie bereit, wegzurennen.

Ich dachte nicht, dass es was mit mir zu tun hatte. Sie hatte nicht einmal in meine Richtung geblickt.

„Was ist los? Was ist passiert?", fragte ich und eilte zu ihr, um sie zwischen den beiden Häusern zu treffen.

Bethany sah mich schließlich an, ihre Augen waren glasig und voller Tränen.

„Komm her."

Ich führte sie zu Jax' Veranda, setzte mich auf das Sofa und zog sie hinunter, bis sie neben mir saß.

Sie wehrte sich nicht, und als sie saß, drehte sie sich schließlich um und sah mich an.

„Warum bist du so nett zu mir?"

Ich blinzelte, verblüfft über ihre Frage. „Warum sollte ich das nicht sein?"

„Wegen meines Verhaltens."

Sie war so verzweifelt. Es war ein bisschen unheimlich.

Jax kam zu uns und setzte sich auf die andere Seite von Bethany.

Er räusperte sich und fragte sanft: „Warum hast du all diese Dinge gesagt?"

Tränen liefen ihr über die Wangen, und sie schüttelte heftig den Kopf.

„Beth?", fragte Jax erneut. „Bitte erzähl mir, was los ist. Ich weiß, dass was nicht stimmt. Erzähl es uns einfach."

Sie lehnte ihren Kopf an seine Schulter, aber die Bewegung war nicht wirklich intim oder so, als ob sie es ständig tat.

Das war eine gebrochene Frau, die jemanden brauchte, der sie tröstete.

Ich griff nach ihrer Hand und drückte sie, um ihr zu zeigen, dass sie nicht allein war, egal, was passiert war.

Sie schloss ihre Finger fester um meine und kniff gleichzeitig die Augen zusammen, und ich hatte das Gefühl, dass sie schreckliche Angst hatte.

„Bei uns bist du sicher", sagte ich und war plötzlich richtig dankbar, dass Jax mich gebeten hatte, ihn nach Hause zu begleiten.

Er hatte recht gehabt.

Mit seiner Nachbarin stimmte irgendwas ganz und gar nicht.

„Ich weiß nur nicht, was passiert ist."

Sie holte zitternd Luft und schniefte.

Jax holte ein Taschentuch aus seiner Tasche und reichte es ihr.

Ich zog die Augenbrauen hoch. Wer hatte heute noch Stofftaschentücher dabei?

Was war er, ein Achtzigjähriger?

„Mein Vater hatte immer eins dabei", erklärte er, obwohl ich meine Frage nicht ausgesprochen hatte. „Ich … sie sind einfach praktisch. Ich habe es mir zur Gewohnheit gemacht."

Ich nickte ihm zu, irgendwie entzückt von der Erklärung.

„Danke", sagte Bethany und putzte sich die Nase, wobei sie ein hupendes Geräusch machte, das viel lauter war als erwartet.

„Kein Problem", murmelte Jax, als sie ihm das benutzte Taschentuch zurückgab.

Er stopfte es in seine Tasche und wartete.

Ich konnte mit meiner Ungeduld nicht umgehen und sagte:

„Bethany, kannst du uns erzählen, wie du Jax und Lennon im *Crabby's* gefunden hast?"

Sie schüttelte den Kopf.

„Gerade eben habe ich noch Blumen geschnitten, um sie reinzubringen, und in der nächsten habe ich mein Auto vor dem *Crabby's* geparkt und bin reingestürmt, um allen meine Meinung zu sagen. Ich kann mich nicht daran erinnern, mich umgezogen zu haben, in mein Auto gestiegen oder dorthin gefahren zu sein."

Sie richtete ihren Blick auf Jax und fügte mit stockender Stimme hinzu:

„Und ich habe keine Ahnung, warum ich dich dieser Dinge

beschuldigt habe. Ich glaube nicht … ich würde nie … es tut mir leid. Es ist mir so peinlich."

Jax legte ihr einen Arm um die Schulter und zog sie zu einer seitlichen Umarmung an sich.

Sein Blick begegnete meinem, und es war klar, dass er dasselbe dachte wie ich.

Bethany log nicht.

Sie wusste wirklich nicht, was los war.

Aber war das eine Art Nervenzusammenbruch oder …

„Ich glaube, ich wurde verflucht", sagte Bethany.

Ihre Stimme war so leise, dass ich sie kaum hörte.

„Verflucht?", fragte Jax, lehnte sich zurück und starrte sie an. „Hat dich jemand angegriffen? Hast du jemanden gesehen, während du Blumen geschnitten hast?"

„Ich glaube nicht, ich …" Sie schüttelte erneut den Kopf. „Vielleicht? Ich habe in der Ferne ein Fahrrad die Straße entlangfahren sehen. Ich dachte, vielleicht bist du es." Ihre Stimme zitterte. „Du redest immer davon, dass du rausgehst und eine Runde fährst. Aber als das Fahrrad näher kam, erkannte ich, dass es nur Matthew war, der Junge, der die Straße runter wohnt. Ich sah ihm zu, wie er näher kam, als mir ein Kribbeln den Rücken runterlief. Danach fühlte ich mich wie in einem Nebel gefangen, unfähig, mich zu beherrschen, aber ich habe immer noch mitbekommen, wie ich in das Restaurant gestürmt bin und all diese furchtbaren Dinge gesagt habe."

„Du hast absichtlich versucht, Jax' Date zu ruinieren", sagte ich.

„Das denke ich auch, aber so bin ich nicht. Ich würde sowas nie tun. Es ist schwer zu akzeptieren, dass ich es getan habe." Bethany ließ sich auf dem Sofa zurücksinken. „All diese Lügen!" Sie schauderte und schlang die Arme um sich.

Ich begegnete Jax' Blick und konnte an seinem besorgten Gesichtsausdruck erkennen, dass er ihr glaubte.

Und obwohl ich sie nicht gut kannte, war die Person, die zwischen uns saß, nicht dieselbe, die vorhin im Restaurant gewesen war.

Etwas, das sie gesagt hatte, beunruhigte mich.

Das Kribbeln in ihrem Rücken.

Das klang nach Magie.

Mein Bauch schmerzte.

Hatte auch sie jemand verflucht?

„Hast du außer dem Jungen auf dem Fahrrad kurz vor dem Nebel noch jemanden gesehen?"

Bethany richtete ihre verzweifelten Augen auf mich.

Sie blinzelte zweimal, begann den Kopf zu schütteln, hielt dann aber inne und sagte:

„Ich habe niemanden gesehen, aber ich dachte, ich hätte was gehört. Ein Auto, das aus der entgegengesetzten Richtung kam. Aber ich kann mich nicht erinnern, ob ich es gesehen habe oder was damit passiert ist."

Ich holte scharf Luft. „Bethany, ist dir sowas schonmal passiert?"

Sie lachte frustriert auf.

„Du meinst, ob ich den Bezug zur Realität verloren habe? Vollkommen vor der halben Stadt ausgerastet bin? Nein. Meine Güte! Wie soll ich mich jemals wieder in der Öffentlichkeit blicken lassen? Ich werde für immer als die Frau bekannt sein, die wegen eines Mannes ausgeflippt ist, mit dem sie nicht einmal zusammen war. Vielleicht muss ich mich in die Psychiatrie einweisen lassen."

Ich drückte ihre Hand und gab ihr damit Halt.

„Bevor du zu dieser Schlussfolgerung kommst, darf ich dir einen Vorschlag machen?"

„Alles", sagte sie, schien noch tiefer in sich zu schrumpfen und schloss die Augen.

Ich hatte den Eindruck, dass sie einfach verschwinden wollte.

„Kann ich den Hexenzirkel rufen und sie nachsehen lassen, ob du ... von einem Zauber getroffen wurdest, der deine Wahrnehmung verändert hat?"

Das war vielleicht ein bisschen weit hergeholt. Aber nachdem ich verflucht worden war, war ich bereit, alles in Betracht zu ziehen. Es ergab keinen Sinn, dass diese Frau plötzlich jeden Bezug zur Realität verloren hatte und dann nur eine halbe Stunde später geistig wieder vollkommen normal war.

„Du glaubst, Bethany wurde verflucht?", fragte Jax und klang alarmiert.

Ich zuckte die Achseln.

„Jemand hat mich kürzlich verflucht. Ich habe auch keine Ahnung, warum. In deinem Fall ist es nur eine Theorie, ein erster Ansatz. Das Kribbeln, das du gespürt hast, und dass es dir im einen Moment gutging, dann nicht und dann wieder gut, lassen mich glauben, dass hier was Verdächtiges vor sich geht."

Bethany stand auf und begann auf- und abzugehen. Als sie stehenblieb, begegnete sie meinem Blick und sagte:

„Ich wäre lieber verflucht als verrückt. Ruf sie an."

KAPITEL 17

*E*s ist kein Fluch", erklärte Gigi.
„   Ein seltsames Gefühl von Erleichterung und
Enttäuschung durchströmte mich.

Es war nicht so, dass ich wollte, dass Bethany verflucht war,
aber wenn es so gewesen wäre, würde das erklären, warum sie
sich in jemanden verwandelt hatte, der so gar nicht war
wie sie.

„Es war ein Zauber, der schon nachgelassen hat", fügte Gigi
hinzu und blinzelte Bethany an, die immer noch im Kreis auf
der Klippe mit Blick auf das Meer stand.

„Ein Zauber? Welche Art und warum?"

Bethany drehte sich zu Gigi, Carly und Iris um. Der Rest
des Zirkels hatte so kurzfristig keine Zeit gehabt, aber die
anderen drei waren sofort gekommen.

„Ich verstehe einfach nicht, warum mich jemand durch
einen Zauber zu einer wahnhaften Irren machen würde."

„Ich bezweifle, dass das viel mit dir zu tun hatte", sagte Iris
nachdenklich.

Ich runzelte die Stirn.

„Warum denkst du das?"

Aber sobald die Worte aus meinem Mund kamen, dämmerte es mir.

„Du denkst, das war ein weiterer Angriff auf Lennon?"

Iris nickte.

„Lennon oder dich."

„Auf mich? Warum mich? Jax und ich sind kein Paar. Ich war nicht mit ihm auf dem Date."

„Aber du bist diejenige, die es eingefädelt hat", fügte Carly hinzu. „Oder es könnte sein, um dein Geschäft zu sabotieren. Lennon wird online über dieses Date schreiben. Alle werden davon erfahren. Wie wird das bei neuen Kunden ankommen?"

„Lennons SUV war das Ziel", fügte Iris hinzu. „Jemanden zu verzaubern, um ihr Date zu ruinieren, könnte Teil dieses Feldzugs gegen sie sein. Bis wir herausfinden, wer es war, kennen wir die Motive nicht."

„Fahren Marion und Lennon nicht beide weiße SUVs?", fragte Gigi. „Ist es möglich, dass die Person, die Lennons Fahrzeug beschädigt hat, eigentlich Marion und nicht sie schädigen wollte?"

Ich holte scharf Luft.

„Das ist möglich."

Im Moment konnten wir nichts ausschließen.

„Aber warum haben sie dann mich angegriffen?", fragte Bethany, als sie aus der Mitte des Kreises trat und sich neben mich auf einen Baumstamm setzte. „Ich habe mit alldem nichts zu tun."

Ich kannte die Antwort, wollte sie aber nicht aussprechen.

Aber ich musste es auch nicht tun, weil Gigi es für mich tat.

„Du bist mit Jax befreundet. Seine Nachbarin."

Gigi sah Bethany an, ihr Blick wurde unscharf.

„Und du willst mit ihm ausgehen. Es ist einfacher,

jemanden mit einem Liebeszauber zu belegen, wenn es schon ein unterschwelliges Verlangen gibt."

„Liebeszauber?", sagten Bethany und ich gleichzeitig.

Gigi nickte.

„Es war ein aggressiver Zauber. Entwickelt, um hart und schnell zuzuschlagen. Er ließ schnell nach, weil es kein Trank war und nicht mit dem Einverständnis des Ziels gewirkt wurde. Solche Zauber bringen das Ziel dazu, unvorhersehbare Dinge zu tun."

„Unvorhersehbar ist auch eine Art, es auszudrücken", murmelte Bethany.

Sie stand mit steifem Rücken auf.

„Also, wenn ich das richtig verstehe, war ich nie das eigentliche Ziel von irgendwas? Ich wurde nur als Schachfigur benutzt, um entweder Lennon Love oder Marion zu verletzen?"

Gigi nickte.

„Das ist meine Vermutung."

Bethany wandte ihre Aufmerksamkeit mir zu.

„Können wir gehen? Ich hätte jetzt wirklich gern eine heiße Dusche, und dann möchte ich diesen Tag vergessen."

„Natürlich."

Ich stand auf, dankte meinen Freundinnen und sagte ihnen, dass ich sie morgen anrufen würde.

Sie umarmten mich und Bethany und versicherten ihr, dass sie auf ihre Hilfe zählen könne, wenn noch einmal irgendwas Seltsames passierte.

Bethany nickte steif, dankte ihnen und stapfte dann in Richtung Straße davon.

Ich seufzte.

„So habe ich mir den Start meines Unternehmens nicht vorgestellt."

Gigi drückte meine Hände.

„Alles wird gut werden. Das spüre ich."

Ich wollte ihr glauben.

Die Frau hatte eine Zartheit an sich, die Uneingeweihte für gebrechlich halten würden.

Aber unter all dem steckte eine starke Frau, die Dinge wusste.

Die Kraft von den Vorfahren bekam, die ihr Haus am Meer heimsuchten.

Ich hielt an ihren Worten fest und erlaubte ihnen, sich in meinen Knochen festzusetzen.

Es würde gut werden.

Es musste gut werden.

Jax wartete in seinem Truck, und Bethany saß auch schon darin.

Er hatte darauf bestanden, uns zu fahren, war aber zurückgeblieben, während der Zirkel sein Ritual durchgeführt hatte.

Er wollte nicht im Weg sein.

Ich sprang in den Wagen und sagte: „Bethany wird es gutgehen. Es war ein Zauber, aber die Wirkung hat schon nachgelassen."

Sie schnaubte. Wer könnte es ihr verdenken?

Jax nickte.

„Sie hat es mir schon gesagt."

Ich nickte und lehnte dann meinen Kopf an das kühle Fenster, während Jax uns zu seinem Haus zurückfuhr.

In dem Moment, als er in seine Einfahrt einbog, sprang Bethany heraus und machte sich schnell auf den Weg zurück zu ihrem Haus.

„Bethany!", rief Jax.

Sie blieb stehen, drehte sich um, um ihn anzusehen, und sagte dann: „Nicht jetzt, Jax. Ich brauche Zeit … um alles zu verarbeiten."

„Ja. Sicher."

Er steckte seine Hände in die Taschen, wie er es immer tat, wenn er sich unbehaglich fühlte.

„Es ist ..." Er schüttelte den Kopf. „Ich bin immer noch hier, wenn du reden willst oder irgendwas brauchst. Freunde, oder?"

„Freunde", sagte sie tonlos und verschwand in ihrem Haus.

„Was war das?", fragte Jax mich, als er mich die Stufen der Veranda hinauf und in sein Haus führte.

Ich seufzte.

„Sie wurde von einem Liebeszauber getroffen, und Gigi hat gesagt, er wirkt besser bei jemandem, der schon dazu veranlagt ist, ihn mitzumachen."

Jax blieb gleich hinter seiner Haustür stehen, die Hand immer noch auf der Türklinke.

„Willst du damit sagen, dass sie Gefühle für mich hat?"

Ich verdrehte die Augen, trat näher an ihn heran und sah in seine dunklen Augen.

„Im Ernst, Jax? Das wusstest du nicht?"

„Ich ..." Er zuckte die Achseln. „Ich schätze, ich wusste, dass sie wahrscheinlich Ja sagen würde, wenn ich sie um ein Date bitten würde, aber wir waren nie mehr als freundlich zueinander."

„Ich habe dir gesagt, dass ihr perfekt zueinanderpasst."

Ich legte meine Hand an seine Wange.

„Eure Auren passen zusammen."

„Auren sind mir egal", sagte er und starrte mit aufgewühltem Blick auf mich herab.

„Das habe ich dir gesagt ... mehrmals."

Das hatte er.

Ich hatte es jedoch immer abgetan, weil ich glaubte, es besser zu wissen.

Schließlich war ich diejenige gewesen, die beobachtet hatte, wie eine Beziehung nach der anderen erfolgreich war oder scheiterte, und die Chancen standen immer zugunsten der Paare mit kompatiblen Auren.

„Das hast du."

„Ich habe dir auch schon oft gesagt, dass ich dich will", sagte er und benetzte sich die Lippen.

„Nicht jemanden mit einer violetten Aura. Ich will Feuer und Leidenschaft und Leben. Hilf mir zu leben, Marion. Ich will mich mit dir lebendig fühlen."

Alles in mir schmolz dahin.

All meine Ängste, all meine Bedenken, die Rationalisierungen – sie verschwanden.

Wie konnte ich mir diesen Mann weiter verwehren?

Mein Körper schwankte zu ihm, und plötzlich bewegten sich meine Hände zu seinem Gesicht, um seine Wangen zu berühren, fast so, als hätten sie einen eigenen Willen.

Seine Augen flatterten, als würde er diesen Moment voll und ganz auskosten.

Als hätte er wirklich lange darauf gewartet, dass ich zu ihm komme, endlich aufhöre, dagegen anzukämpfen und ihm diese Seite von mir zeige.

„Ich will dich, Marion."

Seine Stimme war heiser, voller Verlangen, Verzweiflung und Hingabe.

Tränen brannten in meinen Augen, und mit stockender Stimme sagte ich:

„Ich will dich auch."

So viele Gefühle tosten zwischen uns.

Mein Verstand hatte abgeschaltet, und alles, was ich wusste, war, dass ich ihn haben musste.

Mich diesem Mann hingeben musste, auf den ich unbewusst mein ganzes Leben gewartet hatte.

Jax' Lippen streiften zärtlich meine.

Nur der Hauch eines Kusses.

Es war nicht genug.

Nicht annähernd genug.

Ich stieß einen leisen, kaum hörbaren Seufzer aus, als meine Hände sich von seinen Wangen lösten.

Eine wanderte nach oben, und meine Finger gruben sich in sein Haar.

Die andere glitt nach unten und blieb auf seinem pochenden Herzen liegen.

Sein Atem stockte, und im nächsten Moment waren seine Lippen wieder auf meinen.

Kein Zögern mehr.

Jax' Arme legten sich um mich und zogen mich nah an ihn, während seine Lippen von meinen Besitz ergriffen.

Und als seine Zunge in meinen Mund eintauchte und mich schmeckte, verlor ich mich in ihm.

Die Welt verschwand. Alles, was zählte, war seine Zunge an meiner, seine Hände, die meinen Rücken auf und ab strichen, sein Körper, der meinen mit seiner Hitze versengte.

„Marion", sagte er leise, als sich seine Lippen von meinen lösten und anfingen, über meinen Kiefer und meinen Hals zu wandern.

„Ich habe so lange darauf gewartet. Ich habe davon geträumt, dass wir wieder zusammen sein würden, dass du in meinen Armen wärst, in meinem Bett, unter mir, während ich bis zum Anschlag in dir bin."

Hitze sammelte sich zwischen meinen Schenkeln, und ich stöhnte vor Verlangen.

Es gab nichts, was ich mir mehr auf der Welt wünschte, als wieder in seine Arme geschlossen zu werden, von ihm genommen zu werden und mich in der Welt der Leidenschaft zu verlieren, die wir einst geteilt hatten.

„Komm mit mir ins Bett, Darlin'", sagte er und strich mit

seinem Daumen über den flatternden Puls in meinem Hals. Ich brachte keine Worte über die Lippen. Ich konnte nur nicken. Das war alles, was es brauchte. Jax senkte seine Lippen wieder auf meine, und während er meinen Mund eroberte, führte er mich rückwärts in sein Schlafzimmer. Als ich kurz stolperte, ließ er sich nicht aus der Ruhe bringen. Er packte mich einfach am Po und hob mich hoch, bis ich meine Beine um seine Taille schloss. Dann schritt er in sein Schlafzimmer und trat die Tür hinter sich zu. Als er mich neben dem Bett auf die Füße stellte, strich er mit seinen Fingern durch meine Locken und sah mich mit solch roher Lust an, dass meine Knie vor lauter Vorfreude fast nachgaben. Wir hatten kaum angefangen, und schon war ich bereit, ihm die Kleider vom Leib zu reißen und ihn zu verschlingen. Das ist es, was über 25 Jahre unterdrückte Lust mit einem Menschen machte. Langsam ließ Jax seine Hände an meinen Seiten hinabgleiten, bis er unter meine Bluse griff und die nackte Haut meiner Taille direkt über meinen Hüften fand. Bei seiner Berührung durchfuhr mich ein Schauer. „Verdammt", hauchte er. „Du bist so heiß. Du machst mich wahnsinnig." Er neigte den Kopf, saugte an meinem Hals direkt unter meinem Ohr und hob die Hände, um meine Brüste zu streicheln. Ich drückte mich an ihn, musste mehr von ihm spüren. Seinen ganzen Körper an meinem spüren. Meine Hände glitten um ihn, und als ich seinen Po packte und ihn an mich zog, saugte er stärker, was Funken der Lust durch meine Adern explodieren ließ. „Verdammt, Jax. Ich will, dass du deine Klamotten auszieht."

„Dann zieh sie aus", knurrte er. Meine Hände arbeiteten schnell, als ich den Knopf seiner Jeans öffnete und den Reißverschluss herunterzog. Er verschwendete auch keine Zeit, zog meine Bluse aus und öffnete den Verschluss meines BHs. Überall waren Hände, während wir an den Kleidern des anderen zerrten und sie einander vom Leib rissen. Es dauerte nicht lange, bis Jax vollkommen nackt vor mir stand. Mir lief das Wasser im Mund zusammen, als ich seinen sehnigen, durchtrainierten Körper betrachtete. Seine Bauchmuskeln spannten sich an, als ich meine Hände an seinen Bauch legte, und als eine nach unten wanderte, um seine Länge zu streicheln, erschauerte er. „Himmel, Marion. Du bringst mich noch um, wenn du so weitermachst."

Ich kicherte. „Du bist nicht mehr achtzehn, Jax. Ich dachte, du hättest inzwischen eine beeindruckende Ausdauer aufgebaut."

„Oh, ich habe Ausdauer", sagte er. „Mehr, als du dir vorstellen kannst. Aber im Moment erwachen all meine Teenagerfantasien wieder zum Leben, und ich bin mir nicht sicher, ob ich das überlebe." Ich blickte auf meinen Vierzig-Plus-Körper hinunter und zog eine Augenbraue hoch. Ich sah bei Weitem nicht mehr aus wie die Achtzehnjährige, die ich vor so vielen Jahren gewesen war. „Du bist jetzt noch sexyer als damals." Er legte seine Hände um meine Brüste und senkte seine Lippen, um an einer meiner Brustwarzen zu zupfen.

Als Wellen purer Lust direkt zwischen meine Beine schossen, war es mir egal, wie ich jetzt oder damals aussah. Alles, was ich wollte, war Jax und alles, was er mir zu bieten hatte. Ich drückte sein Gesicht an meine Brust, warf den Kopf zurück und ließ seine magische Zunge arbeiten, und als er auf die Knie ging und meine Beine auseinanderschob, zögerte ich nicht. Jax' starke Hände packten meine Hüften, und als seine Zunge über mein empfindlichstes Nervenbündel glitt, zitterten meine Beine. Das Verlangen hatte die Oberhand gewonnen. Worte sprudelten aus meinem Mund. „Ja, Baby. Bitte. Genau da, oh verdammt." Jax bearbeitete mich wie ein Verhungernder, und es dauerte nicht lange, bis ich nach Luft schnappte und schrie, als mein Orgasmus mich direkt in ein anderes Universum schickte. Meine Sicht verschwamm, während ich meine Zehen krümmte, und wenn er mich nicht an den Hüften gehalten hätte, wäre ich bestimmt auf seinen Parkettboden gefallen.

Als ich wieder herunterkam, hob Jax mich hoch und legte mich sanft auf sein Bett. Er kroch über mich und küsste mich zärtlich von der Scham meinen Bauch hinauf, über meine Brüste und Brustwarzen und schließlich zu meinem Hals und meinen Lippen. Als er die Zunge in meinen Mund eintauchen ließ, schmeckte ich mich selbst auf ihm und war plötzlich gierig danach, ihm Lust zu bereiten, zu sehen, wie er die Augen verdrehte, ihn um den Verstand zu bringen, während er meinen Namen stöhnte. Ich legte eine Hand auf seine Brust und drückte ihn sanft, bis er auf dem Rücken lag, und dann stützte ich mich hoch. „Ich bin dran", sagte ich mit vom Sex heiserer Stimme. Seine Augen blitzten, und seine Hand grub sich in mein Haar. Augenblicklich pulsierte mein Innerstes vor Vorfreude. Jax wusste noch immer, was ich mochte. Was mich erregte und was einfaches Verlangen in glühende Leidenschaft verwandelte. Es war eine Sprache, die wir schon einmal gesprochen hatten und die unsere Körper noch immer verstanden. Ich hatte das nie mit einem anderen Mann erlebt. Die pure Leidenschaft. Die unmittelbare Verbindung, wenn wir einander berührten. Einander liebten. „Tu es, Marion. Ich will deine Zunge", befahl er. „Ich muss deine Lippen um mich spüren." Ich ließ meine Hand nach unten gleiten und schloss sie um seinen pulsierenden Schwanz. Seine Hüften zuckten bei meiner Berührung empor, und er grub seine Hand tiefer in mein Haar. Das war der einzige Ansporn, den ich brauchte, um nach unten zu rutschen und genau zu tun, was er wollte. „Jaaa", zischte er, als ich meine Lippen auf die Kuppe seiner Erektion presste. Ich küsste mich seinen samtigen Schaft hinauf und hinab und flüsterte: „Das habe ich vermisst."

„Meinen Schwanz?", fragte er und starrte mich an, die Hitze

in seinem Blick verbrannte mich fast. Ich kicherte. „Ja, aber ich meinte das hier. Das Feuer, das zwischen uns brennt."

„Du hast keine Ahnung, Darlin'", sagte er, während er seine Hüften hob, sodass seine Eichel wieder gegen meine Lippen drückte. „Keine. Ahnung."

Ich starrte zu ihm auf, öffnete den Mund und nahm ihn so tief in mich auf, wie ich konnte. Ich hielt seinen Blick fest, während ich ihn liebkoste, lauschte seinem Stöhnen, seinem lustvollen Grunzen und seinem Keuchen, als er dem Höhepunkt nah war. Er zog jetzt an meinem Haar, und der stechende Schmerz trieb mir fast Tränen in die Augen, aber ich wusste, das bedeutete, dass er kaum noch die Kontrolle hatte. Das spornte mich an. Ich legte eine Hand um die Basis seiner Erektion und bewegte den Kopf schneller auf und ab, während ich stärker saugte. Schließlich stieß er ein lautes Knurren aus, zog mich von sich und warf mich auf den Rücken. Keine Sekunde später war er auf mir, sein Schwanz direkt gegen meine Öffnung gedrückt. Mein ganzer Körper pochte vor Verlangen. Seine Augen bohrten sich in meine. „Willst du das?"

„Merkst du das nicht?" Ich hob die Hüften, sodass seine Eichel in mich eindrang. Wir stöhnten beide. „Brauche ich ein Kondom?", fragte er. „Ich … du weißt doch, dass ich seit Ewigkeiten mit niemandem zusammen war. Und ich habe mich testen lassen." Jax und ich hatten noch nie Kondome benutzt. Wir waren die Ersten füreinander gewesen. Ich hatte die Pille genommen, und obwohl es dumm war, hatte ich diesmal nicht einmal daran gedacht. „Ich will nichts zwischen uns", sagte ich. „Wir hatten es früher nicht, und ich will es jetzt auch nicht." Er schloss die Augen und nickte, aber er bewegte sich immer noch nicht. „Wir sind sicher. Ich habe eine Spirale und … also, bei mir ist es auch schon lange her." Jax presste seinen Mund auf meinen, während er gleichzeitig in mich hineinstieß und seinen Schwanz tief in mich hineintrieb. Ich schrie auf, meine Beine schlangen sich um ihn und drückten ihn noch näher an mich. „Verdammt, Marion. Das habe ich vermisst", keuchte er mir ins Ohr und stieß immer und immer wieder in mich hinein, um tatsächlich zu beweisen, dass mit seinem Stehvermögen alles in Ordnung war. Ich stöhnte immer wieder auf, der tiefe, lange, ausgedehnte Orgasmus verzehrte mich. „Das ist es, Baby. Das ist es", ermutigte Jax mich, und seine Worte kamen mit kurzen Atemstößen heraus. „Das ist mein Mädchen." Mit meinem ausgelaugten Körper und der Lust, die immer noch um mich herum pulsierte, packte ich ihn an den Haaren, zog ihn für einen fordernden Kuss zu mir herunter und knurrte: „Fick mich, als ob es dir ernst wäre!"

Jax' Augen schmolzen, und er ließ los. Seine harten Stöße drangen tief in mich ein und brachten mich ein weiteres Mal an den Rand eines Orgasmus', bis er schließlich in mir verharrte und ein tiefes Stöhnen ausstieß, während sein Körper sich über meinem anspannte. Unser Stöhnen mischte sich in der Dunkelheit, und unsere Körper bebten vor Lust, als wir gemeinsam über die Klippe stürzten.

KAPITEL 18

„*D*u gehst?", fragte Jax mit halb geschlossenen Augen. Er lag auf seinem Bett, die Hände hinter dem Kopf verschränkt, während er mir beim Anziehen zusah.

„Ich muss. Ty erwartet mich und …" Ich seufzte. Ich hätte das nicht zulassen sollen. Nicht jetzt. Nicht, wo ich so viel anderes um die Ohren hatte. Wenn irgendjemand herausfand, dass ich mit dem Mann geschlafen hatte, der den Abend als Lennons Date begonnen hatte, würde das Konsequenzen haben, die ich nicht mehr rückgängig machen konnte.

„Du bereust es schon, oder?", fragte er, setzte sich auf und zog die Decke über seinen wunderschönen Körper.

„Bereuen? Nein." Ich ging zu ihm, setzte mich auf die Bettkante und lächelte ihn sanft an. „Ich bereue nicht ein bisschen von dem, was wir gerade getan haben."

Jax' Haltung wurde nicht weicher. „Aber du wolltest dich davonschleichen, ohne es mir zu sagen?"

Ich seufzte und drückte meine Hand an seine Wange. „Ich wollte dich wecken, nachdem ich mich angezogen hatte. Sonst ist die Versuchung zu groß."

Das löste eine Reaktion bei ihm aus. Seine Lippen zuckten, und seine Hand schoss um meine Taille und zog mich näher an ihn. „Ich hatte gehofft, mit dir an meiner Seite aufzuwachen."

Enttäuschung durchströmte mich. Das war etwas, das wir noch nie getan hatten, obwohl ich es mir gewünscht hatte. Damals, als wir zusammen gewesen waren, hatten wir beide noch bei unseren Eltern gewohnt, und obwohl wir volljährig waren, waren die nicht so tolerant gewesen, Übernachtungen zuzulassen. Ich beugte mich vor und gab ihm einen zärtlichen Kuss. „Das würde ich auch gern, aber ich muss nach Hause, um mit Ty zu reden. Ich hätte nicht einmal so lange bleiben sollen."

Er zog eine Augenbraue hoch. „Ist Ty nicht erwachsen? Er wartet doch nicht auf dich, oder? Sag mir nicht, dass du nicht die ganze Nacht wegbleiben darfst."

Ich kicherte. „Er ist erwachsen und wahrscheinlich wartet er auf mich, weil wir ein paar Dinge zu besprechen haben. Dinge, über die wir beim Abendessen reden wollten, bevor du, Lennon und Bethany aufgetaucht seid und alles den Bach runtergegangen ist."

„Dann ein andermal?", fragte Jax und streichelte mein Bein.

Ich bekam eine Gänsehaut. Ich musste meine ganze Kraft aufbringen, um mir nicht die Kleider vom Leib zu reißen und wieder zu ihm ins Bett zu kriechen. Deshalb war ich aus dem Bett geschlichen, als er in seinem After-Sex-Rausch eingeschlafen war. Es war schon schwer genug, ihn zu verlassen, nachdem ich in seinen Armen gelegen hatte, und noch schwerer, wenn er versuchte, mich wieder in seine Arme zu locken. „Ein andermal", stimmte ich zu, stand schnell auf und zog mich zurück.

„Marion?"

„Ja."

„Komm her."

Sein glühender Blick war wie eine Droge, und meine Füße

bewegten sich wie von selbst, bis ich wieder auf der Bettkante saß.

Jax streckte die Hand aus, vergrub seine Finger wieder in meinem Haar und küsste mich mit einer Leidenschaft, die meinen Körper von Kopf bis Fuß kribbeln ließ. Als er mich schließlich losließ, war ich atemlos und sprachlos.

Er kicherte. „Geh nach Hause, Mar, bevor ich dich wieder ins Bett zerre."

„Du bist böse", sagte ich und stand auf. Nachdem ich meine Kleider glatt gestrichen hatte, warf ich ihm und seinem selbstgefälligen Grinsen einen letzten Blick zu, bevor ich in die Nacht hinaus stolperte. Ich nahm die Kälte draußen kaum wahr. Wie auch, wenn mein Körper noch von seiner Berührung schwelte?

DIE FENSTER WAREN DUNKEL, als ich in die Einfahrt meines Hauses einbog. Ich warf einen Blick auf die Uhr und seufzte, als ich sah, dass es nach Mitternacht war. Wie lange war ich bei Jax zu Hause gewesen? Offensichtlich länger, als ich gedacht hatte. Nicht, dass ich es auch nur einen Moment bereut hätte. Wenn Ty ins Bett gegangen war, konnte ich am Morgen immer noch mit ihm reden.

Ein Anflug von Schuldgefühlen lastete schwer auf meiner Brust. In seinem Leben passierten wichtige Dinge, und ich war nicht gerade für ihn da gewesen.

Das musste sich ändern.

Sofort.

Als ich das Haus betrat, wünschte ich mir, es wäre wie früher, als ich einfach an seine Tür geklopft hätte, um zu sehen, ob er noch wach war.

Normalerweise war er es.

Ty war kein besonders guter Schläfer, wenn ihn etwas bedrückte, und viele unserer innigsten Gespräche hatten in der Stille der Nacht stattgefunden, wenn der Rest der Welt schlief.

Das konnte ich allerdings nicht, wenn Kennedy da war.

Denn eines würde ich niemals tun: ihre Privatsphäre verletzen.

Nachdem ich meine Schlüssel in das Schälchen neben der Tür geworfen hatte, schaltete ich das Licht an und stieß einen überraschten Schrei aus, während ich zurücksprang und den Schirmständer umwarf.

„Ty! Heilige Scheiße! Du hast mir einen Heidenschreck eingejagt."

Er saß am Ende des Sofas, in eine Decke gewickelt, während er an seiner Kaffeetasse nippte.

„Du hast nicht gedacht, dass ich auf dich warte?"

„Nein … also, doch. Aber als das Licht aus war, dachte ich, du wärst schlafen gegangen."

Ich ging durch das Wohnzimmer und setzte mich ihm gegenüber in den Sessel.

Ty musterte mich einen Moment lang, sein Blick wanderte von Kopf bis Fuß über mich.

Als ein kleines, wissendes Lächeln seine Lippen umspielte, lehnte ich mich im Sessel zurück und stöhnte.

„Hör auf, mich so anzusehen", befahl ich.

„Was meinst du?", fragte er unschuldig.

„Als ob du mich verurteilst."

Er lachte leise. „Der Walk of Shame ist doch nicht schlimm."

„Entschuldige, aber es ist nicht der nächste Morgen. Das ist also kein Walk of Shame."

„Wenn du meinst."

Er trank einen weiteren Schluck aus seiner Tasse.

„In der Küche ist noch frischer Kaffee. Willst du welchen? Ich habe eine Flasche Irish Cream mitgebracht.“

„Gott, ja“, sagte ich und stand schon aus dem Sessel auf. „Bin gleich wieder da.“

Nachdem ich mir meine Tasse Kaffee mit Irish Cream gemacht hatte, schnappte ich mir die Schachtel mit dem Zimtstreuselkuchen, die auf der Theke stand, und ging zurück zu Ty ins Wohnzimmer.

„Ich wusste, dass du die mitbringen würdest.“

Er grinste und nahm sich ein Gebäckstück.

„Den hast du für mich geholt, oder?“

Ich biss in den Kuchen und verkniff mir ein Stöhnen, als die leckere Köstlichkeit meine Zunge berührte.

„Hätte ich ihn für jemand anderen mitgebracht?“, fragte er.

„Hat Kennedy eine Schwäche für Zimtstreusel?“

Ty lachte.

„Das ist ein toller Einstieg. Du kannst alles fragen, was du über ihn oder uns wissen willst. Du musst nicht so tun, als würde dich interessieren, ob er Zimtstreusel mag oder nicht.“

„Irgendwo müssen wir ja anfangen“, sagte ich und trank einen Schluck von meinem Kaffee mit Irish Cream.

„Ich schätze schon.“

Tys amüsierter Gesichtsausdruck verschwand, als er seine Tasse auf den Beistelltisch stellte und sich auf dem Sofa zurücklehnte.

„Wenn du wirklich wissen musst, welches Gebäck er mag, er steht auf Quarkteilchen.“

„Wirklich? Ich schätze, damit kann ich leben. Es ist kein Zimtstreusel, aber ich lasse es ihm durchgehen“, sagte ich mit einem Augenzwinkern und versuchte, die Stimmung aufzulockern.

Was auch immer Ty mir über seine Beziehung zu Kennedy erzählen wollte, er sollte wissen, dass es keine große Sache war. Nicht für mich. Und obwohl er das sicher schon wusste, war ich überzeugt, dass er immer noch Angst hatte, sich vor der Elternfigur in seinem Leben zu outen.

Ty verdrehte die Augen. „Du hast eine ungesunde Beziehung zu deinem Lieblingsgebäck."

„Ich weiß."

Nachdem ich den Kuchen aufgegessen hatte, beugte ich mich nach vorn, legte die Hände zusammen und sagte:

„Du weißt, dass du mir alles erzählen kannst, oder? Was auch immer es ist, es ist okay."

Er nickte, wartete aber einen Moment, bevor er mir in die Augen sah.

Als er es schließlich tat, war ich überrascht, Schmerz in seinen zu sehen.

„Ty?"

Ich nahm seine Hand in meine.

„Was ist los? Es kann doch nicht nur darum gehen, dass du mit einem Mann zusammen bist, oder? Du weißt, dass ich voll hinter dir stehe. Mir ist es egal, wen du liebst, solange er nett ist und dich gut behandelt."

Er nickte. „Das ist es nicht. Ich kenne dich. Darüber habe ich mir nie Sorgen gemacht."

Ich atmete erleichtert auf. Einen Moment lang hatte ich angefangen zu denken, dass ich als Mutterfigur versagt hatte. Die Vorstellung, dass Ty mir nicht vertraute, ihn bedingungslos zu lieben … das war einfach undenkbar. „Gut. Das ist gut. Was ist denn dann los?"

„Ich mache mir wirklich Sorgen um Kennedy. Sein Dad …"

Ty schüttelte den Kopf, und eine einzelne Träne rollte seine Wange hinab.

Er wischte sie wütend weg.

„Er ist ausgerastet, als Kennedy ihm gesagt hat, dass wir zusammen sind. Er war nicht mehr der stolze Vater, der immer mit Kennedy Golf spielen wollte, sondern ein Mann, der ihn beschimpft und aus dem Haus geworfen hat."

„Bastard", sagte ich und konnte meine Wut kaum unterdrücken. Bedingte Liebe war etwas, das ich nie verstehen würde.

Ty nickte. „Das ist untertrieben. Und schlimmer noch, seine Mom hat überhaupt nichts gesagt. Sie hat nur die Hände gerungen und zugesehen, wie sein Vater Kennedy befohlen hat, entweder ‚Gott zu finden' oder aus dem Haus zu verschwinden."

„Das ist wirklich furchtbar, Honey. Es tut mir so leid."

Ich drückte seine Hand fester.

„Nur für den Fall, dass du es noch nicht so aufgefasst hast: Er kann gern bleiben, solange er möchte. Seine Eltern sind bestenfalls fehlgeleitet. Schlimmstenfalls … na ja, das spreche ich lieber nicht laut aus."

„Danke, Mar", sagte Ty und wischte sich erneut die Augen. „Es ist nur so, dass Kennedy vorher ein gutes Verhältnis zu seinen Eltern hatte. Und dann hat er ihnen von mir erzählt und das ist passiert. Ich kann nicht anders, als mich schuldig dafür zu fühlen, dass sein Leben in Trümmern liegt."

„Was? Wie soll das deine Schuld sein?", fragte ich und machte mir nicht die Mühe, mein Erstaunen zu verbergen.

„Es ist ja nicht so, als würdest du ihn erpressen, mit dir auszugehen. Warte, das tust du doch nicht, oder?", neckte ich ihn.

„Hör auf. Das ist ernst."

Mein Herz schmerzte, da er offensichtlich litt.

„Ich weiß, Honey. Schlechte Witze zu reißen ist nur meine Art, damit klarzukommen, wenn Leute Undenkbares tun. Warum glaubst du, es ist deine Schuld? Hast du ihn unter Druck gesetzt, es ihnen zu sagen?"

„Nein, das würde ich nie tun." Sein Ton war fassungslos.

„Das hätte ich auch nicht gedacht."

Ich erhob mich aus meinem Sessel und setzte mich neben ihn auf die Couch.

Dann legte ich einen Arm um ihn und zog ihn an mich, sodass sein Kopf auf meiner Schulter ruhte.

„Du darfst dir nicht die Schuld dafür geben, wie Kennedys Eltern mit seinen Lebensentscheidungen umgehen. Das liegt an ihnen. Du, mein lieber Junge, bist perfekt."

Er schnaubte. „Ich bin alles andere als perfekt. Du hast einfach nur Mom-Scheuklappen."

Es ließ mein Herz immer höher schlagen, wenn er mich in irgendeiner Weise als Mutter bezeichnete. Ich würde alles dafür geben, Trish zurückzubekommen. Daran bestand kein Zweifel. Aber in ihrer Abwesenheit war es mir eine Ehre, sie zu vertreten.

„Wahrscheinlich. Ich kann nichts dafür, wenn ich denke, dass du ein toller Fang bist. So sind wir Mütter eben."

„Nicht alle", sagte Kennedy, der vom Flur hereinkam.

Seine Haare standen in allen Richtungen von seinem Kopf ab, und er hatte dunkle Ringe unter den Augen.

Ty sprang auf und eilte an Kennedys Seite.

„Haben wir dich geweckt?"

„Nein. Ich war schon eine Weile wach. Als du nicht da warst, habe ich mich gefragt, wo du hingegangen bist."

Kennedy sah mich an, dann auf die Uhr und wieder zu mir.

Er lächelte schief, als er fragte: „Ist meine Einladung zur Pyjamaparty in der Post verloren gegangen?"

Ich kicherte und klopfte auf das Sofa.

„Kommt, setzt euch. Alle beide."

Sie sahen einander an und tauschten einen belustigten Blick aus.

„Siehst du?", sagte Ty.

Kennedy nickte und lächelte, wodurch die Erschöpfung in seinem Gesicht etwas verschwand.

„Was siehst du?", fragte ich und kniff die Augen zusammen.

„Ty sagte, du bist diese stolze, unabhängige Geschäftsfrau, die große Stücke darauf hält, eine toughe, unabhängige Frau zu sein. Aber wenn es um Ty und seine Freunde geht, kannst du deinen Mutterinstinkt nicht unterdrücken. Er sagte, du wirst zu Wackelpudding, wenn dich jemand braucht."

„Nun … das ist nicht gerade das Schlimmste, was jemals jemand über mich gesagt hat."

Ich lächelte Ty an, der mich angrinste.

„Es ist so ziemlich das Wunderbarste, was ich je erlebt habe", sagte Kennedy leise.

Ty zog ihn zum Sofa und bedeutete ihm, sich neben mich zu setzen.

Ich legte sofort meine Hand auf seine und drückte sie, um ihm stumm meine Unterstützung zu versichern.

Ich begann mich zu fragen, ob dieser junge Mann irgendjemanden in seinem Leben hatte, der ihn bedingungslos geliebt hatte.

Ich warf Ty einen Blick zu und dachte, *vielleicht einen.*

„Es tut mir leid, Kennedy. Du hast es nicht verdient, wie deine Eltern dich behandeln."

Er nickte nur kurz und wandte den Blick ab, aber nicht bevor ich Tränen in seinen Augen aufblitzen sah.

„Oh, Honey."

Ich wollte ihn unbedingt umarmen, ihn halten und verhindern, dass er in Millionen Stücke zerbrach.

Aber irgendwas sagte mir, dass er das nicht brauchte.

„Weißt du, was einen Menschen stark macht?"

„Niedergeschlagen zu werden und dann wieder aufzustehen?", fragte er in sarkastischem Ton.

„Ich schätze, das hat dir dein Vater erzählt?"

Ein Blick auf Ty sagte mir, dass ich vollkommen richtig lag.

„Was macht das schon?" Kennedy schloss die Augen, und plötzlich hatte ich das Gefühl, als würde er sich verschließen und sich bereitmachen, alles zu ignorieren, was ich sagte. Ich wusste nicht genau, woher, aber ich wusste es einfach. „Es macht viel aus, weil er Unrecht hat, Kennedy. Wahre Stärke bedeutet, sich selbst treu zu bleiben. Sein Leben authentisch zu leben, unabhängig davon, was andere von seinen Entscheidungen halten. Sich das wegen engstirniger Menschen zu versagen, schadet nur einem selbst. Du, mein wunderbarer Junge, verdienst Liebe. Du verdienst es, die Person auszuwählen, die du lieben möchtest. Wenn diese Person Ty ist, dann lass dir niemanden in die Quere kommen. Nicht deine Eltern, nicht mich und ganz bestimmt nicht diese innere Stimme, die sich fragt, ob du nicht einfach nichts sagen sollst. Hinterfrage nicht deinen Wunsch, offen zu leben, deine Liebe zu feiern, indem du ehrlich zu dir selbst und den Menschen bist, die du liebst. Du hast so viel Besseres verdient."

„Verdammt", sagte Ty leise und presste die Handrücken auf sein Gesicht, um den stetigen Tränenfluss zu stoppen.

Kennedy lachte überrascht auf, während ihm selbst Tränen über das Gesicht liefen.

„Das kannst du laut sagen."

Die beiden lächelten sich kurz an, bevor Kennedy sich mir zuwandte.

„Das weiß ich alles. Wirklich. Aber es laut ausgesprochen zu hören ... verdammt. Das hat mich wirklich berührt."

„Was auch immer du tust, Kennedy, lass dir dein Glück von niemandem stehlen", sagte ich mit größter Aufrichtigkeit. „Nicht einmal von deinen Eltern."

Ich hatte mehr als genug gebrochene Menschen gesehen, die von ihrer Familie abgelehnt worden waren, nur weil sie jemanden liebten. Das Trauma ging nie wirklich weg, aber zu versuchen, sich den Ansichten anderer unterzuordnen, war immer ein Fehler.

Selbst perfekte Paare erholten sich selten von den Problemen, die auftraten, wenn man versuchte, vor der Welt zu verbergen, wer man war.

„Das werde ich nicht", sagte Kennedy ernst. Dann drückte er meine Hand und sagte: „Aber das bedeutet, dass ich eine Stelle als Mutterfigur zu vergeben habe. Was meinst du, willst du auch meine Mama Marion sein?"

Mir sprang das Herz fast aus der Brust.

„Ich würde es nicht anders haben wollen."

KAPITEL 19

*A*ls ich an meinem Schreibtisch saß, unterdrückte ich das größte Gähnen aller Zeiten. „Ich glaube, bis nach zwei Uhr aufzubleiben, war ein riesiger Fehler", sagte ich zu Iris.

Nachdem ich alles in meiner Macht Stehende getan hatte, um dafür zu sorgen, dass Ty und Kennedy wussten, dass ich immer auf ihrer Seite war, hatte ich beiden von dem Fluch erzählt.

Es hatte einige Mühe gekostet, Ty davon zu überzeugen, dass es mir gut ging und er sich keine Sorgen machen musste.

Er versicherte mir, dass er jedes Recht hatte, sich Sorgen zu machen, ließ es aber widerwillig auf sich beruhen, als ich ihm sagte, dass der Zirkel schon daran arbeitete, den Schuldigen zu finden, damit wir eine Lösung ausarbeiten konnten.

„Was zum Teufel hast du so spät noch gemacht? Irgendwas Neues auf Netflix? Oder war es eher eine Netflix-und-Chill-Situation?"

Sie grinste, offensichtlich zufrieden mit sich selbst.

Ich verschluckte mich fast an meinem Kaffee.

Ihre Augen weiteten sich.

„Es *war* eine Netflix-und-Chill-Situation! Spuck's aus. Mit wem? Es war Jax, oder?"

„Da war kein Netflix im Spiel", sagte ich und wandte mich wieder meinem Computer zu.

„Oh, du meine Güte!"

Sie begann aufgeregt zu faseln, dass sie alle Einzelheiten wissen wolle, aber ich schaltete ab, als ich die Flut von Nachrichten in meinem Posteingang bemerkte.

Die meisten hatten den Betreff „**KÜNDIGUNG**".

„Iris", sagte ich mit leiser, aber eiserner Stimme.

„Wir haben ein Problem."

Sie hörte sofort auf zu plappern und beugte sich über meine Schulter.

„Was ist los?"

Aber bevor ich antworten konnte, sah sie es selbst und fluchte leise.

Ich klickte auf die erste Nachricht.

Sehr geehrte Damen und Herren,

ich kann nicht mit solch einem unethischen Unternehmen zusammenarbeiten und habe keine Lust, mit einem Betrüger verkuppelt zu werden. Bitte erstatten Sie mir meine Anzahlung schnellstmöglich zurück.

Ich öffnete drei weitere Nachrichten, die dieselbe Bitte enthielten, nur ein bisschen anders formuliert.

Die Vierte war eine Morddrohung.

„Heilige Scheiße", sagte ich und presste meine Hand auf meine Stirn.

Hatte jemand irgendwas über mich und Jax herausgefunden? Wie war das möglich?

Die Einzigen, die es wussten, waren Ty, Kennedy und jetzt Iris – obwohl ich keinem von ihnen Details verraten hatte.

„Oh nein." Iris schlug mit der Faust auf ihren Schreibtisch.

„Was zum Teufel hatten Paparazzi vor Jax' Haus zu suchen?"

„Paparazzi?"

Ich sprang aus meinem Stuhl, und diesmal war ich es, die sich über Iris' Schulter lehnte.

Da war ich, wie ich offensichtlich kurz nach Mitternacht aus Jax' Haus stürmte.

Meine Haare waren ein bisschen zerzaust, und ich sah mit meinem halb aufgeknöpften Hemd reichlich sündhaft aus.

„Verflixt und zugenäht!"

„Das kannst du laut sagen." Iris drehte sich um und sah mich an. „Geht's dir gut?"

Ich las die Schlagzeile noch einmal.

Die berühmte Heiratsvermittlerin Marion Matched hat ihrer Social-Media-Kundin Lennon Love den Partner gestohlen.

„Das wird uns ruinieren", sagte ich.

„Ich bin sicher, wir können was tun, um das wieder in Ordnung zu bringen", sagte Iris, aber sie klang wenig überzeugt.

Mein Handy begann zu klingeln.

Ich wollte es stumm schalten, sah aber den Namen und ging ran.

„Tante Lucy? Was gibt's?"

„Was gibt's?" Sie kreischte fast.

„Hast du die Schlagzeilen nicht gesehen? Du hast eine Katastrophe an der Backe, das gibt's. Was kann ich tun? Wem muss ich die Kniescheiben zertrümmern? Ich rufe Stan an. Keine Sorge. Er wird sich darum kümmern."

„Whoa. Immer mit der Ruhe", sagte ich und schmunzelte, obwohl alles, wofür ich gearbeitet hatte, anfing, unter mir zusammenzubrechen.

„Warum rufst du deinen Anwalt an?"

„Natürlich, um eine Unterlassungsverfügung zu veranlassen. Wir können diese Lügen über dich nicht unwidersprochen dulden. Du würdest nie die Nacht mit dem Date einer Kundin verbringen."

Ihre Stimme klang so überzeugt, dass es mir wehtat, sie unterbrechen zu müssen.

„Äh, warte bitte kurz damit, Stan anzurufen", sagte ich.

„Warum? Hast du einen eigenen Anwalt? Natürlich hast du einen. Warum habe ich nicht daran gedacht?"

„Tante Lucy, es ist wahr. Wir können keine Unterlassungsverfügung veranlassen, wenn sie die Wahrheit geschrieben haben."

Schweigen.

Ich biss mir auf die Unterlippe und wartete darauf, dass sie mein Geständnis akzeptierte.

„Du hast *was* getan?"

„Ich kann es erklären. Lennon hatte Jax schon abgeschrieben, und —"

„Nein. Ich kann mir das gerade nicht anhören", sagte sie. „Meine Güte, Marion. Du und dein Vater, ihr beiden wisst wirklich, wie man alles vermasselt, oder? Wir reden heute Abend darüber."

„Lucy, komm schon", begann ich, aber als ich nichts hörte, nicht einmal Hintergrundgeräusche, nahm ich den Hörer vom Ohr und seufzte, als mir klar wurde, dass sie das Gespräch bereits beendet hatte.

„Verdammt. Noch eine Sache, mit der ich mich herumschlagen muss."

Iris warf mir einen mitfühlenden Blick zu und zeigte dann auf ihren Computerbildschirm.

„Es ist nicht alles schlecht. Lennon hat gerade gepostet, und sie hat die Fakten ziemlich gut dargelegt, ohne der Agentur die Schuld zu geben. Vielleicht hilft das ein bisschen?"

Ich klickte auf den Beitrag und überflog ihn. Iris hatte recht; es hätte viel schlimmer kommen können. Aber es war trotzdem kein gutes Bild für die Agentur. Warum sollte mir jemand vertrauen, wenn ich eine bekannte Person wie Lennon mit einem Mann verkuppelt hatte, der anscheinend einen Stalker hatte?

Dazu kam noch, dass Jax und ich überall im Internet auftauchten, und das ließ mich und die Agentur wie eine einzige Katastrophe aussehen.

„Das ist trotzdem nicht gut", sagte ich. „Wir müssen tun, was immer wir können, um dafür zu sorgen, dass Lennons nächstes Date magisch wird."

„Ich bin dran!", sagte Celia, die direkt neben mir auftauchte.

Ich erschrak, mein Herzschlag schoss in die Höhe, und ich fühlte mich, als könnte ich einen Herzinfarkt bekommen.

„Musst du das immer machen?"

„Es ist Teil meines Zaubers", sagte sie und schüttelte ihr Haar, als wäre sie eine Art Pin-up-Model aus den Fünfzigern.

„Zauber hin oder her", sagte ich, „ich möchte nicht, dass du irgendwas tust, das Lennons Date heute Abend in irgendeiner Weise stört. Verstanden?"

Celia schnaubte frustriert. „Was soll ich dann tun? Ich dachte, ich wäre deine Angestellte. Ich darf nicht am Computer arbeiten, ich darf keine Leute ausspionieren, ich —"

„Warte." Ich hob meine Hand. „Du darfst die Kunden nicht ausspionieren. Ich habe aber nie gesagt, dass du nicht andere Leute ausspionieren kannst."

„Oh. Interessant", sagte Iris, die bereits herausgefunden hatte, worauf ich hinauswollte.

„Jemand muss mich aufklären", sagte Celia. „Machst du aus mir einen Privatdetektiv oder so?"

„Sowas in der Art."

Ich rief die Klatschseite auf, die den Artikel über mich und Jax an diesem Morgen veröffentlicht hatte.

„Siehst du das?"

„Heilige Scheiße!" Ihre Augen waren so groß wie Untertassen, als sie mich begeistert ansah. „Du hast es mit dem hübschen Feuerwehrmann getrieben?"

Ich ignorierte ihre Frage.

„Ich möchte, dass du herausfindest, wer das getan hat. Hat derjenige es auf Lennon, mich oder Jax abgesehen? Oder vielleicht sogar Bethany – aber das bezweifle ich. Es sieht so aus, als wäre sie zufällig ins Kreuzfeuer geraten."

„Also kann ich Lennon *doch* ausspionieren?", fragte Celia mit einem schelmischen Grinsen.

Ich seufzte. „Nicht ausspionieren. Nur sehen, ob ihr jemand folgt. Notizen darüber machen, was sie tut. Sowas in der Art."

„Und du willst, dass ich das auch für dich, Jax und Bethany mache?"

Ich nickte.

„Dir ist schon klar, dass ich nur *ein* Geist bin, oder?" Sie stemmte die Hände in die Hüften. „Ich kann nicht überall gleichzeitig sein."

„Ich weiß", beruhigte ich sie. „Tu einfach, was du kannst. Wenigstens wohnen Jax und Bethany nebeneinander. Das sollte helfen."

„Es wird auch helfen, wenn du und Jax euch in den Laken wälzt", sagte sie mit einem Kichern.

Ein Schauer lief mir über den Rücken. „Du verletzt meine Privatsphäre auf keine Weise. Oder die von irgendjemand anderem. Sonst werde ich dafür sorgen, dass der Hexenzirkel …"

„Ich weiß, ich weiß. Meinen kleinen Arsch ins Nichts räuchert. Ich hab's verstanden", sagte sie dramatisch. „Sei nicht so eine Spielverderberin, Marion. Ein totes Mädchen muss auch mal Spaß haben."

Sie schwebte zur Tür, aber bevor sie verschwand, warf sie mir noch einen Blick zu. „Vergiss unsere Abmachung nicht. Ich bin immer noch eine Kundin, die ein Date sucht."

„Denkst du, sie wird was finden?", fragte Iris.

„Ich habe keine Ahnung, aber sie ist auf jeden Fall hartnäckig genug. Wenn sie es wirklich will, wird sie es tun."

Ich ging zurück zu meinem Computer, öffnete das E-Mail-Programm und begann schweren Herzens, die zahlreichen Rückerstattungsforderungen zu bearbeiten.

KAPITEL 20

*I*ch saß auf einer Bank mit Blick aufs Meer und rückte meinen Hut mit der breiten Krempe zurecht. Es war ein anstrengender Tag gewesen. Nachdem ich 80 Prozent unserer neuen Kunden ihre Anzahlung zurückerstattet hatte, hatte ich diejenigen angerufen, die für ein Gespräch offen schienen. Ich hatte nur drei neue Kundenkontakte gerettet – die mich alle durch den Zirkel kannten – und den Rest verloren.

Es war nicht die Woche, auf die ich gehofft hatte.

„Ich habe dir etwas mitgebracht", sagte Hope Anderson, während sie sich neben mir auf der Bank niederließ.

Ich nahm meine Sonnenbrille ab und nahm die kleine Tüte, die sie mir reichte.

„Wenn es Kuchen ist, glaube ich, dass ich mein Limit erreicht habe."

Sie kicherte. „Nein, aber ich habe darüber nachgedacht. Mach sie einfach auf."

Ich spähte in die Tüte und runzelte die Stirn, als ich die unscheinbare Filzpuppe herauszog.

„Was ist das? Sieht aus wie Katzenspielzeug."

Sie schüttelte den Kopf, lehnte sich zurück und lachte erneut. „Du brauchst wirklich eine Ausbildung in Sachen Hexenzubehör, oder?"

Ich drehte die Puppe in den Händen, und obwohl es einen Moment dauerte, dämmerte mir schließlich, dass sie mir eine Voodoo-Puppe mitgebracht hatte.

„Funktionieren diese Dinger?"

Sie hob vage die Hände. „Ich weiß es nicht, aber es schien eine gute Idee zu sein. Bei diesen Flüchen geht es meistens um Absichten, also wahrscheinlich? Du wirst es nicht wissen, bis du es probierst, oder?"

„Ich weiß nicht, wen ich foltern soll", sagte ich und stopfte die Puppe zurück in die Tüte. „Was mache ich dann?"

„Du musst einfach so konkret wie möglich sein. Schreib sowas wie *die Person, die Marion Matched verflucht hat*, und hefte es dann an die Puppe. Und wenn du der Puppe dann Nadeln ins Geschlechtsteil stichst, wird die Person eine nette kleine Überraschung erleben." Sie lächelte mich süß an.

Ich kicherte. „Okay. Ich verstehe."

„Ich dachte, das würde dir gefallen." Sie grinste und wurde dann ernst. „Das ist nicht der einzige Grund, warum ich dich gebeten habe, mich hier zu treffen."

Ich wandte mich zu ihr um, um ihr meine volle Aufmerksamkeit zu schenken. „Okay. Raus mit der Sprache."

„Weißt du noch, als ich dir gesagt habe, ich würde mich in der Stadt umhören? Meine Ohren offen halten für alles, was uns einen Hinweis darauf geben könnte, wer es auf dich abgesehen hat?"

„Ja. Hast du etwas gehört?"

Sie schüttelte den Kopf. „Nichts weiter als Leute, die über das ganze Drama spekulieren."

„Was denken sie?"

„Nichts, was du wissen willst." Sie drückte meine Hand.

„Aber meine Mutter hat etwas gehört. Und ihre empathischen Fähigkeiten sind viel stärker als meine."

„Angela hat was mitbekommen?" Mir wurde übel. Wie war ich nur in dieses Schlamassel geraten?

„Das hat sie. Sie sagte, sie habe gehört, dass jemand dachte, über deinen Sohn an dich rankommen zu können."

„Ty?" Er war der einzige Mensch, den irgendjemand als meinen Sohn betrachten würde.

„Das denke ich doch, oder?", fragte sie.

„Ja." Mein ganzer Körper wurde taub, aber dann entzündete sich ein Feuer in meinem Bauch, und dieser Löwenmutterinstinkt erwachte, bereit zum Kampf.

„Wer auch immer das versucht, wird den Tag bereuen, an dem er sich in meine Angelegenheiten eingemischt hat", sagte ich grimmig.

Hope nickte. „Das wird derjenige. Und wenn er herausfindet, dass ein ganzer Zirkel hinter dir steht, wird er lernen, was Schmerzen sind."

Wir sahen einander in die Augen, beide fest in unseren Überzeugungen.

„Danke, Hope. Das wird aufhören. Ich weiß nicht wie, aber es wird aufhören."

„Sag mir, was du brauchst, wenn du es brauchst. Ich werde da sein."

Ich nickte ihr zu und schlurfte dann über den Stadtplatz zurück ins Büro.

Doch bevor ich die Eingangstür erreichte, hörte ich meinen Vater meinen Namen rufen.

„Marion! Warte!" Dad kam mit gerunzelter Stirn auf mich zu.

Ich wartete und wippte ungeduldig mit dem Fuß.

Ich musste rein, um Ty und Kennedy anzurufen und sie zu warnen, in der Nähe von Fremden äußerst vorsichtig zu sein.

„Dad, können wir …"

„Memphis!", rief eine Frau hinter ihm. „Mit roher Gewalt lässt sich das nicht beheben. Das weißt du doch sicher."

Er ignorierte sie und kam direkt auf mich zu, zog mich in seine Arme und umarmte mich ganz fest.

„Oh, Marionberry. Es tut mir so leid." Er trat ebenso schnell wieder zurück und fuhr fort: „Mein Anwalt arbeitet schon an einer Gegendarstellung. Morgen wird das alles nur noch eine unangenehme Erinnerung sein."

„Dad …" Ich warf seiner Begleiterin einen Blick zu.

Sie war eine schlanke Frau mit blondem, in lange Stufen geschnittenem Haar.

Jedes Detail ihres tief ausgeschnittenen Outfits schrie nach Geld, und ich fragte mich plötzlich, ob sie eine Kandidatin für die nächste *Real Housewives*-Staffel war.

„Hi, ich bin Pixie", sagte sie und streckte mir ihre Hand entgegen.

Ihre Nägel waren perfekt maniürt, und sie hatte einen Stein von der Größe Gibraltars an ihrer rechten Hand.

Der Diamant blendete mich in der Nachmittagssonne fast.

„Hallo", sagte ich und schüttelte ihr höflich die Hand.

Ich wollte sie gerade loslassen, als ich einen kleinen Schock über meine Hand huschen fühlte.

Ich starrte auf meine Handfläche und dann auf sie.

„Reibungselektrizität", sagte sie achselzuckend. „Ich glaube, es liegt am trockenen Wetter."

Trockenes Wetter? Wir lebten an der Küste. Es war nie trocken.

„Es liegt daran, dass du ein Hitzkopf bist, einfach zu heiß", sagte mein Vater und wackelte vielsagend mit den Augenbrauen.

„Oh, du meine Güte", murmelte ich.

„Hör zu, Dad, ich muss einen wichtigen Anruf tätigen. Können wir später darüber reden?"

„Ja, ich denke schon. Aber du musst mit meinem Anwalt sprechen. Ich habe ihm deine Nummer gegeben, also lass den Anruf nicht auf die Mailbox gehen, verstanden?", fragte er.

„Sicher. Verstanden", sagte ich und sah zu, wie Pixie ihren Arm um die Taille meines Vaters legte und ihre Brüste an seine Seite drückte.

Dann wandte Pixie sich mir zu. „Es war schön, dich kennenzulernen, Marion. Ich hoffe, wir können noch viel mehr Zeit miteinander verbringen ... nachdem ich eine schöne Zeit mit deinem Dad hatte."

Mein Magen drehte sich, und ich musste dagegen ankämpfen, dass sich der Ekel nicht in meinem Gesicht zeigte. Es war nicht so, dass ich meinem Vater eine Freundin missgönnte, aber irgendwas an dieser Frau stimmte einfach nicht. Es war eine intensivere Version dessen, was ich fühlte, wenn Auren aufeinanderprallten, und ich fragte mich vage, ob das mein neuer Normalzustand war. Übernahmen jetzt meine anderen Sinne, da ich Auren nicht mehr so lesen konnte wie früher?

Ich blinzelte und nahm Pixies erbsengrüne Aura und die blassgelbe meines Vaters wahr.

Beide hatten an den Rändern diesen Hauch von Sepia.

Daran hatte sich nichts geändert, aber ich hatte keinen Zweifel daran, dass diese beiden so gar nicht zueinanderpassten. Ich brauchte meine Fähigkeit, Auren zu lesen, nicht, um zu diesem Schluss zu kommen.

„Marion, hast du mich gehört?", fragte Pixie, und ihr kleiner Körper strahlte Sorge aus.

„Ja, doch, natürlich. Freut mich auch, dich kennenzulernen, Pixie. Es war mir eine Freude", log ich. Dann drehte ich mich um und eilte in mein Büro – nur um direkt mit Jax zusammenzustoßen.

KAPITEL 21

„Jax!", rief ich, als ich von ihm abprallte.

Er streckte die Hand aus, um mich zu stützen und mich auf den Beinen zu halten. „Whoa. Wo brennt's?"

„Ich muss Ty anrufen", sagte ich und eilte an ihm vorbei zu meinem Schreibtisch, wo ich mein Handy liegen gelassen hatte.

„Okay. Ich kann warten." Er kam herüber, setzte sich an meinen Schreibtisch und wartete geduldig.

Ich hatte keine Zeit, ihn anzuschreien, dass er nicht in mein Büro kommen sollte. Nicht, nachdem die Klatschblätter ein Bild von mir gepostet hatten, wie ich sein Haus verließ. Zuerst musste ich mich vergewissern, dass Ty in Ordnung war.

Nachdem ich schnell seine Nummer gefunden hatte, drückte ich die Wahltaste. Es klingelte fünfmal und ging auf Voicemail. „Verdammt!"

Ich legte auf und versuchte es nochmal. Als ich wieder nur die Voicemail erreichte, hinterließ ich eine Nachricht und befahl ihm, mich sofort zurückzurufen. Dann schrieb ich ihm eine SMS, in der ich ihn bat, vorsichtig zu sein – wer auch immer mich verflucht hatte, könnte als Nächstes hinter ihm her sein, und ich müsse mit ihm sprechen.

Meine Hände zitterten, als ich das Handy wieder auf den Schreibtisch legte.

„Marion", sagte Jax und stand auf. Er stellte sich vor mich, die Hände auf meinen Hüften, und seine Augen bohrten sich in meine. „Was ist los?"

„Wer mich verflucht hat, ist vielleicht hinter Ty her, und ich muss ihn finden." Ich rauschte an Jax vorbei wieder zur Tür. Wenn Ty nicht abnahm, musste ich ihn eben suchen gehen.

„Jemand ist hinter Ty her?", fragte Jax.

Ich wirbelte herum, plötzlich wütend. „Ja. Das habe ich doch gesagt. Ich muss los. Ich muss ihn und Kennedy finden."

„Ich komme mit", sagte er automatisch, ging an mir vorbei und griff nach der Tür.

„Das kannst du nicht!", schrie ich. „Verdammt, Jax. Hast du die Nachrichten heute Morgen nicht gesehen? Wir sind überall im Internet. Die Leute wissen, dass wir gestern Abend zusammen waren. Hast du irgendeine Ahnung, wie das auf potenzielle Kunden wirkt?"

Er runzelte die Stirn. „Warum ist es ein Problem, wenn wir zusammen sind?"

„Du hattest gestern Abend ein Date mit Lennon!" Ich warf frustriert die Hände in die Luft. „Es sieht so aus, als hätte ich ihr Date gestohlen."

Er schnaubte. „Ich wollte nie mit ihr ausgehen. Das war nur ein Gefallen. Und ich hätte sowieso nie als ihr Date bezeichnet werden sollen."

Wie konnte er nur so begriffsstutzig sein? „Das war alles hinfällig, als Bethany in aller Öffentlichkeit eine Szene gemacht hat. Internetdetektive haben deine Identität herausgefunden, und aus irgendeinem Grund haben Paparazzi dein Haus beobachtet. Jetzt sieht es so aus, als wäre ich mit dem Mann nach Hause gegangen, der Bethany betrogen hat, um mit Lennon auszugehen. Wir sehen beide aus wie Abschaum. Und mein Geschäft leidet jetzt schon darunter. Wenn ich das ändern will, darf ich mich nicht mit dir sehen lassen. Verstehst du das nicht?"

Er verschränkte die Arme vor der Brust. „Aber nichts davon ist wahr, Mar."

„Ich weiß!", schrie ich fast. „Aber potenzielle Kunden wissen das nicht. Das ist ein PR-Alptraum. Ich schwöre bei der Göttin, ich hätte nie eine Influencerin engagieren sollen. Es gibt keinen schnelleren Weg, aus einem Shitstorm eine Internetsensation zu machen."

Jax trat einen Schritt zurück; der Schock war ihm anzusehen. „Ich verstehe. Dann gehe ich jetzt einfach."

Ich stand in meinem Büro und sah benommen zu, wie er an mir vorbeiging und die Tür leise hinter sich schloss. Nach ein paar Sekunden ging ich zurück an meinen Schreibtisch und ließ mich auf den Stuhl fallen.

Pure Frustration brannte hell in mir, und ich musste die Tränen zurückhalten. Ich hatte gerade all meine Wut und Angst an der einen Person ausgelassen, die ich an meiner Seite haben wollte.

„Verdammt, Marion. Du vermasselst das", sagte ich zu mir selbst. Aber ich hatte keine Zeit, mich zu suhlen. Ich musste Ty finden. Gerade als ich mich aus meinem Stuhl aufrappelte, klingelte mein Handy. Tys Name blitzte auf der Anzeige auf.

„Ty?", kreischte ich.

„Ja. Ich bin's. Was ist los?"

„Wo bist du?"

„Kennedy ist gerade am Strand angekommen. Wir machen einen Spaziergang. Warum?"

Ich schloss für einen Moment die Augen und betete im

Stillen zur Göttin, dass sie beide in Sicherheit waren. Aber das bedeutete nicht, dass es so bleiben würde, wenn jemand entschlossen war, ihn zu verfluchen. „Ihr müsst mich zu Hause treffen. Es ist möglich, dass du das nächste Ziel desjenigen bist, der mich verflucht hat."

„Was? Warum?"

„Ich weiß es nicht. Um an mich ranzukommen, schätze ich?"

„Okay", sagte Ty. „Und was jetzt?"

„Könnt ihr mich einfach zu Hause treffen? Ich muss nur sicher sein, dass es euch beiden gut geht, dann überlegen wir, was wir tun."

„Klar." Er gab die Information an Kennedy weiter, und als er wieder sprach, sagte er: „Wir sind auf dem Weg."

Ein wenig Anspannung fiel von meinen Schultern ab, aber ich würde mir erst dann keine Sorgen mehr machen, wenn er wieder unter meinem Dach war. „Wir treffen uns dort."

Ich hatte das Gespräch gerade beendet, als mein Handy erneut klingelte. Diesmal blinkte Lennons Name auf dem Display.

„Lennon?"

„Marion, wir haben ein Problem", begann sie.

Was jetzt? „Bitte erzähl mir nicht, dass Bethany wieder bei deinem Date aufgetaucht ist."

„Nein. Aber es ist nicht viel besser. Bodhi hat mich sitzen lassen. Wir hatten gerade bestellt, und jetzt ist er nirgends zu finden. Ich muss sagen, bisher würde ich deinen Service nicht einmal meinem schlimmsten Feind empfehlen."

„Bodhi ist einfach gegangen? Warum?" Diese beiden passten perfekt zusammen. Deshalb hatte ich ihr nächstes Date mit ihm vereinbart – wir alle brauchten endlich einen Sieg. Ich war mir sicher gewesen, dass das eine sichere Sache war.

„Ich habe keine Ahnung. Er ist aufgestanden, um zur

Toilette zu gehen, und ist nicht zurückgekommen. Wir hatten schon bestellt, also habe ich jetzt nicht nur keine Mitfahrgelegenheit, sondern sitze auch noch auf einer 200-Dollar-Rechnung für Essen, das ich nie essen werde. Und ich werde verdammt sicher nicht noch zusätzlich ein Taxi bezahlen. Du musst mich abholen. Sofort."

Mein Herz sagte mir, dass ich nach Hause musste, um zu bestätigen, dass Ty in Sicherheit war und niemand ihn verflucht hatte. Aber mein Kopf sagte mir, dass ich etwas wegen der Situation mit Lennon unternehmen musste. Das war eine Katastrophe von epischem Ausmaß, und ich konnte sie nicht im Stich lassen. Wenn dieser Vorfall genauso breitgetreten wurde wie der gestern Abend, war alles umsonst gewesen.

„Ich bin auf dem Weg", sagte ich.

Sie nannte mir den Namen des Restaurants und sagte, sie würde mich vor dem Eingang treffen.

Als ich aufgelegt hatte, steckte ich das Handy in meine Tasche und rief: „Celia! Ich brauche dich."

Zu meiner Überraschung tauchte der Geist direkt neben mir auf. „Du hast gerufen?"

„Warst du die ganze Zeit hier?", fragte ich und kniff die Augen zusammen.

„Nein", sagte sie und verzog gereizt den Mund. „Du hast mir gesagt, ich soll auf Lennon aufpassen, also habe ich das getan. Als sie dich angerufen hat, dachte ich, du hättest Fragen. Also habe ich ein Ohr offengehalten. Aber ich kann wieder verschwinden, wenn meine Anwesenheit hier nicht geschätzt wird."

Ich fluchte leise und schüttelte den Kopf. „Tut mir leid. Ich habe nicht … Mist. Es war ein harter Tag. Danke. Du hast genau das getan, was ich wollte. Aber jetzt habe ich ein anderes Problem und hoffe, dass du mir einen Gefallen tun kannst."

„Du willst, dass ich dir einen Gefallen tue?", fragte Celia schockiert. „Ich? Ernsthaft?"

„Ja. Du. Du bist die Einzige, die das kann. Du musst Ty und Kennedy finden und bei ihnen bleiben, bis ich nach Hause komme. Pass auf, dass ihnen niemand Verdächtiges zu nahe kommt. Ich glaube, Ty könnte das nächste Ziel sein."

Ihre Augen blitzten vor Wut. „Jemand ist hinter deinem Ty her?"

„Das fürchten wir. Und ich muss Lennon abholen. Hast du gesehen, was da passiert ist? Warum Bodhi gegangen ist?"

„Nein, dieses kleine Arschloch. Wenn ich ihn wiedersehe, sollte er besser auf herabfallende Äste aufpassen. Die arme Lennon. Sie sah so niedergeschlagen aus, als sie begriffen hat, dass er weg war. Es war, als hätte jemand ihren Welpen gestohlen. Gerade haben sie noch geredet und gelacht, und im nächsten Moment stand er auf und kam einfach nicht mehr zurück. Was für ein Arschloch tut sowas?"

„Ich habe keine Ahnung. Es gab keinen Hinweis darauf, dass er nicht da sein wollte?", fragte ich und versuchte zu verstehen, warum er einfach gegangen war.

„Keinen. Soweit ich es beurteilen konnte, haben sie sich amüsiert. Aber es war schwer, ihnen so viel Aufmerksamkeit zu schenken. Diese violettfarbenen Auren haben mich geblendet, und du weißt, was ich von Violett halte." Sie tat so, als würde sie einen Finger in ihren Hals stecken, und gab ein würgendes Geräusch von sich.

Violette Auren. Das bedeutete, dass sie eine Verbindung aufgebaut hatten. Warum zum Teufel war Bodhi dann einfach gegangen? War es eine Art späte Rache für ihre erste Beziehung? Vielleicht hatte sie ihm das Herz gebrochen, und das war seine Art, es ihr heimzuzahlen.

Ich musste herausfinden, was ich aus Lennon herausbekommen konnte … falls sie überhaupt noch mit mir sprechen würde, wenn ich sie abholte. „Danke, Celia. Und danke, dass du auf Ty aufpasst."

„Kein Problem." Sie hob die Hand und schnippte mit den Fingern.

In dem Moment, als Celia verschwand, rannte ich zu meinem SUV und fuhr nach Norden.

KAPITEL 22

„*D*as ist Bullshit", sagte Lennon, als ich sie auf einer Bank vor dem Restaurant sitzend fand.

Ein älteres Paar, das auf dem Weg zum Parkplatz war, blieb stehen und starrte sie finster an.

„Hören Sie, Lady", fauchte Lennon. „Sie wären auch sauer, wenn Ihr Date Sie sitzengelassen hätte."

Ich war mir nicht sicher, ob ich lachen oder weinen sollte. Wenn ich in Lennons Lage wäre, hätte ich wahrscheinlich auch meinen Filter verloren.

Der Gesichtsausdruck der älteren Frau wurde mitfühlend, und mit aller Aufrichtigkeit der Welt sagte sie: „Männer sind sowas von scheiße."

„Margie!", ermahnte der Mann. „Diese Sprache ist unangebracht."

„Sehen Sie?", fragte Margie. „Ihre Egos sind so zerbrechlich. Ich sage, auf Nimmerwiedersehen. Ein wunderschönes Mädchen wie Sie muss sich nicht mit einem Mann zufriedengeben, der sie nicht respektiert. Löschen Sie seine

Nummer, und suchen Sie sich einfach einen unter denen aus, die bei Ihnen Schlange stehen müssen."

Um Lennons Augen kräuselten sich Lachfältchen, als sie Margie anlächelte. „Wissen Sie was? Das klingt nach einer großartigen Idee. Ich kenne auch genau den richtigen Mann dafür."

„Gut für Sie", sagte Margie und ging, ihr Begleiter folgte ihr.

„Du hast schon einen Mann im Sinn?", fragte ich Lennon und zog die Augenbrauen hoch. Sie meinte doch sicher nicht Jax, oder? Der Gedanke daran tat mir im Magen weh.

„Natürlich. Wer will nicht mit einem Musiker zusammenkommen? Bain ist das perfekte Trostpflaster." Sie zuckte die Schultern. „Wie, denkst du, wird das auf Social Media ankommen? ‚Mädchen wird abserviert und landet stattdessen mit einem heißen Gitarristen im Bett.' Selbst, wenn die Affäre nur ein paar Wochen hält, bringt sie dir bestimmt ein paar Kunden. Jeder hat eine Musikerfantasie, oder?"

Lennon schlug zweifellos einen unbeschwerten Ton an, aber unter der Oberfläche spürte ich deutlich Bitterkeit. Egal, wie sehr sie es verbergen wollte – sie konnte mich nicht täuschen. Bodhi hatte sie verletzt ... zutiefst.

Mir war jedoch klar, dass niemand diese verletzliche Seite sehen sollte, also spielte ich mit. „Du weißt, was man sagt: Der schnellste Weg, über jemanden hinwegzukommen, ist, unter jemanden zu kommen. Ich bin sicher, Bain wäre ein hervorragender Kandidat."

„Ich muss nicht über ihn hinwegkommen. Es ist ja nicht so, als wäre ich in Bodhi verliebt gewesen."

„Richtig. Das verstehe ich", sagte ich und sah mich auf dem Parkplatz um, während ich mich fragte, ob Bodhi vielleicht doch noch nicht ganz verschwunden war. Ich konnte einfach nicht begreifen, warum er sie sitzengelassen hatte. „Ich meinte nur, wenn Bain derjenige ist, den du willst, dann solltest du es versuchen."

„Ja", sagte sie tonlos. „Was habe ich zu verlieren?" Sie ging erhobenen Hauptes zu meinem SUV, riss die Tür auf und stieg ein.

Ich folgte ihr. Auf unserem Weg zurück in die Stadt schwiegen wir größtenteils. Sie sprach nur, als sie mir den Weg zu ihrer vorübergehenden Unterkunft zeigte. „Keine Neuigkeiten von der Polizei darüber, wer dein Auto beschädigt hat?"

„Sie sehen sich immer noch die Kameraaufnahmen an", sagte sie und starrte auf das unscheinbare Cottage mit Blick aufs Meer. „Sie wollen sich in ein paar Tagen bei mir melden. Ich schätze, nach meinem Date morgen ziehe ich wieder nach Hause."

Das erschreckte mich. „Bist du sicher, dass das sicher ist?"

Lennon drehte sich um und musterte mich. „Weißt du was, das ich nicht weiß?"

„Nein, ich …" Verdammt! Das war der Moment der Wahrheit. Ich hatte ihr nicht erzählt, dass ich verflucht worden war. Das war etwas, das ich für mich behalten wollte. Aber ich konnte sie nicht weiter in dem Glauben lassen, dass der Vandalismus das Einzige war, das passiert war. Nicht, wenn sie dadurch in Gefahr geraten könnte. „Ja."

Lennon sagte nichts, sondern wartete nur darauf, dass ich fortfuhr.

„Anscheinend wurde ich in der Nacht der Party verflucht." Ich umklammerte das Lenkrad, starrte aus der Windschutzscheibe und versuchte, die Wut zu unterdrücken, die mich überwältigen wollte. „Der Fluch hat meine Fähigkeit, Auren zu lesen, durcheinandergebracht. Ich habe keine Ahnung, warum jemand mich verflucht hat. Ich weiß nicht, wer es getan hat. Nur, dass es passiert ist –, und jetzt versucht jemand da draußen, mir über meinen Sohn wehzutun."

Mehr Schweigen. Es war so still im Auto, dass ich fast überzeugt war, dass Lennon gar nicht da war. Dass sie rausgeschlichen war und ich es nicht einmal bemerkt hatte.

Schließlich räusperte sie sich.

Ich sah sie an.

Sie starrte mich eindringlich an. „Dein SUV sieht meinem sehr ähnlich."

Ich wusste, worauf sie hinauswollte. „Ja. Das tut er."

„Das bedeutet, dass der Vandalismus vielleicht gegen dich gerichtet und ich überhaupt nicht das Ziel war."

„Das ist möglich." Ich nickte. „Aber ich kann es nicht sicher sagen, da wir im Moment keine Hinweise haben."

„Gibt es einen Grund, warum du mir das nicht erzählt hast?" Ihr Ton war kühl, aber nicht wütend.

Ich stieß ein humorloses Lachen aus. „Eine ganze Reihe." Es war Zeit, ehrlich zu Lennon Love zu sein. „Aber der wichtigste Grund ist, dass ich praktisch alles, was ich habe, in die Eröffnung von *Miss Matched* hier in Premonition Pointe gesteckt habe, und dass mein Geschäft erfolgreich sein muss. Niemand sollte erfahren, dass meine Fähigkeiten beeinträchtigt wurden. Das wäre schlecht fürs Geschäft. Aber ich war mir auch nicht sicher, ob du nicht das Ziel von allem warst, also ist es das Beste, wenn du zu deiner eigenen Sicherheit wachsam bleibst."

Lennons Gesichtsausdruck war nicht zu deuten, und ich war mir sicher, dass ich gerade meine Partnervermittlung ruiniert hatte. Wenn sie das postete, war das der Todesstoß.

Aber als sie sprach, überraschte sie mich. Die selbstbewusste Diva, die ich kennengelernt hatte, verwandelte sich in eine völlig andere Person. „Das ist wirklich niederschmetternd, Marion. Es tut mir so leid, dass du das durchmachen musst." Sie blickte auf die Hände in ihrem Schoß und sagte: „Ich hätte es mir auch nicht erzählt." Als sie zu mir aufblickte, lag ein Anflug von Belustigung in ihren Augen. „Man kann nie wirklich wissen, was jemand wie ich posten könnte. Diejenigen von uns, die es gewohnt sind, ihr Leben in aller Öffentlichkeit zu leben, verstehen Grenzen manchmal nicht."

Ich war schockiert und sprachlos angesichts ihres Verständnisses und ihrer Bodenständigkeit.

„Ich bezweifle sehr, dass deine Fähigkeit, Auren zu lesen, der einzige Grund ist, warum du als Heiratsvermittlerin erfolgreich bist", fuhr sie fort. „Während dieser ganzen Katastrophe warst du ohne Klagen für mich da. Und dafür danke ich dir. Ich glaube, eine weniger fähige Person hätte die Hände über dem Kopf zusammengeschlagen und verlangt, dass ich kein einziges Wort über das Geschehene poste. Du hättest drohen können, mir mein Honorar oder sonstwas vorzuenthalten. Aber du warst fair, und deshalb werde ich nichts davon erwähnen. Natürlich doch, wenn du weitermachen willst und mir sagst, dass ich weiter posten soll. Du scheinst im Moment viel um die Ohren zu haben."

Ich brauchte einen Moment, um meine Gedanken zu ordnen. War diese nette, fürsorgliche Frau dieselbe, mit der ich es in den letzten Tagen zu tun gehabt hatte? Sicher, sie war nicht schrecklich gewesen, aber sie war eine Diva und ein bisschen aufbrausend. Das war eine Seite an ihr, die ich noch nicht erlebt hatte.

„Ich habe zwar viel um die Ohren, aber dein Date mit Bain morgen ist schon gebucht. Ihr geht zum Strand zum Surfunterricht, nicht wahr?"

Sie nickte. „Das macht er regelmäßig, und ich wollte es schon immer mal ausprobieren, also treffen wir uns morgen früh in Premonition Cove."

„Dann halte das Date ein. Es gibt wirklich keinen Grund, warum du es nicht tun solltest, es sei denn, du hast einfach die Nase voll. Ich werde dich zu nichts zwingen. Ich weiß, das war eine Katastrophe. Ich schwöre bei der Göttin, das ist noch nie passiert. Ich hatte schon Dates, die nicht ganz rund liefen, aber da gab es keine Eifersuchtsszenen oder einen Mann, der ein Date ohne Vorwarnung verlassen hat." Ich presste die Fingerspitzen an meine Schläfe.

„Tatsächlich glaube ich nicht, dass ich jemals einen Kunden hatte, der ein Date ohne Vorwarnung so abgebrochen hat. Das ist sehr ungewöhnlich."

„Ist doch klar, dass alles schiefgehen muss, wenn das ganze Internet zusieht, oder?" Jetzt war Lennon an der Reihe, humorlos zu lachen. „Vielleicht liegt es an mir. Vielleicht bin ich der Fluch. Ich hatte beim Daten noch nie Erfolg. Das würde alles erklären."

Ich schüttelte den Kopf und lächelte sie an. „Das denkt jeder, wenn er den Datingpool zu navigieren versucht. Ich werde alles in meiner Macht Stehende tun, jemanden Großartigen für dich zu finden, selbst wenn du dreimal scheiterst. Wir müssen nicht darüber posten. Tatsächlich ist es wahrscheinlich besser, wenn wir es nicht tun. Vielleicht arbeiten deine Postings im Bachelorette-Stil gegen dich."

„Vielleicht", sagte sie und wirkte nachdenklich. „Wir werden sehen, wie es läuft. Vielleicht brauche ich danach eine Pause, um mich neu zu orientieren."

„Ich verstehe." Ich lächelte sie mitfühlend an.

Sie erwiderte mein Lächeln und sagte: „Ich werde reingehen und eine Packung Eis löffeln." Sie verzog das Gesicht, als sie an ihrem Körper hinunterblickte. „Vielleicht nur eine halbe, wenn ich mich morgen in einen Neoprenanzug quetschen soll."

Ich kicherte. „Klingt nach einem Plan."

„Danke, dass du gekommen bist, um mich abzuholen, Marion." Sie öffnete die Tür. „Ich hoffe wirklich, dass alles gut für dich wird."

„Gern geschehen. Und danke." Ich wartete in der Einfahrt, bis sie sicher drinnen war, und fuhr dann nach Hause, um mich zu vergewissern, dass Ty und Kennedy gut zurückgekommen waren.

KAPITEL 23

„Ty!", rief ich, als ich die Haustür aufschloss.
„Hier drin!", rief er zurück, und sein Lachen hallte durch den Raum.

Meine Angst ließ sofort nach, als ich die fröhlichen Laute aus meinem Wohnzimmer hörte. Ich ging hinein und war darauf vorbereitet, Ty und Kennedy zu treffen, aber stattdessen stand Tante Lucy mitten im Zimmer – mit einem Plastikding in der einen und einer Zucchini in der anderen Hand.

„Ich sage euch, Jungs, wenn sich die Ausrüstung jemals nicht aufrichten lässt, dann holt euch einfach eins dieser Dinger, und ihr seid im Handumdrehen im Geschäft." Sie fuhr fort, das Plastikding über die Zucchini zu stülpen und begann dann, einen daran befestigten kleinen Ball zu drücken. „Seht ihr? Er drückt an der Basis eures ... ähm, Kronjuwels und erledigt die Arbeit."

„Tante Lucy! Was in aller Welt machst du da?", rief ich. Die Worte schossen aus meinem Mund, obwohl es offensichtlich war, dass sie demonstrierte, wie man eine Penispumpe benutzt.

„Oh, Marion. Da bist du ja!" Sie ließ das Gerät und die Zucchini fallen, eilte zu mir und zog mich in eine feste Umarmung. „Ich habe mein Mädchen vermisst", sagte sie mir ins Ohr.

Ich erwiderte die Umarmung und hielt sie fest. „Ich dich auch. Was machst du hier, außer Ty und Kennedy eine Sexualkunde-Vorlesung zu halten?"

Sie zog sich zurück und kicherte. „Sie waren neugierig. Was hätte ich sonst machen sollen? Sie auf YouTube schicken?"

„Äh, ja. Das hätte ich getan", sagte ich und spürte, wie mein Gesicht heiß wurde. Ich war alles andere als prüde, aber meine Tante, die in ihren Siebzigern war, dabei zu erwischen, wie sie dem Mann, den ich als meinen Sohn betrachtete, eine Penispumpe vorführte, war selbst für mich ein bisschen viel.

„Warum in aller Welt sollte ich das tun?" Sie sah wirklich verwirrt aus.

„Weil ..." Ich schüttelte den Kopf. „Ich habe keine Ahnung. Wo kommt das überhaupt her?"

„Oh, sie gehört deinem Dad. Ich —"

„Meinem Dad?" Ich wedelte mit den Händen vor meinem Gesicht herum und wich zurück, woraufhin Ty und Kennedy wieder vor Lachen prusteten. „Das ist zu viel. Ich kann nicht ... warum in aller Welt solltest du das haben?", fragte ich sie.

„Ich habe sie natürlich bei Candy abgeholt. Diese Unruhestifterin hat es immer noch wie eine komplette Verrückte im Internet gepostet. Man sollte meinen, diese Frau hätte ein Fünkchen Anstand, aber scheinbar hat sie das nicht."

„Das sagst ausgerechnet du." Ich deutete auf das Gerät. „Wenn das Ding Dad gehört ... o Gott!" Ich schloss die Augen und versuchte, mir nichts vorzustellen. „Warum ist das dann hier in meinem Wohnzimmer, und warum in aller Welt würdest du die Penispumpe deines Bruders anfassen?"

Ty lachte so sehr, dass er zusammengerollt am Ende der Couch lag, die Hand auf dem Bauch, und Tränen liefen ihm übers Gesicht. Kennedy ging es sich nicht viel besser, auch er rang nach Luft.

Tante Lucy schüttelte den Kopf. „Sei nicht so dramatisch, Marion. Es ist ja nicht so, als wäre sie außen kontaminiert."

Die Haustür ging auf, und schwere Schritte kamen schnell näher. Einen Moment später kam Dad herein. „Sieht aus, als ob hier eine Party steigt."

„Eine Sexparty", prustete Ty.

„Was?" Dad sah sich verwirrt um. Dann fiel sein Blick auf seine Schwester, und er fügte hinzu: „Lucy! Wann bist du hier angekommen?"

„Vor ungefähr einer halben Stunde." Sie ging zu ihm und umarmte ihn.

Lucy war die letzten paar Monate in L.A. gewesen, um Freunde zu besuchen, während ihr Haus renoviert wurde. Tatsächlich war ich mir ziemlich sicher, dass die Bauarbeiten noch nicht abgeschlossen waren. Ich sah mich um, fragte mich, wo sie schlafen könnte, und entschied, dass die einzige Option mein Zimmer war. Es sah so aus, als würde ich auf der Couch übernachten – der perfekte Abschluss für einen ohnehin schon chaotischen Tag.

„Wie war die Fahrt?", fragte er sie.

„Es wäre besser gewesen, wenn ich Gesellschaft gehabt hätte. Weißt du, wenn du mir gesagt hättest, dass du hierherkommst, wäre ich mitgekommen", sagte sie in strengem Ton. „Ich weiß nicht, warum du immer so vorschnell losfeuerst."

„O Gott", keuchte Kennedy. „Ich sterbe."

Ich konnte nicht anders. Es war zu viel. Lachen sprudelte

aus meiner Kehle, und ich schloss mich den Jungs in ihren Heiterkeitsausbrüchen an.

„Was ist in sie gefahren?", fragte Memphis.

Lucy lächelte nur und winkte in Richtung der Penispumpe auf dem Couchtisch.

Dads Augen weiteten sich, als er das Gerät entdeckte. Dann runzelte er die Stirn. „Lucy, warum hast du Sexspielzeug in Marions Haus gebracht?" Seine Augen weiteten sich noch mehr, als er sich schnell umsah. „Ich dachte, Ty hätte Witze gemacht, als er gesagt hat, es wäre eine Sexparty."

Seine Worte lösten nur noch mehr Gelächter aus, und ich ließ mich auf einen Sessel fallen, unfähig, nicht zu lachen.

„Natürlich ist das keine Sexparty, Memphis." Lucy schnalzte mit der Zunge. „Denkst du wirklich, ich würde an einer Sexparty mit meinem Bruder und meiner Nichte teilnehmen? Komm schon! Sowas mache ich nur mit meinen Freunden aus dem Swingerclub." Sie zwinkerte Ty und Kennedy zu, als wären sie eingeweiht. „Ich habe den Jungs nur gezeigt, wie man eine Penispumpe benutzt, falls sie jemals Bedarf haben. Hast du irgendwelche Tipps?"

„Tipps?!", riefen Kennedy und Ty gleichzeitig und klatschten sich ab.

Dad verdrehte die Augen. „Du warst schon immer eine Unruhestifterin, Lucy. Und nein, ich habe keine Tipps für die Penispumpe. Ich hatte nie Verwendung dafür", sagte er und schnaubte.

„Wirklich? Es gibt nichts, wofür man sich schämen müsste", sagte Lucy gelassen. „Ich hatte Männer, die eine benutzt haben, und ich muss sagen, sie hat wirklich geholfen." Sie schenkte ihm ein süßes Lächeln.

„Das ist nichts, was ich wissen muss", erwiderte er kopfschüttelnd und wandte sich zum Gehen. „Ich glaube, ich werde mich verabschieden, bevor diese Unterhaltung noch seltsamer wird."

„Warte!" Lucy nahm die Pumpe, warf sie in einen Karton und drückte ihm den in die Hand. „Die gehört dir. Ich habe sie von Candy abgeholt, damit sie aufhört, im Internet Lügen über dich zu verbreiten."

Dad hielt den Karton fest und runzelte verwirrt die Stirn. „Du hast *was?*" Er warf einen Blick in den Karton. „Nichts davon gehört mir."

Lucy zog skeptisch eine Augenbraue hoch. „Überhaupt nichts? Nicht einmal die Jogginghose?"

Er schob die Penispumpe mit einem Finger beiseite und zog eine graue Jogginghose heraus. Auf der Gesäßtasche prangte ein gestickter Redwood-Baum.

„Immer noch nicht deine?", fragte Lucy.

Dad seufzte. „Ja, okay. Die Jogginghose gehört mir. Aber der Rest? Dieses … Ding, die Videokassette …" Er schauderte sichtlich. „Die Pornohefte – das alles gehört definitiv nicht mir."

Lucy musterte das Cover eines der Magazine und nickte. „Ja, du mochtest nie die ganz dünnen Frauen. Du hast immer die Magazine mit Frauen mit üppiger Oberweite drauf gekauft."

Dad fuhr sich stöhnend mit der Hand übers Gesicht. „Lucy, um alles in der Welt, könntest du bitte aufhören, über mein … mein Privatleben zu sprechen, wenn ich im Raum bin? Das ist einfach …"

„Keine Sorge, mein lieber Bruder. Selbst wenn die Penispumpe nicht dir gehört, hast du jetzt eine. Falls irgendwas von dem, was ich sage, jemals zu Leistungsproblemen führt, hilft sie sicher."

„Guter Gott", murmelte er. „Wie gerate ich immer wieder in solche Situationen? Verdammte Candy. Ich wusste, ich hätte mich von ihr fernhalten sollen. Warum ziehe ich immer die Verrückten an?"

„Das ist einfach", sagte Lucy unbekümmert. „Weil du nicht wählerisch bist. Solange eine Frau Interesse zeigt, aber nicht zu viel Interesse, gehst du mit ihr aus. Es ist nicht schwer, an eine total durchgeknallte Frau zu geraten, wenn man keine Standards hat."

„Ich habe Standards", erwiderte er genervt.

„Nein, hast du nicht", mischte ich mich ein und schlug mich auf die Seite meiner Tante. „Du datest nicht einmal eine Frau exklusiv. Bei dir ist es ein ständiges Kommen und Gehen."

„Das ist nicht wahr", widersprach er. „Candy und ich waren für ein paar Monate exklusiv."

„Gestern hattest du ein Date mit Angela, und heute warst du mit dieser Pixie unterwegs. Sie hat sich aufgeführt, als wärt ihr auf dem Weg nach Vegas in die nächste Hochzeitskapelle."

„Wir sind nicht auf dem Weg nach Vegas oder sonst irgendwohin, um zu heiraten", sagte er empört. „Und was ist so schlimm daran, mit mehreren Frauen auszugehen?"

„Nichts", sagte ich und fühlte mich ein bisschen schlecht, weil Lucy und ich uns gegen ihn verbündet hatten.

„Genau. Es ist nichts falsch daran, sich zu amüsieren. Ich tue niemandem weh. Ich sehe das Problem nicht. Und ehrlich gesagt geht dich das überhaupt nichts an", sagte er zu mir. Dann wandte er sich an Lucy. „Oder dich. Also haltet euch raus."

Alles Lachen war verstummt, als wir ihm nachsahen, wie er aus dem Raum stürmte und den verdächtigen Karton einfach stehen ließ.

„Also das hat jetzt wirklich die Stimmung gekillt", sagte Lucy. Sie hakte ihren Arm bei mir unter. „Mach dir keine Sorgen, Sweetie. Er wird sich wieder einkriegen."

Ich war mir sicher, dass er das tun würde, aber war es

wirklich fair von mir, seine Frauenwahl zu beurteilen, nur weil ich wollte, dass er sich dauerhaft mit jemandem wie Tazia niederließ? Ich glaubte ehrlich, dass er mit jemandem wie ihr glücklicher wäre, aber es war nicht meine Entscheidung. Und es war nicht fair, ihn zu etwas zu drängen, wofür ich selbst nicht bereit war.

„Ich sollte mich bei ihm entschuldigen."

„Wir machen es zusammen", sagte sie.

Ich warf Ty und Kennedy einen Blick zu. „Ist heute irgendwas Ungewöhnliches passiert?"

„Nur als Celia aufgetaucht ist und uns gefragt hat, ob wir tote Typen kennen, mit denen sie ausgehen könnte", sagte Kennedy mit einem Grinsen. „Ich habe ihr gesagt, mein Cousin ist letztes Jahr gestorben, aber er war schwul, also fürchte ich, er wäre nicht interessiert."

„Das hat sie aber nicht davon abgehalten, Kennedy zu fragen, ob er an einem Beschwörungsritual teilnehmen würde", fügte Ty mit einem Schmunzeln hinzu.

Mein Magen zog sich zusammen. Ein Beschwörungsritual war das Letzte, was wir im Moment brauchten. Bei meinem Glück würden sie versehentlich einen Dämon rufen. „Was hast du ihr gesagt?", fragte ich Kennedy.

„Ich habe ihr gesagt, dass Ricky und ich nicht mehr miteinander gesprochen haben, bevor er gestorben ist, also ist es unwahrscheinlich, dass er auf meine Beschwörung reagieren würde. Er hat mir meinen Freund ausgespannt, also habe ich mich gerächt, indem ich seine gesamte Unterwäsche gegen Oma-Schlüpfer ausgetauscht habe. Er musste sie in der Umkleide tragen, und du kannst dir vorstellen, wie das ausgegangen ist."

„Warum ist er nicht einfach ohne Unterwäsche gegangen?", fragte Ty.

Kennedy zuckte mit den Schultern. „Er war ein bisschen

unsicher, was die Größe anging." Er grinste, doch sein Ausdruck wurde schnell traurig. „Wir haben sechs Monate lang nicht miteinander gesprochen, und dann hatte er den Unfall. Ehrlich gesagt bin ich mir nicht sicher, ob ich ihm jemals verziehen hätte, was er getan hat – ich meine, hinter meinem Rücken mit Brian rumzumachen –, aber ich vermisse ihn trotzdem."

„Das verstehe ich", sagte Ty mitfühlend.

„Jedenfalls", sagte Kennedy und schien seine Melancholie abzuschütteln, „nachdem wir nach Hause gekommen sind und Lucy aufgetaucht ist, sagte Celia, sie müsse sich um andere Leute kümmern, und ist verschwunden."

Ich nickte. „Das ist gut." Es bedeutete, dass sie ein Auge auf Lennon, Bethany und Jax hatte.

Ty gähnte, und wenige Minuten später gingen er und Kennedy ins Bett.

Ich bot Lucy meinen Arm an. Es war Zeit, meinen verärgerten Vater zu beruhigen. „Bereit, zu Kreuze zu kriechen?"

„Was du heute kannst besorgen …", sagte sie, und gemeinsam gingen wir zu meinem Dad, um uns zu entschuldigen.

KAPITEL 24

Nachdem wir die Garagenwohnung meines Vaters angemessen gescholten verlassen hatten, machten Lucy und ich uns auf den Weg zurück ins Haus.

„Das hätte schlimmer laufen können", sagte Tante Lucy.

„Denkst du?" Ich sah sie ungläubig an. „Er hat uns aus der Wohnung geworfen und mir gesagt, wenn ich sein Liebesleben noch einmal erwähne, würde er mich aus seinem Testament streichen."

Sie winkte ab. „Oh bitte! Ihm ist nur die Penispumpe peinlich. Du weißt, wie empfindlich Männer bei solchen Dingen sind."

„Vielleicht hat er recht, wenn er sagt, dass ich mich zu sehr einmische", sagte ich mit einem Schulterzucken. „Ich weiß einfach, dass er perfekt mit Tazia zusammenpassen würde, aber stattdessen sucht er sich immer die aus, mit denen es nicht lange hält."

„Das ist, weil er das so will, Süße. Er schützt sein Herz. Du weißt doch, wie das ist", sagte sie sanft.

„Ich weiß."

Sie hakte sich bei mir unter. „Ich auch."

Wir gingen die Stufen zu meinem Cottage hinauf, als sie fragte: „Wessen Truck ist das?"

Ich folgte ihrem Blick und antwortete verlegen: „Jax' Truck."

„Bedeutet das, was ich denke?", fragte sie und beäugte mich misstrauisch.

„Dass zwischen uns was läuft? Ja. Also musst du deinen Anwalt wegen des Widerrufs zurückpfeifen, denn es stimmt, dass ich gestern Abend mit ihm zusammen war. Wir haben keine Rechtsgrundlage, gegen sie vorzugehen. Freie Presse und so."

„Verstehe." Sie tippte mit dem Finger auf ihre Lippen und zuckte die Schultern. „Ich lasse ihn trotzdem daran arbeiten. Es gibt keinen Grund, warum deine Privatangelegenheiten im Internet breitgetreten werden sollten. Zumindest wird er sie dazu bringen, zweimal darüber nachzudenken, ob sie noch einmal Klatsch über dich verbreiten. Niemand mag es, wenn Anwälte anrücken."

Ich umarmte sie. „Du bist die Beste. Das weißt du, oder?"

„Ich tue, was ich kann."

Als wir wieder im Haus waren, küsste sie mich auf die Wange und sagte: „Ich lasse dir ein bisschen Privatsphäre. Sag mir einfach Bescheid, wenn ihr fertig seid, dann mache ich es mir auf der Couch bequem."

„Auf keinen Fall. Du nimmst mein Zimmer", beharrte ich. „Ich schlafe auf der Couch."

„Marion", begann sie, aber ich unterbrach sie.

„Ich bestehe darauf. Keine Widerrede. Ich werde meine Tante nicht einmal für eine Nacht auf meiner klumpigen Couch schlafen lassen."

Sie presste die Lippen zusammen, als wollte sie

protestieren, aber dann nickte sie. „Okay, schön. Aber morgen suche ich mir eine andere Unterkunft, bis mein Haus fertig ist."

Auch in dieser Hinsicht würde ich ihr widersprechen, aber vorerst nickte ich nur und wünschte ihr eine gute Nacht.

Ich fand Jax in meiner Küche, er saß mit einer Tasse Kaffee am Tisch. Als er mich sah, sagte er nichts. Er saß einfach da und beobachtete mich. Ich ging zur Kaffeemaschine, goss mir eine Tasse ein und setzte mich neben ihn.

„Bist du hier, um mir zu sagen, dass letzte Nacht ein Fehler war?", fragte ich.

„Soll ich das?" Seine Stimme war rau und ein wenig gereizt.

„Nein", gab ich zu.

Er drehte sich zu mir um, seine Augen forschend. „Was machen wir, Marion?"

„Ich weiß es wirklich nicht", sagte ich und richtete meinen Blick auf die Kaffeetasse. „Aber heute ... ich muss mich bei dir entschuldigen. Ich hätte meinen Frust nicht an dir auslassen sollen."

„Okay." Er seufzte. „Danke dafür. Ich weiß, dass es gerade stressig für dich ist. Ich wünschte, ich könnte irgendwas tun, um zu helfen."

Ich nickte in Richtung des anderen Zimmers. „Willst du einen Weg finden, den Umbau von Tante Lucys Haus zu beschleunigen? Denn es sieht so aus, als würde sie in meinem Zimmer schlafen, bis alles fertig ist."

Er runzelte die Stirn. „Sind sie mit den Arbeiten im Rückstand?"

„Ja. Etwa einen Monat."

„Ich werde sehen, was ich tun kann."

„Ernsthaft?" Jax war Generalunternehmer, obwohl seine Firma neue Häuser baute und selten Renovierungen an bestehenden Gebäuden übernahm.

„Sicher." Er lächelte mich an. „Wenn sie zuerst zu mir gekommen wäre, hätte ich sie eingeplant."

„Aber du machst keine Küchen- und Badrenovierungen", sagte ich.

„Normalerweise nicht, aber für Tante Lucy hätte ich eine Ausnahme gemacht. Ich werde vorbeifahren und es mir ansehen. Wenn ich helfen kann, lasse ich es dich wissen."

Ich legte meine Hand auf seine und drückte sie. Er war so ein guter Mann. Warum konnte er nicht mein perfekter Partner sein?

Eine kleine Stimme in meinem Kopf sagte, dass er es immer noch sein könnte.

Jax drehte seine Hand um, sodass die Handfläche nach oben zeigte. Ich schob meine Finger zwischen seine und hielt sie einfach fest.

„Ich weiß, dass du alles tust, um dein Geschäft zum Laufen zu bringen, und der Artikel nicht hilft. Wenn du willst, dass ich mich eine Weile zurückhalte, kann ich das für dich machen. Aber Marion, du musst wissen, dass ich nicht aufgeben werde. Uns nicht aufgeben werde. Es ist mir egal, was dein Aura-Lesen sagt oder nicht. Ich weiß, dass wir hier drinnen was Besonderes haben." Er berührte mit seiner freien Hand sein Herz. „Glaubst du nicht an den freien Willen? Hast du mir nicht schon einmal erzählt, dass Menschen es auch ohne passende Auren schaffen, ihre Beziehungen am Laufen zu halten?"

„Ja. Das stimmt", sagte ich leise. „Aber ich denke –"

„Kein Aber, verdammt! Warum versuchst du immer, zu sabotieren, was wir haben? Du hast es getan, als ich aufs College gegangen bin, und du tust es jetzt. Jedes Mal, bevor wir überhaupt eine Chance haben."

War ich damals diejenige gewesen, die unsere Beziehung sabotiert hatte? Ich runzelte die Stirn und biss mir auf die

Unterlippe. Ich erinnerte mich daran, wie er gegangen war. Es war brutal hart für mich gewesen. Wir hatten beschlossen, mit anderen auszugehen, und als er es dann endlich getan hatte, war ich am Boden zerstört gewesen. „Du bist derjenige, der zuerst mit jemand anderem ausgegangen ist. Ich sehe nicht, wie ich damit irgendetwas sabotiert habe", protestierte ich.

Er schnaubte. „Du bist diejenige, die wollte, dass wir mit anderen ausgehen. Ich nicht. Bevor ich gegangen bin, hast du mir unzählige Male gesagt, dass wir einander nicht zurückhalten dürfen. Dass ich mich umsehen muss, für den Fall, dass meine perfekte Partnerin auf mich wartet. Ich wollte das nicht. Erinnerst du dich nicht daran?"

Doch. Ich erinnerte mich. „Wir haben beide entschieden, dass das der richtige Weg ist, damit umzugehen. Wie sollten wir mit 18 wissen, was die Zukunft bringen würde?"

„Ich wusste, was ich wollte", sagte er und durchbohrte mich mit seinem Blick. „Du hast darauf bestanden. Mehrmals. Ich habe nur zugestimmt, weil du nicht lockerlassen wolltest. Du hast gesagt, wir müssten frei sein, andere Leute kennenzulernen, sonst hätten wir keine Chance, den perfekten Partner zu finden. Ich dachte, das bedeutete, dass du mit mir Schluss machst. Und selbst dann hatte ich nicht die Absicht, mit jemand anderem auszugehen. Erst als du mir erzählt hast, dass du mit Sean Caster ausgehst, habe ich schließlich einem Doppeldate zugestimmt, um einem Kumpel zu helfen."

Ich lehnte mich fassungslos in meinem Stuhl zurück. „Sean Caster?"

„Ja", spie er. „Sean Caster. Du hast mir erzählt, dass ihr beide angefangen habt, miteinander auszugehen. Da habe ich mich schließlich entschieden, dich beim Wort zu nehmen, und angefangen, mich mit anderen zu treffen. Danach haben wir nicht mehr viel geredet."

Ich saß fassungslos da. Der Name Sean Caster kam mir

bekannt vor, aber ich war nie mit ihm ausgegangen. Er war nur ein Typ, mit dem ich in einem Café gearbeitet hatte. Hatte ich Jax wirklich erzählt, dass ich mit ihm ausging? Hatte ich das verdrängt? Der Name war wirklich spezifisch. „Ich … heilige Scheiße, Jax!"

„Was?"

Ich schüttelte den Kopf. „Ich bin nie mit Sean ausgegangen. Ich glaube, ich muss dir das erzählt haben, damit du anfingst, andere Leute zu daten."

„Du hast … was?" Er zuckte zurück, sodass sein Stuhl über den Parkettboden kratzte. „Warum? Warum hast du das getan, Marion?"

„Weil ich dachte, ich halte dich zurück, schätze ich." Das klang tatsächlich nach etwas, das ich tun würde. Ich hatte immer geglaubt, dass die perfekte Partnerin auf ihn wartete. Das war seine Ex-Frau gewesen. Nur waren sie nicht perfekt zusammen gewesen, oder? Sie hatten sich aus irgendeinem Grund getrennt.

„Verdammt nochmal! Wirst du jemals aufhören zu glauben, dass du besser als ich weißt, was ich will?"

Seine Worte trafen mich wie ein Schlag in die Magengrube. Er hatte recht. Damals und auch heute war ich davon überzeugt gewesen, dass jemand Besseres auf ihn wartete. Jemand, der ihn glücklicher machen konnte als ich. Und ich hatte immer mein Bestes getan, ihn von mir wegzustoßen, auch wenn es mich innerlich zerrissen hatte. „Es tut mir leid, Jax. Ich wollte dich nie verletzen."

„Aber das hast du. Mehr als du denkst."

Ich sah zu ihm hinüber, Tränen brannten in meinen Augen. „Ich glaube …", schniefte ich. „Ich weiß, das hat alles mit meinen Eltern zu tun. Sie haben nicht gut zusammengepasst, und ich wusste immer, dass sie es nicht schaffen würden. Ich wollte einfach nie, dass es uns so ergeht. Dass wir uns gegenseitig so wehtun. Ich glaube, ich dachte, wenn ich uns erst gar keine Chance gebe, würden wir nie so enden wie sie. Sie haben ständig gestritten und sind nur meinetwegen zusammengeblieben. Und dann später ist meine Mom schließlich gegangen, als sie dachte, sie hätte ihre Aufgabe, mich großzuziehen, erfüllt." Ich presste mein Gesicht in meine Hände. „Mein Dad ist deswegen immer noch verkorkst. Das musst du sehen. Er geht nie mit jemandem aus, der gut für ihn wäre. Nur mit Frauen, die sich mit kurzfristigen Affären zufriedengeben."

„Das stört dich wirklich, nicht wahr?", fragte er sanft. „Dass dein Vater nicht nach jemandem sucht, mit dem er glücklich sein kann, oder?"

„Ja." Ich ließ meine Hände sinken und begegnete seinem Blick. Da war Verständnis, aber auch Entschlossenheit.

„Siehst du nicht, dass du genau dasselbe tust, Marion? Du lässt mich nicht an dich heran, weil du Angst hast, verletzt zu werden."

„Ich habe keine Angst um meinetwillen, Jax. Ich habe Angst um dich. Ich möchte nur, dass du ein glückliches Leben führst, eines, das du verdienst, und ich bin nicht sicher, ob ich diejenige bin, die dir das geben kann."

Da. Jetzt lag alles offen auf dem Tisch. Es war nie um mich gegangen. Wenn es so gewesen wäre, hätte ich ihn nie gehen lassen. Ich liebte ihn einfach zu sehr, um ihn einer Beziehung wie der meiner Eltern auszusetzen.

„Wie wäre es, wenn ich mich zur Abwechslung mal um mich selbst sorgen darf", sagte er leise und legte einen Arm um meine Schultern, um mich an sich zu ziehen. „Und vielleicht kannst du es in deinem Herzen finden, mich dich so lieben zu lassen, wie ich es mir immer gewünscht habe."

Mein Inneres schmolz dahin, als mich die Gefühle überwältigten. Ich schmiegte meinen Kopf an seine Schulter und ließ den Tränen freien Lauf. „Ich wollte das schon so lange. Ich hatte nur zu viel Angst, mir einzugestehen, dass es möglich ist."

Jax presste seine Lippen auf meine Stirn und strich mit seiner Hand über meinen Arm. „Es ist möglich, Darlin'. Vertrau mir. Es ist möglich."

Mein Herz brach weit auf, und endlich, nach all den Jahren und der Distanz zwischen uns, ließ ich meinen langgehegten Glauben los, dass Jax und ich nie mehr als Freunde sein könnten. Ich hob den Kopf, sah ihn durch tränennasse Wimpern an und sagte: „Okay. Ich bin bereit, es zu versuchen."

„Den Göttern sei Dank!", sagte er und küsste mich.

Wir saßen noch eine Weile am Tisch, dann führte Jax mich zu meiner Couch. Wir legten uns zusammen darauf, ich schmiegte mich an ihn – und endlich, nach all den Jahren, schliefen wir eine ganze Nacht miteinander.

KAPITEL 25

*I*ch wachte auf, als jemand sich räusperte. Blinzelnd
spähte ich durch das Morgenlicht nach oben – und
erkannte Ty, der mit amüsiertem Gesichtsausdruck auf mich
herabblickte.

„Morgen", sagte er.

Ich richtete mich ruckartig auf und versetzte Jax dabei
versehentlich einen Schlag in den Bauch.

Er riss die Augen auf und stieß einen Schmerzenslaut aus.
„Autsch! So weckt man seinen Freund nicht auf."

„Freund?", sagten Ty und ich gleichzeitig.

Jax starrte mich gereizt an. „Ich dachte, wir hätten das
gestern Abend geklärt?"

„Wir haben gesagt, wir würden anfangen zu daten, aber ich
wusste nicht, dass wir schon ein Label dafür haben", sagte ich
und fuhr mir mit der Hand durch meine wirren Locken.

„Nun, jetzt weißt du es", sagte Jax, setzte sich auf und
zuckte zusammen, als ihn die Schmerzen vom Schlafen auf
einer engen Couch einholten.

Er warf Ty einen Blick zu. „Hallo nochmal." Er streckte die Hand aus. „Ich bin mir nicht sicher, ob wir uns schon offiziell vorgestellt wurden. Ich bin Jax Williams, Marions Freund."

Ty lachte und schüttelte seine Hand. „Ty Kirkwood. Marions …" Er sah mich fragend an.

„Ich habe Ty aufgenommen, nachdem meine beste Freundin Trish gestorben war", sagte ich. „Auch wenn es nicht offiziell ist, betrachte ich ihn als meinen Adoptivsohn."

„Ja, Sohn funktioniert", sagte Ty mit einem breiten Lächeln.

Kennedy kam ins Zimmer und hielt inne, als er uns sah.

„Und das", sagte Ty, „ist Kennedy Christian, mein Freund."

Beide spannten sich an, während sie auf Jax' Reaktion warteten. Aber ich wusste, dass es keinen Grund zur Sorge gab, und war nicht überrascht, als er Tys Freund anlächelte.

„Freut mich, dich kennenzulernen, Kennedy."

Die Luft im Zimmer veränderte sich – und alle schienen sich zu entspannen.

Jax rappelte sich vom Sofa auf. „Wer möchte frühstücken?"

„Ich", sagte Tante Lucy vom Flur aus. Sie blickte von mir zu Jax und dann wieder zurück zu mir. „Habt ihr einen guten Morgen?"

„Ja", sagte ich einfach und folgte Jax in die Küche. Er zog mich schnell in seine Arme.

„So habe ich mir das Aufwachen mit dir in meinen Armen nicht gerade vorgestellt, aber es hätte schlimmer sein können." Jax lächelte und küsste mich leicht.

Ich kicherte. „Sicher. Ich hätte dich umhauen können, anstatt dir nur den Ellbogen in den Bauch zu rammen."

„Lass uns das vergessen und versuchen, etwas weniger Gewalttätiges und etwas … Sinnlicheres anzustreben." Seine Lippen wanderten meinen Hals hinunter, und ich wollte ihn nur in mein Schlafzimmer ziehen. Aber in einem Haus voller Leute würde das auf keinen Fall passieren.

„Ahh", sagte Tante Lucy. „Ich erinnere mich an solche Morgen. Was würde ich nicht alles geben für ein heißes Stück von einem ..."

„Tante Lucy!", rief ich und zog mich eilig von Jax zurück. „Ich glaube, wir haben verstanden, was du meinst."

„Das tut ihr bestimmt." Sie zwinkerte und ging direkt zur Kaffeemaschine.

Jax lachte, und die beiden begannen, das Frühstück zu machen, während ich mich entschuldigte, um mich umzuziehen und mich für den Tag fertig zu machen.

Den Rest des Morgens verbrachte ich am Frühstückstisch, genoss Waffeln, Würstchen und Speck, während die Menschen, die ich am meisten liebte, fröhlich plauderten und Geschichten erzählten – meist über mich. Der Einzige, der fehlte, war mein Vater.

Ich warf immer wieder einen Blick zur Haustür und hoffte, dass er endlich reinkommen würde. Als es elf Uhr wurde, gab ich schließlich auf und ging zu seiner Wohnung, nur um festzustellen, dass sie dunkel war und das benutzte Frühstücksgeschirr in der Spüle stand. Seufzend ging ich zurück zum Haus und wurde auf der Veranda von Ty empfangen, der mein Handy in der Hand hielt.

„Es klingelt ständig", sagte er. „Ich glaube, jemand will dringend mit dir sprechen."

„Danke."

Fünf verpasste Anrufe – alle von Iris. Sie war heute Morgen im Büro, und ich sollte später vorbeikommen. Kaum hatte ich das Handy in der Hand, klingelte es erneut, und ich ging sofort ran.

„Iris, was ist los?"

„Wir haben ein großes Problem." Sie klang gehetzt, als würde sie durch das Büro eilen.

„Was ist?"

„Bodhi Bliss ist verschwunden. Niemand hat ihn gesehen oder gehört, seit er gestern Abend mit Lennon verabredet war. Ich habe versucht, Lennon zu erreichen, aber sie ist noch mit Bain unterwegs und geht nicht ran. Weißt du, ob sie und Bodhi sich tatsächlich getroffen haben?"

„Ja", sagte ich und begann, in meinem Garten auf- und abzugehen. „Er hat sie abgeholt, und sie sind zwanzig Meilen nördlich der Stadt essen gegangen. Aber dann hat er sie mitten im Essen sitzen lassen – ist auf die Toilette gegangen und nicht wieder zurückgekommen."

„Heilige Scheiße", sagte Iris. „Sein Mitbewohner KC hat heute Morgen angerufen. Er meinte, Bodhi sei gestern Abend nicht nach Hause gekommen. Zuerst hat er sich nichts dabei gedacht, aber als Bodhi heute Morgen nicht zum Fußballspiel seiner Nichte gekommen ist, hat er sich Sorgen gemacht."

„Ein Fußballspiel zu verpassen, klingt nicht gerade nach einem Notfall. Vielleicht ist er nach dem Date in eine Bar gegangen und hat sich mit jemandem getroffen und es einfach vergessen", sagte ich.

„Er ist der Trainer, Marion. KC sagt, er lebt für diese Spiele. Er verpasst sie nie. Sein Mitbewohner ist vollkommen aus dem Häuschen."

„Hast du seine Nummer?", fragte ich. „Ich würde gern direkt mit ihm sprechen."

„Ja, ich schicke sie dir gleich."

„Danke. Ich rufe zurück."

Kaum hatte ich das Gespräch mit Iris beendet, rief ich KC an.

„Ja?", meldete er sich sofort.

„KC? Hier spricht Marion Matched von der *Miss Matched Midlife Dating-Agentur*. Ich melde mich, weil –"

„Haben Sie Bodhi gefunden?", unterbrach er mich.

„Nein. Ich habe nur gehört, dass Sie glauben, er sei vermisst, und wollte sehen, ob Sie irgendwelche Informationen haben."

Die Tür öffnete sich, und Jax trat auf die Veranda. Sein Blick war voller Sorge. Ich hob eine Hand, um ihm zu signalisieren, dass ich gleich mit ihm sprechen würde.

„Was für Informationen?", fragte KC ungeduldig. „Er ist zu seinem Date mit Lennon gegangen und nie zurückgekommen. Jetzt ist er nicht bei Lindys Fußballspiel, und ich mache mir Sorgen. Er verpasst diese Spiele nie. Sie sind heilig. Ich meine, er würde eher seine eigene Hochzeit verlegen, als eines von Lindys Spielen zu verpassen."

„Das scheint ernst", räumte ich ein. „Okay, dann helfen Sie mir. Wann haben Sie ihn das letzte Mal gesehen?"

„Kurz bevor er Lennon abgeholt hat. So gegen sechs, schätze ich. Warum? Wann hat Lennon ihn das letzte Mal gesehen? Wissen Sie es? Ist er vielleicht noch bei ihr Zuhause?"

Ich konnte den Hauch von Hoffnung in seiner Stimme hören, aber ich musste ihn enttäuschen.

„Bodhi ist letzte Nacht nicht bei Lennon geblieben, KC. Tatsächlich ist er während des Abendessens gegangen."

„Hören Sie zu, Marion", sagte KC. „Ich habe keine Ahnung, was los ist, aber ich weiß zwei Dinge: Bodhi liebt seine Nichte über alles, und Fußball ist für ihn heilig. Außerdem ist er seit zwanzig Jahren in Lennon verliebt, und das Einzige, was ihn dazu bringen würde, sie mitten beim Abendessen sitzenzulassen, wäre, wenn Außerirdische ihn entführt hätten. Wenn er gegangen ist, dann, weil ihn jemand dazu gezwungen hat. Verstehen Sie?"

Ich begann zu verstehen. Lennon hatte gesagt, das Date sei großartig gelaufen. Sie war schockiert gewesen, als sie plötzlich allein am Tisch saß, weil Bodhi nicht von der Toilette zurückkam. Und jetzt sprach KC davon, dass Bodhi seit Jahren auf eine zweite Chance bei Lennon gewartet hatte. Ein Prickeln lief über meine Haut, und mein Kopf begann zu schwirren.

„KC?"

„Ja?"

„Können wir uns im Hexenzirkel von Premonition Pointe treffen?"

„Warum?"

„Ich werde meine Freundinnen bitten, einen Suchzauber auszuführen. Ich glaube, Sie haben recht."

„In welcher Hinsicht?", fragte er verwirrt.

„Dass Bodhi nicht freiwillig gegangen wäre. Wir dürfen keine Zeit verlieren."

„Ja, das kann ich machen. Ich werde da sein."

„Großartig", sagte ich, während der Nebel in meinem Kopf sich lichtete. „Bringen Sie bitte etwas mit, das ihm gehört. Etwas Wichtiges – seine Lieblingsuhr, Manschettenknöpfe, irgendwas, das er oft bei sich trägt."

„Verstanden. Wir sehen uns in etwa einer halben Stunde."

Nachdem wir aufgelegt hatten, rief ich sofort Iris an und informierte sie. Sie bot an, den Zirkel zusammenzurufen, und versprach, mich dort zu treffen.

Jax hatte die Veranda schon verlassen und war an meiner Seite, als ich das Handy in die Tasche steckte.

„Brauchst du Hilfe?"

„Ja." Ich legte eine Hand an seine Wange. „Ich muss den Zirkel treffen. Bleibst du bei Ty, Kennedy und Lucy? Pass auf, dass niemand sie verflucht."

Er blinzelte mich zweimal an und nickte dann. „Natürlich. Ich werde deine Familie für dich beschützen."

Ich schlang die Arme um seinen Nacken, umarmte ihn fest und sagte: „Ich bin so schnell wie möglich zurück."

Nachdem ich meine Schlüssel geschnappt hatte, rannte ich zu meinem Auto. Im Einsteigen rief ich nach Celia, aber ausnahmsweise war der Geist nirgendwo zu finden. Ich musste einfach darauf vertrauen, dass sie immer noch über Lennon wachte.

KAPITEL 26

*D*ie kühle Vormittagsbrise ließ meine Haut frösteln, als ich mit der Voodoo-Puppe in der Hand in der Mitte des Kreises saß und auf die anderen wartete. Ich hatte die Klippe mit Blick auf das Wasser schnell erreicht und anstatt im SUV zu warten, hatte ich mir die Puppe geschnappt, die noch auf dem Rücksitz lag, und war nach draußen gegangen.

Ich hatte Hope für verrückt gehalten, als sie mir die unscheinbare Filzpuppe gegeben hatte, aber jetzt war ich entschlossen. Voll und ganz bereit, ein bisschen Schaden anzurichten. Wahrscheinlich würde es nichts bringen – meine Magie war auf das Lesen von Auren beschränkt –, aber es gab mir zumindest das Gefühl, aktiv etwas zu tun. Also nahm ich die kleine Sicherheitsnadel aus meiner Tasche und stach in die Beine der Puppe, genau dort, wo die Knie wären.

„Nimm das, du krankes Stück Hundekacke", knurrte ich und stach noch zweimal zu, bevor ich mich ihrem Unterleib zuwandte.

Zu sehen, wie sich der Stoff unter meinem Angriff spannte, ließ mich befriedigt schnauben.

„Du hast viel Schlimmeres verdient", zischte ich. „Sowas wie das hier."

Ich hob die Puppe hoch, legte eine Hand um ihren kleinen Hals und drückte langsam zu.

In meiner Fantasie weiteten sich ihre Augen vor Schock, ihre Finger krallten vergeblich in den unsichtbaren Schraubstock, der ihr die Luft abschnürte. Ich stellte mir vor, wie sie zappelte, unfähig, dem Griff zu entkommen.

Aber bevor ich noch weiter in meinen finsteren Gedanken versinken konnte, hörte ich die Stimme eines Mannes hinter mir.

„Marion? Was in aller Welt machen Sie da?"

„Ich bin froh, dass Sie hier sind. Ich warte nur auf den Zirkel, sie sollten jeden Moment eintreffen."

„Na dann." KC griff in seine Gesäßtasche und zog ein kleines Bild in einem silbernen Rahmen heraus. Er reichte es mir. „Bodhi hat es zwar nicht getragen, aber er hat es all die Jahre neben seinem Bett stehen gehabt."

Ich nahm das Foto und musste Tränen unterdrücken, als mir klar wurde, dass es ein Bild von Bodhi und Lennon war, als sie viel jünger waren. Er hatte seinen Arm um ihre Schulter gelegt, und sie starrte ihn an, als wäre er ihr Ein und Alles. Es war sowohl berührend als auch herzzerreißend, denn das hätten Jax und ich sein können. Wie viele Jahre hatten wir mit dem Versuch verschwendet, uns selbst zu verstehen, bevor wir endlich zu den Menschen zurückfanden, die wir wirklich liebten?

„Das ist perfekt. Danke."

„Wir sind da!", rief Iris, als sie und die anderen fünf Zirkelmitglieder gemeinsam zum Kreis eilten.

„Hervorragendes Timing", sagte ich.

Iris nickte. „Wir sind alle fast gleichzeitig angekommen. Ich nehme an, Sie sind KC?", fragte sie und trat auf den Mann zu, der uns alle mit verblüfftem Gesichtsausdruck anstarrte.

Er räusperte sich. „Ähm, ja. Und Sie sind alle Hexen?"

„Das ist das Gerücht", sagte Grace, während sie sich daran machte, den Salzkreis zu ziehen.

Die Mitglieder des Zirkels bewegten sich routiniert, stellten Kerzen auf und mischten Kräuter in einer Schale. Joy nahm mir das Bild aus der Hand, betrachtete es einen Moment lang und schüttelte dann den Kopf. „Leider keine Visionen."

Ich seufzte. Das war nicht unerwartet. Ihre Visionen waren selten, aber es wäre hilfreich gewesen, wenn es diesmal ausnahmsweise eine gegeben hätte.

„Was ist los? Was ist schiefgelaufen?", fragte KC und starrte mich an.

„Nichts. Sie bereiten sich gerade vor."

Wir drehten uns beide um und sahen zu, wie sich der Zirkel in seiner gewohnten Formation aufstellte. Diesmal übernahm Joy die Führung und leitete die Gesänge, während die Kerzen langsam in die Luft schwebten. Bald darauf streute sie die Kräuter über den Bilderrahmen. Funken sprühten aus den Kerzen, als sie mit einem Zischen heller aufflammten.

KC klammerte sich an meinen Arm. „Boah. Das ist krass."

War es das? Für mich sah es aus wie ein weiteres Ritual. Mir wurde bewusst, dass ich viel Zeit mit meinen Hexenfreundinnen verbracht hatte. Wenn mich schwebende Kerzen und Energiefunken kaum noch beeindruckten, war ich wohl ein wenig abgestumpft.

Der Gesang wurde intensiver, dann gingen die Kerzen mit einem letzten Funkenregen aus. Rauch füllte die Luft vor uns, wirbelte und formte sich, während der Zirkel vollkommen still wurde. Dann drehten sich alle gleichzeitig um und starrten mich an.

Ich runzelte die Stirn. „Was?"

Iris blinzelte. „Marion, du strahlst."

„Was?" Ich blickte an mir herunter und sah, dass mich ein sanftes, weißes Licht umhüllte. Erst jetzt spürte ich das Kribbeln von Magie auf meiner Haut. „Ich verstehe nicht. Warum passiert das?"

„Unser Zauber ruft nach dir. Du musst in den Kreis treten", sagte Joy und winkte mich mit einer Handbewegung zu sich.

„Ähm, ist das sicher?", fragte ich, obwohl ich nicht genau wusste, warum. Es war ja nicht das erste Mal, dass ich Teil ihres Kreises war.

„Natürlich", sagte Carly sanft. „Komm. Lass uns herausfinden, was los ist."

Nervös schluckte ich den Kloß in meinem Hals hinunter und trat vorsichtig über die Salzlinie in den Kreis.

Sofort verdichtete sich der Rauch der Kerzen und teilte sich dann, als würde sich ein Fenster öffnen. Bilder begannen zu flackern, bewegten sich jedoch zu schnell, als dass ich etwas erkennen konnte. Ich versuchte mitzuhalten, aber dann hörte das Flackern plötzlich auf und zeigte ein klares Bild.

Einen See. Ich erkannte ihn sofort.

Links im Bild sah ich ein Stück einer Hütte. Mein Magen zog sich zusammen. Ich kannte diesen Ort nur zu gut.

Ich keuchte. „Das ist die Fischerhütte meines Vaters am Lake Pointe."

Joy lächelte mich an. „Ich glaube, wir haben gerade Bodhi gefunden."

„Was? Auf keinen Fall. Er kann nicht dort sein. Warum um alles in der Welt sollte er in der Fischerhütte meines Vaters sein?"

. . .

„Es gibt nur einen Weg, das herauszufinden", sagte Iris und fischte die Schlüssel aus ihrer Hosentasche. „Ich fahre." Sie ergriff meinen Arm und zog mich mit in Richtung der Autos.

„Iris?", fragte ich. „Ist es so schlimm? Dass ich diejenige bin, die gesehen hat, wo Bodhi ist?"

„Nicht unbedingt", sagte sie. „Aber es sieht nicht gut für deinen Dad aus. War er gestern Abend zu Hause, als Lennon und Bodhi auf ihr Date gegangen sind?"

„Ich bin mir nicht sicher", gab ich zu. „Er kam ins Haus, nachdem ich nach Hause gekommen war, aber ich weiß nicht, wie lange er vorher in der Wohnung war."

„Wo ist dein Dad jetzt?", fragte sie.

„Keine Ahnung. Aber er hatte nichts damit zu tun. Warum sollte er Bodhi entführen? Das ergibt keinen Sinn. Ich glaube nicht einmal, dass er weiß, wer Bodhi ist."

„Du hast recht. Es ergibt keinen Sinn", sagte sie. „Jetzt müssen wir herausfinden, was los ist. Vielleicht ist Bodhi einfach nur am See. Die Hütte war in der Vision nur teilweise zu sehen, oder?"

Ich nickte und schickte Jax eine SMS, in der ich ihm mitteilte, dass wir auf dem Weg zum See waren, er aber bei Ty und Kennedy bleiben sollte. Ich würde ihn informieren, wenn wir etwas brauchten. Er schrieb zurück und protestierte, aber als ich betonte, dass Ty ein Ziel sein könnte und ich den gesamten Zirkel bei mir hatte, gab er nach.

Als wir in Iris' Auto saßen, sah ich, wie KC in seinen Truck stieg und uns folgte.

„Verdammt. Ich hatte ihn ganz vergessen", sagte ich.

Iris warf einen Blick in den Rückspiegel und zuckte die Schultern. „Es ist doch nicht schlecht, ein bisschen Muskelkraft dabei zu haben, oder?"

„Richtig", sagte ich und kreischte dann, als Iris mit ihren Fahrkünsten meinen Magen testete.

Als wir am See ankamen, parkte Iris ihr Auto eine Viertelmeile von der Hütte meines Vaters entfernt.

„Ich glaube, es ist besser, unsere Ankunft nicht anzukündigen", sagte sie.

„Einverstanden."

Gerade als wir uns umsehen wollten, sprang KC aus seinem Truck. „Ich komme mit."

Iris und ich tauschten einen Blick aus und nickten dann.

„Iris hat das Sagen, verstanden? Sie ist die Hexe hier."

Gerade als ich das sagte, tauchte der Rest des Zirkels auf und stieg aus einem großen Geländewagen.

„Sind wir bereit, unseren Jungen zu finden?", fragte Hope.

„Sieht so aus." Ich sah mich um. „Warum teilen wir uns nicht auf? Iris und ich sehen in der Hütte meines Vaters nach. Grace, Joy und Hope durchkämmen das Grundstück im Osten und Carly und Gigi das im Westen."

Alle stimmten schnell zu, und dann teilten wir uns in drei Gruppen auf. Ich nahm den Pfad zum Seeufer, statt der Straße, die direkt an der Hütte vorbeiführte. Iris und KC folgten mir schweigend. Ich war mir nicht sicher, was wir erwarteten. Es war ein kühler Morgen Ende Januar. Keiner der Nachbarn schien da zu sein, und alles war still. Sogar die Luft.

Doch je näher wir dem See kamen, desto unbehaglicher wurde mir. Meine Haut juckte, und ein dumpfer Kopfschmerz setzte ein. „Fühlt sich noch jemand ein bisschen seltsam?"

„Nein, mir geht's gut", sagte Iris.

„Mir auch", fügte KC hinzu.

Vielleicht lag es an den Resten des Suchzaubers. Schließlich war ich diejenige, die die Vision gehabt hatte. Ich holte tief Luft, versuchte mich zu sammeln, und marschierte weiter.

Als wir aus dem Laub in die Lichtung am See traten, schien alles normal zu sein. Es lag kein Boot auf dem Wasser, kein

Anzeichen dafür, dass jemand in der Hütte war. Kein Licht, keine Schuhe auf der Veranda, keine Angelausrüstung.

„Wir sollten die Hütte überprüfen", schlug ich vor.

Weder Iris noch KC widersprachen, also machte ich mich in diese Richtung auf. Doch sobald wir uns in diese Richtung bewegten, verschwanden meine Kopfschmerzen und das Jucken auf meiner Haut. Ich hielt inne.

„Wir gehen in die falsche Richtung", sagte ich leise.

Ich drehte mich um und folgte der Energie, die sich anfühlte, als würde ich durch magischen Schlamm waten.

„Das fängt an, sich ein wenig unheimlich anzufühlen", sagte Iris.

„Wirklich?", fragte KC verwirrt.

„Spürst du diese Magie, Iris?", fragte ich.

„Ja. Aber es ist nicht die gute Art."

„Genau", stimmte ich zu. „Ich hoffe, du hast ein paar Tricks auf Lager, falls wir jemandem begegnen, der Zauber wirkt."

„Ich habe ein paar", versicherte sie mir.

Aber ich hatte keine. Nicht wirklich. Nicht, wenn ich nichts bei mir hatte, um mich zu verteidigen. Nun, nichts außer ein paar Jahren Selbstverteidigungskurse.

„Hier entlang", sagte ich und folgte meinem Instinkt. Ich führte uns über eine kleine Holzbrücke, blieb dann plötzlich stehen und zeigte nach unten. „Da. Er ist darunter."

KC zögerte nicht. Er sprang in den Bach, sah sich um und stieß ein Knurren aus, bevor er unter der Brücke verschwand. Ein paar Sekunden später tauchte er wieder auf, mit Bodhi über der Schulter. Als sie oben auf der Brücke waren, stellte KC Bodhi auf die Füße. Er schwankte ein wenig, aber er hielt sich an KCs Arm fest und schaffte es, sein Gleichgewicht zu finden.

„O meine Göttin", keuchte ich. Er war wirklich da unten

gewesen. „Geht's dir gut, Bodhi? Was ist passiert? Wie bist du hierhergekommen?"

Er stöhnte und presste eine Hand auf seinen Kopf. „Ich habe keine Ahnung. Könnt ihr mich nur hier wegbringen? KC, bring mich nach Hause."

„Sicher, Bruder. Komm."

Wir gingen zurück zu den Autos, aber auf dem Weg entdeckte ich eine Frau vor der Hütte. Sie schlich auf uns zu, scheinbar einer Spur folgend, aber als sie mich entdeckte, erstarrte sie.

„Pixie?", rief ich. „Bist du das?" Es war die Frau, mit der mein Vater am Tag zuvor zusammen gewesen war. „Ist Dad auch hier?" Ihr Make-up war verschmiert, und ihr Haar sah aus wie ein Vogelnest. Sie war weit entfernt von der gepflegten Frau, die ich vor weniger als vierundzwanzig Stunden kennengelernt hatte.

„Ähm, ja. Aber er schläft." Sie blickte zurück zur Hütte und biss sich auf die Lippe. „Er hatte keine so tolle Nacht."

Wegen unseres Streits? Möglich. Aber ich sprach es nicht aus. „Seid ihr zum Angeln hergekommen?"

Sie fuhr sich mit der Hand durchs Haar, zuckte aber bei der Bewegung zusammen und presste die Hand auf ihren Bauch. Sie holte ein paarmal flach Luft, um ihre Atmung in den Griff zu bekommen, und nickte dann. „Angeln, richtig. Immer eine gute Zeit."

Ich warf noch einen Blick auf die Veranda der Hütte und bemerkte, dass nichts von der Ausrüstung meines Vaters da war. Als ich wieder zurückblickte, strich Pixie ihr Shirt glatt, aber nicht, bevor ich die roten, ausschlagartigen Flecken auf ihrem Bauch bemerkte. Mein Blick fiel automatisch auf ihre Knie, und ich sah denselben Ausschlag, der mich an Nadelstiche erinnerte.

Plötzlich machte es Klick. Das waren genau die Stellen, an denen ich die Voodoo-Puppe gestochen hatte. Ich zeigte auf sie. „Du! Du bist diejenige, die mir das alles angetan hat! Aber warum? Und warum hast du Bodhi entführt?"

„Ich habe keine Ahnung, wovon du redest", sagte sie spröde und hielt den Kopf hoch. „Ich bin sicher, deinem Vater werden diese Anschuldigungen auch nicht gefallen."

Schuld und Zweifel überkamen mich. Wenn ich falsch lag und seine derzeitige Freundin zu Unrecht beschuldigte, würde Dad mich wirklich verleugnen.

„Warum habe ich das Gefühl, sie zu kennen?", fragte Bodhi in die Runde. Dann richtete er sich plötzlich auf. „Sie ist die Frau, die nach dem Weg gefragt hat, als ich aus der Toilette gekommen bin. Und dann … erinnere ich mich an nichts." Er runzelte die Stirn. „Sie haben mir das angetan?"

„Ich … nein", stammelte sie.

„Doch, das glaube ich", sagte Bodhi, und seine Wut ließ seine Kraft zurückkehren. „Sie haben mich unter Drogen gesetzt und mich dann von der Brücke gestoßen."

„Still!", befahl sie ihm, und Bodhis Lippen schlossen sich augenblicklich.

Ihr Lächeln war eine verzerrte Version der Katze, die den Kanarienvogel gefressen hatte. „Komm jetzt zu mir zurück. Wir haben noch Arbeit zu erledigen."

„Auf gar keinen Fall, Lady. Bodhi geht mit mir nach Hause", sagte KC und hielt den Arm seines Freundes fest.

Pixie verdrehte die Augen. „Ihr Homos, immer so dramatisch. Er kann mit euch nach Hause gehen, wenn unsere Arbeit hier erledigt ist."

„Wir sind nicht schwul", sagte KC und starrte sie wütend an. „Und nochmal, nein. Er geht nirgendwo mit dir hin. Fick dich!"

Ich musste zugeben, dass mir KCs Stil gefiel.

„Das wird er!" Sie richtete ihre Finger auf Bodhi, Magie sprühte, aber bevor sie ihren Zauber loslassen konnte, schoss Iris einen magischen Blitz auf sie ab, der sie drei Meter weit zurückschleuderte. Ihre Augen weiteten sich vor Schock, und als sie am Boden aufschlug, verwandelte sich ihr Gesichtsausdruck in eine Mischung aus Wut und Schmerz.

Iris ging zu ihr hinüber. „Ich denke, Sie schulden uns eine Erklärung."

„Geh einen Schwanz lutschen", keifte Pixie verbittert.

„Vielleicht später", sage Iris flapsig. „Aber nicht, bevor Sie uns sagen, warum Bodhi unter der Brücke war und warum Sie ihn mit zurücknehmen wollen."

Pixie starrte mich böse an. „Er war im Begriff, deine kleine Werbeaktion zum Erfolg des Jahrhunderts zu machen. Das konnte ich nicht zulassen, oder? Und wenn er jetzt zu dieser kleinen Social Media-Hure zurückgeht, war alles umsonst."

„Wie meinst du das, alles war umsonst?", fragte ich und ging auf sie zu. Das juckende Gefühl war wieder da, und mein Kopf fühlte sich benebelt an. Doch diesmal hatte ich es besser im Griff.

„Ich muss dir nichts sagen", fauchte sie. „Warum bist du nicht einfach gegangen, als ich dich gewarnt habe? Niemand will dich hier haben!"

„Du meinst, du bist diejenige, die Lennons Auto vandalisiert hat? Diese Nachricht war für mich gedacht, oder? Du hast mich verflucht!", rief ich erstaunt. Warum war diese Frau so versessen darauf, mich zu ruinieren und aus der Stadt zu verscheuchen? Hatte sie mein Missfallen darüber bemerkt, dass sie mit meinem Dad ausging? Das konnte es nicht sein. Ich hatte sie erst am Tag zuvor kennengelernt.

„Heute fahren alle das gleiche verdammte Auto. Woher sollte ich den Unterschied erkennen?", fragte sie.

Wenigstens war Lennon in Sicherheit. Sie war nicht wirklich das Ziel. Das war eine Erleichterung.

„Pixie, ich weiß nicht, was du gegen mich hast, aber das endet hier. Du wirst den Fluch sofort aufheben, verstanden?", verlangte ich energisch. „Diese Hexe hier wird dafür sorgen. Und glaub mir, du willst dir nicht ihren Zorn zuziehen."

„Ach, nein?" Sie grinste mich schief an, schnippte mit den Fingern und schickte einen elektrischen Blitz durch die Luft. All meine Freunde sanken sofort zu Boden, einschließlich KC und Bodhi.

Ich starrte sie an. „Was zum Teufel hast du gerade getan?"

„Nimm Bodhi und lass uns gehen", befahl sie mir. „Wir haben was Geschäftliches zu besprechen."

„Nein, hat sie nicht!", schrie Kennedy, kurz bevor er sich auf Pixie stürzte und ihr schnell Hände und Füße mit Kabelbindern fesselte. Ty kam von hinten mit einem Stück Isolierband und war bereit, es über Pixies Mund zu kleben.

„Nur einen Moment", sagte ich und hielt Ty auf, während ich in die Hocke ging, um mit ihr zu sprechen. „Warum hast du es auf mich abgesehen?"

Sie stieß ein leises, gereiztes Knurren aus. „Du bist ein verdammtes Miststück, Marion Matched. Deinetwegen bin ich geschieden. Mein Mann kam zu dir, weil er jemanden gesucht hat, der halb so alt ist wie ich. Weißt du, wie lange es gedauert hat, bis er gegangen ist, nachdem du ihn mit seiner kleinen Schlampe verkuppelt hast? Zwei Tage! Nach fünfzehn Jahren war es nach zwei Tagen vorbei."

Ich kniff die Augen zusammen. „Ich verkupple keine verheirateten Männer. Niemals. Ich habe keine Ahnung, wovon du redest."

„Wir waren nie richtig verheiratet. Es war eine eheähnliche Gemeinschaft. Aber wir hatten uns etwas versprochen, und dann bist du aufgekreuzt. Du bist eine Bedrohung für jede

Frau in einer festen Beziehung. Du musst aufgehalten werden." Tränen strömten ihr übers Gesicht, und ich konnte nur daran denken, wie gebrochen sie aussah. Ihr waren schwere psychische Probleme deutlich anzusehen.

„Ich habe dir nichts getan", sagte ich tonlos. „Aber du hast mir meine Fähigkeit genommen, Auren zu lesen. Und du *wirst* diesen Fluch rückgängig machen. Denk an meine Worte: Du wirst mich nicht los, bis du es tust."

„Leck mich!", keifte sie.

Da wusste ich, dass es aussichtslos war. Wenn die Magical Task Force sie nicht dazu brachte, diesen Fluch rückgängig zu machen, würde sie nie auch nur daran denken.

Ty schüttelte den Kopf und klebte ihr das Isolierband auf den Mund. Dann stieg er über sie und umarmte mich fest. „Als ich gesehen habe, wie sie diese giftige Magie gespien hat, habe ich mir solche Sorgen um dich gemacht. Aber dann hat Kennedy ..." Ty schüttelte den Kopf. „Er ist so ein Draufgänger."

Ich musste zustimmen und umarmte Kennedy lange, so wie es nur denen vorbehalten war, die ich am meisten auf der Welt liebte. Als ich mich zurückzog, runzelte ich die Stirn und fragte: „Nicht, dass ich mich beschwere, aber was macht ihr beiden hier?"

Sie sahen einander an, und dann sagte Ty: „Dein Dad hat angerufen. Sie hat ihn da drin gefesselt."

„In der Hütte?", fragte ich.

„Ja. Anscheinend hat sich jemand auf ein bisschen Bondage vorbereitet, als Pixie völlig durchgedreht ist", erklärte Ty. „Sie hat ihn gefesselt und in den Schrank gesperrt und ihm gesagt, sie würde ihn erst rauslassen, wenn sie dich los wäre."

„O mein Gott!", rief ich. „Wie hat er dich erreicht, wenn er gefesselt war?"

Ty schüttelte den Kopf. „Es stellte sich heraus, dass sie eine

Idiotin ist und das schnurlose Telefon irgendwie da reingetreten hat. Er kannte nur die Festnetznummer auswendig, also hat er es klingeln lassen, bis wir rangegangen sind. Ich habe versucht, dich anzurufen, aber ich schätze, du hast dein Handy nicht dabei?"

Ich klopfte auf meine Taschen. „Oh Mist! Ich schätze nicht. Es ist wahrscheinlich im Auto." Ich betrachtete die Hütte erneut. „Also ist mein Vater noch da drin?"

Ty nickte.

„Ist er salonfähig?"

„Ja", sagte Ty mit einem Lachen. „Jax ist bei ihm. Er ist nur ein bisschen …"

„Peinlich berührt?", fügte ich hinzu, froh, dass Jax auf meinen Vater aufpasste.

„Nein, na ja, mit den Nerven runter trifft es eher. Er hat nur ständig was von verrückten Weibern gemurmelt und dass er die Schnauze voll hat von ihnen."

„Göttin im Himmel, das hoffe ich." Ich blickte auf die gefesselte und geknebelte Frau hinab und wollte zutreten. Stattdessen tröstete ich mich damit, dass ich immer noch die Voodoo-Puppe hatte und Pixie später wahrscheinlich eine Nadel in den Schritt bekommen würde. Dieses böse Miststück!

Es dauerte nicht lange, bis der Rest des Zirkels auftauchte und anbot, bei Pixie zu bleiben, während sie darauf warteten, dass die Magical Task Force eintraf und sie in Gewahrsam nahm. Als Iris diesmal anrief, sagten sie, ein Agent würde in Kürze eintreffen. Sie waren nicht gerade erfreut darüber, dass eine Hexe Magie benutzt hatte, um Menschen zu entführen.

„Danke", sagte ich zu Iris, als sie zu mir zog, um sie zu umarmen. „Ich schulde dir was."

„Nein, tust du nicht. Aber gern geschehen." Sie küsste mich auf die Wange. „Jetzt bring deinen Dad und Bodhi hier weg.

Wir sorgen dafür, dass die Task Force ihre Handynummern bekommt, damit sie ihre Aussagen aufnehmen können."

„Du bist die Beste." Ich wies Bodhi, KC, Ty und Kennedy an, zu den Fahrzeugen zu gehen. Mit etwas Glück würden Jax, mein Dad und ich ihnen bald folgen.

KAPITEL 27

*D*ad!", rief ich, als ich seine Hütte betrat.

Ein Stöhnen kam aus der Küche.

Ich fand ihn am Tisch sitzend, den Kopf in den Händen. „Sag es nicht. Ich weiß. Ich weiß! Ich date die schlimmsten Frauen."

Jax kam von der Spüle und stellte ein Glas Wasser vor ihn. „Ich warte draußen auf euch beide."

Ich lächelte ihn dankbar an und drückte seine Hand, als er an mir vorbeiging. Als Jax weg war, legte ich eine Hand auf Dads Schulter und drückte sie ein bisschen, während ich sagte: „Das wollte ich eigentlich gar nicht sagen. Wie sich herausgestellt hat, hatte Pixie es auf dich abgesehen, um sich an mir zu rächen."

„Was?" Er ließ die Hände sinken und sah zu mir auf. „Warum?"

„Ich habe ihren Ex mit der Liebe seines Lebens verkuppelt, und sie gibt mir die Schuld an der Trennung."

Dad runzelte die Stirn. „Du vermittelst keine verheirateten Männer."

„Das habe ich ihr auch gesagt." Ich lächelte ihn sanft an. „Sie waren nie verheiratet. Ich hatte keine Ahnung, dass er mit jemandem zusammen war." Ich zuckte die Achseln. „Vielleicht waren sie nicht einmal wirklich zusammen, und sie hat einfach mehr hineininterpretiert. Wer weiß? Aber jetzt ist sie das Problem der Magical Task Force."

„Sie ist diejenige, die dich verflucht hat?", fragte Dad.

„Ja. Sie weigert sich auch, es rückgängig zu machen. Ich bin sicher, ich muss warten, bis die Hölle zufriert, bevor die Magical Task Force auf die Idee kommt, mir zu helfen."

„Wir werden einen Weg finden, Marionberry", sagte Dad und legte seine Hand auf meine. „Bereit, hier zu verschwinden?"

„Mehr, als du dir vorstellen kannst", sagte ich.

Er lachte freudlos. „Ich glaube, du unterschätzt, wie dringend ich hier rauswill."

„Verstehe." Ich hakte mich bei ihm unter und fügte hinzu: „Sie hat doch nicht versucht, dir eine Penispumpe anzulegen, oder?"

Er sah mit strengem Gesichtsausdruck auf mich herab. „Das ist nicht lustig."

„Irgendwie schon", neckte ich ihn.

„Deine Tante wird dafür bezahlen", brummte er.

Ich lachte und wurde dann sachlich. „Im Ernst, Dad. Geht's dir gut? Müssen wir dich im Krankenhaus untersuchen lassen?"

„Mir geht's gut. Sie hat mich nur gefesselt – nackt! – und in den Schrank gesteckt. Es ist okay."

Ich schauderte, als ich nur daran dachte. Niemand wollte dieses Bild von seinem Vater im Kopf haben.

Er lachte wieder, dann gingen wir nach draußen, sammelten Jax ein, der auf einer der Stufen saß, und kehrten zu den geparkten Autos zurück. Iris war noch mit Pixie beschäftigt, also nahmen Dad und ich Ty, Jax und Kennedy mit, nachdem ich mein Handy aus Iris' Auto geholt hatte.

Auf dem Weg zurück in die Stadt rief Bodhi von KCs Telefon aus an und wollte wissen, wo Lennon war. Ich gab ihm sofort den Namen des Strandes, an dem sie und Bain waren.

„Gut. Ich bin auf dem Weg", sagte er und legte auf.

Ich drehte mich zu Ty um. „Fahr zum Strand. Ich muss dieses Treffen sehen."

Ty zögerte nicht, und wir hielten direkt hinter KC und Bodhi an.

Bodhi sprang sofort aus dem Auto und rannte zum Strand hinunter. Wir fünf stiegen ebenfalls aus, und ich hatte gerade begonnen, langsam mit Jax an meiner Seite den Strand entlangzugehen, als ich Schreie hörte.

Jax stand hinter mir, seine Hände auf meiner Taille, während wir einer Frau zusahen, die mit den Armen fuchtelte und auf das Wasser zeigte. „Sie ist verletzt! Sie braucht Hilfe! Jemand muss ihr helfen!"

Bain, der Musiker, stand am Wasser und starrte hilflos auf die tosenden Wellen.

„Es ist Lennon Love!", rief jemand. „Sie kommt aus der Strömung nicht raus. Die Wellen brechen immer wieder über ihr zusammen!"

„Lennon!", rief Bodhi und stürzte sich ins Wasser.

„O mein Gott", keuchte Jax neben mir. Ich konnte nur nicken. Was wir sahen, war entsetzlich. Lennon war in echten Schwierigkeiten.

„Scheiße!", rief KC und folgte seinem Freund.

Die beiden Männer pflügten durch das Wasser, als wäre es ihr Job, und hatten Lennon fast erreicht, als Celia plötzlich auftauchte, ins Wasser griff und Lennon an ihrer Schwimmweste packte. Lennon trieb benommen auf den Wellen, als Bodhi sie erreichte. Er legte schnell einen Arm um ihren Hals und schwamm so schnell er konnte, um der nächsten Welle zu entkommen. KC folgte ihnen, und gemeinsam brachten die beiden Männer Lennon sicher an den Strand.

Die kleine Menge, die sich am Strand versammelt hatte, brach in Jubel aus. Bald schon begannen alle zu skandieren: „Bodhi! Bodhi! Bodhi!"

„Das ist Mist", sagte Celia verärgert. Sie schwebte jetzt neben mir, die Arme vor ihrem zierlichen Körper verschränkt. „Ich bin diejenige, die ihr den Arsch gerettet hat."

„Das hast du", sagte ich und lächelte sie an. „Ich habe dich gesehen."

„Ich auch", stimmte Jax zu. „Sehr beeindruckend!"

„Danke! Wenigstens weiß jemand hier meine Talente zu schätzen. Ich kann es kaum erwarten, bis das auf Social Media erscheint. *Heiratsvermittler-Geist rettet Social-Media-Star!* Irgendwie eingängig, oder?"

„Sicher. Aber die Geschichte wird davon handeln, dass ihre erste Liebe sie rettet, kurz bevor sie sich verloben." Ich nickte in Richtung der Stelle, wo sie weiter unten am Strand waren. Bodhi kniete vor ihr und schüttete ihr offensichtlich sein Herz aus.

„Oh, verdammt! Kann ein Geist denn nie einen Durchbruch bekommen? Oder ein Date, wenn wir schon dabei sind?"

„Es ist ein harter Schlag, Celia, aber trotzdem danke. Du hast über Lennon gewacht, und das weiß ich wirklich zu schätzen", sagte ich.

Celias Augen füllten sich mit Tränen. „Hat sich *Marion Matched* gerade bei mir bedankt? Hat sie mir wirklich gerade ein Kompliment gemacht?"

„Das hat sie", sagte ich mit einem Kichern.

„Na, das ist doch schonmal was." Sie wischte sich die

Augen, bevor sie sagte: „Ich kann mir das nicht mehr ansehen. Ruf, wenn du mich brauchst." Dann war sie weg.

Jax und ich wandten uns Ty, Kennedy und Dad zu. „Bereit?", fragte ich.

„Mehr als bereit", sagte mein Dad und eilte schon zum Auto. Irgendwas sagte mir, dass er sich die nächste Woche in seiner Wohnung verkriechen und sich neu formieren würde. Ich konnte es ihm kaum verdenken.

Als Jax zurückblieb, um mit Ty zu reden, legte Kennedy einen Arm um meine Schultern und lächelte mich an. „Du bist die coolste Mom, die ich kenne."

Ich kicherte. „Vielleicht liegt das daran, dass ich keine richtige Mom bin."

„Oh, du bist schon richtig", sagte Kennedy ernst. „Und ich bin nicht der Einzige, der das denkt." Er nickte Ty zu. „Er liebt dich wie eine Mutter, und ich weiß, wir kennen uns noch nicht lange, aber ich bin mir ziemlich sicher, dass ich das auch tun werde."

Mein Herz schmolz dahin. „Was für eine unglaubliche Ehre es ist, dass du mich wie eine Mutter liebst. Danke, Kennedy. Ihr Jungs bedeutet mir alles."

„Schmierst du ihr etwa Honig um den nicht vorhandenen Bart?", fragte Ty Kennedy misstrauisch.

„Nein", sagte Kennedy und klang beleidigt.

„Ich denke schon", sagte Ty und grinste mich an.

„Okay, was ist?", wollte ich wissen. „Warum genau glaubst du, dass mir jemand Honig um den Bart schmieren muss?"

„Du wirst schon sehen", sagte Ty.

TY HATTE NICHT GELOGEN. Sobald wir das Haus betraten, wusste ich genau, worum es in dem Gespräch über das Honigum-den-Bart-Schmieren gegangen war. Der kleine Fellball rannte direkt auf mich zu, wedelte wild mit dem Schwanz und sprang an meinem Bein hoch, um Aufmerksamkeit zu heischen.

Während mein Herz augenblicklich dahinschmolz, riss ich den Kopf hoch und setzte ein so strenges Gesicht auf, wie ich nur konnte. „Wessen Idee war das?"

Ty und Kennedy traten beide einen Schritt zurück, und ich klopfte mir innerlich auf die Schulter, weil ich nicht sofort weich geworden war.

„Ty? Warst du das?"

Jax lachte. „Ihr steckt ziemlich in der Klemme."

Niemand antwortete Jax.

Ty schüttelte den Kopf und bestritt die Verantwortung für den Welpen, aber dann nickte er genauso schnell und nahm den kleinen Hund in die Arme. Der Welpe begann sofort, ihm über das Gesicht zu lecken. Ty lachte. „Ganz ruhig, Mädchen. Wir wollen einen guten ersten Eindruck machen. Du willst doch nicht nach weniger als 24 Stunden obdachlos sein, oder?"

Der Welpe wedelte nur noch heftiger mit dem Schwanz und begann dann, an Tys Gesicht zu knabbern.

Ich lachte. „Göttin im Himmel! Was habt ihr mir da ins Haus gebracht und warum?"

„Marion!" Tante Lucy kam angerannt. Ihr Haar war zerzaust, und sie sah ein wenig mitgenommen aus – was für sie ungewöhnlich war.

Ich blickte über ihre Schulter und fragte: „Hast du Besuch?"

„Was? Nein." Dann starrte sie den Welpen an. „Es sei denn, du meinst Paris hier. Sie hat mich in den letzten Stunden ganz schön auf Trab gehalten. Wer hätte gedacht, dass Yorkies so viel Energie haben?"

„Paris?", fragte ich mit hochgezogener Augenbraue. „Bitte

sag mir, dass ihr Nachname nicht von einer Hotelkette stammt."

Jax lachte, und ich musste lächeln. Es war schwer, streng zu sein, wenn mein Freund sich so amüsierte.

Ty lachte. „Nein, aber ich habe darüber nachgedacht. Wir haben sie Paris Francine genannt, weil Kennedy und ich letztes Jahr unser erstes Date in Paris hatten, als wir zum Filmfestival dort waren."

„Das ist süß." Ich streckte die Hand aus, nahm den Welpen und drückte ihn fest an meine Brust. „Und jetzt erzählt mir, wie Paris in mein Haus gekommen ist und wer genau sich um sie kümmern wird."

Sie sahen einander an, und ich dachte, Ty würde es erklären, aber es war Kennedy, der das Wort ergriff. „Ich habe einen Kumpel im Süden, der sie vor einem Monat adoptiert hat. Dann wurde er außer Landes versetzt, also brauchte sie ein Zuhause. Ich habe gesagt, ich wollte schon immer einen Yorkie, und er sagte, okay. Sie gehört dir. Er wollte nur, dass sie ein gutes Zuhause bekommt. Wir wollten dich fragen, ob es für dich in Ordnung wäre, dass wir einen Hund haben, während wir hier wohnen, aber wir wollten warten, bis sich die Lage ein bisschen beruhigt hat."

Ty legte seinen Arm um Kennedy und fuhr fort: „Unsere Pläne haben sich geändert, als Paul – das ist Kennedys Kumpel – anrief, um uns zu sagen, dass er heute Morgen durch die Stadt kommt und sie absetzen würde. Wir hatten eine Dreiviertelstunde, um uns auf sie vorzubereiten."

„Wie könnte jemand Nein zu diesem kleinen, süßen Ding sagen?", fragte Lucy in der nervigsten Babystimme aller Zeiten.

„Hör auf", sagte ich und drehte meinen Körper, damit sie den Welpen nicht mehr mit ihrem Gesicht bedrängen konnte.

„Ja, hör auf", stimmte Jax mit einer Grimasse zu.

„Du wirst sie doch nicht rausschmeißen, oder?", fragte Lucy entsetzt.

„Natürlich nicht. Bei den Göttern. Wofür hältst du mich?"

Sie strahlten alle, auch Jax, und ich wusste, dass ich reingelegt worden war. Aber offen gesagt war es mir egal. Der Welpe war entzückend, und Ty und Kennedy sahen so glücklich aus. Das war alles, was zählte.

„Meine einzige Regel ist, dass ihr die volle Verantwortung für das Stubenreinmachen und das Wegräumen von Unfällen tragt. Sie ist euer Hund, also verhaltet euch so, als ob niemand sonst hier wäre, um sich um sie zu kümmern, es sei denn, ihr fragt vorher. Ihr dürft nicht davon ausgehen, dass jemand sie rauslässt, und dann überrascht sein, wenn sie auf das Parkett pinkelt. Verstanden?"

„Verstanden!", sagten die Jungs im Chor.

„Und die zweite Regel ist, dass ich sie kuscheln darf, wann immer ich will."

Ty schnaubte. „Sicher, Mama Marion. Was immer du willst."

Ich hielt den Welpen hoch, stupste ihm die Nase an und sagte: „Hast du das gehört, Paris? Ich bin Mama Marion, aber ich höre auf alles, solange ich Welpenküsse bekomme."

Jax lachte, als er von hinten auf mich zukam und einen Arm um meine Taille legte. „Ich habe ihnen gesagt, dass du ein Fan von Küssen bist." Er küsste meinen Hals, und in diesem Moment war ich, selbst nach der beschissensten Woche aller Zeiten, glücklicher als je zuvor. Mein Vater war sicher zu Hause. Lucy war wieder in der Stadt und so schlagfertig wie immer. Ich hatte Ty und Kennedy und den süßesten Welpen, den ich je erlebt hatte. Und Jax – die Liebe meines Lebens. Ich wusste nicht, wie es von hier aus weitergehen würde, aber zum ersten Mal war ich bereit, es herauszufinden.

KAPITEL 28

„Das sieht fantastisch aus." Ich drehte mich im Kreis und betrachtete Tante Lucys neue Küche. Noch vor drei Monaten war sie L-förmig gewesen, mit dunkelbraunen Schränken, gelben Laminatarbeitsplatten und einem braun-gelben Linoleumboden. Ich hatte Lucy damit aufgezogen, dass sie wie eine Zeitkapsel aus den Achtzigern aussah. Die neuen Schränke waren aus weißem Shaker-Holz mit Edelstahlbeschlägen. Ich ließ meine Hand über die neuen grauen Quarzarbeitsplatten gleiten und bewunderte die Landhausspüle.

„Mir gefallen die neuen Parkettböden", sagte Lucy strahlend. „Sie sind handgeschliffen, weißt du?"

Ich kicherte. „Ja, ich glaube, das hast du uns schon erzählt." Es war süß, wie begeistert sie war.

Vor zwei Wochen, als Jax vorbeigekommen war, hatte ihm der Bauunternehmer gesagt, dass ihnen Geld und Zeit ausgingen. Wenn Lucy wollte, dass sie fertig würden, bräuchten sie mehr Budget. Geld, das sie nicht hatte.

Nachdem Jax ihnen jedoch mit Klagen und Beschwerden bei der Handwerkskammer gedroht hatte, weil sie versucht hatten, eine ältere Frau auszunehmen, hatten sie ihre Meinung ziemlich schnell geändert. Danach war Jax fast täglich vorbeigekommen, um sich nach dem Fortschritt zu erkundigen und sicherzustellen, dass sie keine halben Sachen machten. Ich vermutete, dass er seine Mannschaft zum Verlegen der Böden herbeigerufen hatte, da von der geplanten Fertigstellung in sechs Wochen keine Rede mehr war und sie plötzlich über Nacht fertig waren. Und die Rechnung war wesentlich niedriger – aber bisher spielte er den Unschuldigen.

„Ich ziehe heute wieder ein", sagte Lucy. „Und dein Vater auch."

„Wirklich?" Ich warf meinem Dad einen Blick zu. Er stand an der Hintertür und bewunderte die neue Gartenanlage.

„Ja. Er sagte, es sei Zeit, dich in Ruhe zu lassen, und fragte, ob ich ihm ein Zimmer vermiete. Scheint, als würde er dauerhaft hierherziehen."

Ich beobachtete meinen Vater und fragte mich, was wirklich mit ihm los war. Seit dem Tag, an dem Pixie ihn in den Schrank gesperrt hatte, war er so still gewesen. Er hing in meinem Haus herum, verbrachte Zeit in meinem Garten und las viel. Er war nicht ein einziges Mal mit mir ausgegangen. Ich hatte versucht, das Thema bei ihm anzusprechen, aber er hatte mich ziemlich schnell abblitzen lassen. Also ließ ich es auf sich beruhen.

„Er hat nichts gesagt", murmelte ich, während ich ihn weiterhin beobachtete.

„Ich bin sicher, er wird bald dazu kommen, Sweetie."

„Ja." Aber wann? Wenn er mir den Schlüssel in die Hand drückte? Ich war mir nicht sicher, warum es mich so störte, dass er mich noch nicht über seine Pläne informiert hatte. Es war ja nicht so, als würde er die Stadt verlassen. Er zog nur fünf Blocks weiter. Ich sollte froh sein, dass er sich entschieden hatte zu bleiben, oder?

„Klopf, klopf", sagte eine vertraute Frauenstimme von der Haustür. „Ich bringe Willkommensgeschenke."

Lucy eilte an mir vorbei, um Tazia die Fliegengittertür zu öffnen. Sie stand da mit drei Blumensträußen und einer Gebäckschachtel von der *Bird's Eye Bakery.*

„Oh, Tazia. Das hättest du nicht tun sollen", sagte Lucy, während sie eifrig die Gebäckschachtel entgegennahm und sie schnell meinem Vater in die Hand drückte.

Er war ins Zimmer gekommen und sah Tazia mit einem sanften Lächeln an. Ich blickte zwischen ihnen hin und her und spürte dieses magische Kribbeln in meinem Rücken, das schnell Wärme durch meinen Körper schickte.

„Hey. Ich habe mich gefragt, ob du vorbeikommen würdest", sagte Dad und nahm ihr die Blumensträuße aus der Hand.

„Ich konnte nicht widerstehen, Lucy Blumen zu bringen." Sie legte eine Hand auf seinen Unterarm und sah zu ihm auf, als wäre er der einzige Mensch im Raum. Das Kribbeln und die Wärme wurden intensiver.

„Das war nett von dir. Ich stelle sie für sie ins Wasser." Dad ging in die Küche, während Tazia neben mir stehen blieb.

„Marion, ich hatte gehofft, dich hier zu treffen." Sie beugte sich vor und gab mir einen schnellen Kuss auf die Wange. „Wie läuft das Geschäft?"

Ich zuckte die Schultern. „Es gab keine weiteren Katastrophen, aber wir hatten auch nicht gerade einen Haufen Leute, die uns die Tür einrannten, um unsere Dienste in Anspruch zu nehmen. Lennon hat auf ihrer Social-Media-Seite mit ausgewählten Details über ihre Dating-Erlebnisse

\

geteasert. Das meiste davon waren Kleinigkeiten, um ihr Publikum zum Lachen zu bringen und bei der Stange zu halten, aber wir haben uns noch nicht von den Online-Artikeln mit all den Spekulationen erholt. Ihre Blogposts zu der ganzen Sache sollen heute erscheinen. Dann werden wir sehen, wo wir stehen."

Sie sah mich an, und ihr Blick verlor für einen Moment den Fokus. Dann lächelte sie. „Ich glaube, du hast keinen Grund zur Sorge."

„Wirklich?", fragte ich und wunderte mich, was sie zu sehen glaubte.

„Nein." Sie drückte meine Hand. „Dein Geschäft wird gut laufen. Und falls du es noch nicht bemerkt hast – der Fluch, den Pixie über dich verhängt hat, lässt nach."

Plötzlich pochte mein Herz bis zum Hals. „Ist das wahr?"

„Ja. Obwohl ich nicht sicher bin, ob du dem Fluch ganz unverändert entkommen wirst. Vielleicht wirst du Auren nicht mehr auf dieselbe Weise sehen."

„Oh." Ich verzog das Gesicht. „Das wäre typisch für mein Glück."

Sie kicherte leise. „Lebe lang genug, und dein Glück wird sich ändern." Sie zwinkerte mir zu und ging dann zu meinem Vater in die Küche. Sie begannen zu plaudern wie alte Freunde, und Tazia sprach über das Blumengeschäft, das sie in der Stadt eröffnen wollte. Es schien, dass sie zwar froh darüber war, die große Gärtnerei, die sie zuvor geführt hatte, aufgegeben zu haben, aber noch nicht ganz bereit war, in Rente zu gehen – und ein Blumenladen war zu bewältigen.

Während die beiden daran arbeiteten, die Blumen in verschiedenen Vasen zu arrangieren, stand ich neben Lucy und sagte: „Ich glaube, wenn ich ihre Auren sehen könnte, hätten sie einen schönen Lilaton."

„Das haben sie", sagte Celia, die wieder einmal aus dem Nichts auftauchte.

Lucy lachte und drehte sich zu ihr um. „Es wird nie langweilig, wenn du da bist, oder?"

„Ich mag es, wenn es interessant bleibt." Sie warf Lucy eine Kusshand zu. „Genau wie du."

Lucy errötete angesichts des Kompliments und lächelte den Geist an.

„Gehst du heute Abend ins *Abs, Buns & Guns?*", fragte Celia Lucy.

„Das würde ich um nichts in der Welt verpassen." Lucy rückte ihre Brüste zurecht, um ihr Dekolleté zu betonen. „Ich muss nur noch die richtige Bluse finden. Es kommt nicht jeden Tag vor, dass ein Mädchen so ein Gesamtpaket auspacken kann."

Celia warf den Kopf in den Nacken und lachte. „Ich mag dich."

„Ich mag dich auch, Liebes." Lucy lächelte sie süß an.

Ich hustete. „Du weißt, dass das kein Stripclub ist, oder?"

„Natürlich nicht." Lucy winkte das unbekümmert ab. „Das heißt nicht, dass ich sie nicht mit meinen Augen ausziehen werde. Es ist lange, lange her, dass ich einen Mann näher angesehen habe, der nicht überall Altersflecken und Falten hatte."

„Mann, Altern ist für die Vögel", sagte Celia. Dann wurde sie nachdenklich. „Aber es ist wohl etwas besser als die Alternative."

„Das kannst du laut sagen", stimmte Lucy zu.

Ich ließ sie in ihrer Diskussion über das *Abs, Buns & Guns* allein und ging nach draußen, um mich auf die neue Holzschaukel zu setzen. Ich war erst ein paar Minuten dort, als Dad und Tazia herauskamen. Er hatte seine Hand an ihrem unteren Rücken, und ihre Köpfe waren beim Reden einander zugewandt.

Ich hatte nicht vorgehabt zu lauschen, aber als Dad sich plötzlich umdrehte und auf sie hinabsah, war sein Gesichtsausdruck besorgt, als er sagte: „Ich bin von der Dunkelheit berührt, Tazia."

Sie drückte sanft eine Hand an seine Brust. „Das Gegenmittel gegen Dunkelheit ist Licht, Memphis."

Er lächelte sie an. „Würde es dir etwas ausmachen, mich auf einen Spaziergang zum Strand zu begleiten? Ich könnte viel mehr Licht in meinem Leben gebrauchen."

„Ich dachte, du würdest nie fragen."

Ich sah ihnen nach, als sie zurück ins Haus gingen, mein Herz voller Hoffnung.

„Marion?" Jax steckte seinen Kopf aus der Hintertür. „Da bist du ja. Bereit?"

„Für dich? Immer."

Er streckte mir seine Hand entgegen, und ich gesellte mich sofort zu ihm. Wir gingen wieder hinein, verabschiedeten uns von Lucy und liefen dann die zwei Blocks bis zum Meer, um den Ausblick zu genießen.

„Willst du nach der Party heute Abend rüberkommen?", fragte er, während er hinter mir stand und seine Arme um mich legte.

„Ja." Ich lehnte mich an ihn und genoss das Gefühl, das ich hatte, wenn wir so zusammen waren. „Mein Dad und Lucy ziehen heute aus. Ich denke darüber nach, den Jungs die Wohnung über der Garage zu überlassen."

„Ja?" Er drückte mir einen sanften Kuss auf den Hals. „Ich wette, ihnen würde ein bisschen mehr Privatsphäre gefallen."

„Sie sind nicht die Einzigen." Ich drehte mich um, sodass wir uns ansahen, und legte die Hände um seinen Nacken.

„Wenn du jetzt über Nacht bleibst, müssen wir uns nicht so viele Sorgen machen, jemanden aufzuwecken."

Er lachte. „Oder von den Jungs geweckt zu werden."

„Ugh, erinnere mich nicht daran." Ich legte die Hände auf meine Ohren und schüttelte den Kopf. „Privatsphäre ist gut für alle."

Seine Augen glühten, als er auf mich herabblickte, und ich trat sofort einen Schritt zurück.

„Auf keinen Fall, Jax Williams. Sieh mich nicht so an. Nicht hier. Nicht jetzt. Ich habe heute Abend was vor und darf nicht zu spät kommen."

Er sah auf seine Uhr. „Du hast doch sicher eine Stunde für mich."

Ich stöhnte und trat dann zurück in seine Arme. „Okay, aber nur eine Stunde. Keine Sekunde länger."

„Wir werden sehen", sagte er und führte mich schnell die paar Blocks zu seinem Haus. In dem Moment, als er die Tür zustieß, waren seine Lippen überall auf mir, und die Klamotten fielen.

So war es immer mit ihm – heiß und rasend. Das reine Verlangen, das wir füreinander empfanden, war unübertroffen von allem, was ich je erlebt hatte. Erst vor ein paar Tagen hatte Celia mir gesagt, sie hätte noch nie zwei Auren gesehen, die so hell füreinander brannten wie unsere. Sie bestand darauf, dass sie, als sie verschmolzen, von tiefem Magenta waren.

Wenn das stimmte, bedeutete das, dass wir zueinanderpassten. Aber es bedeutete auch, dass unsere Beziehung von Leidenschaft beherrscht wurde.

Ich hatte beschlossen, dass es keine Rolle mehr spielte. Ich hatte ihn gewählt, und er mich. Das Feuer brannte mit jedem Tag heller. Und je mehr Zeit ich mit ihm verbrachte, desto sicherer war ich, dass er für immer mein war.

Wenn ich als Heiratsvermittlerin eines gelernt hatte, dann,

dass nichts zwei Menschen auseinanderbringen konnte, die entschlossen waren, zusammen zu sein.

Als Jax mich ganz ausgezogen hatte, hob er mich hoch und trug mich in sein Schlafzimmer. Und dann schrumpfte die Welt zu dem einen Mann über mir, der jeden Zentimeter meines Körpers auf jede erdenkliche Weise liebte.

KAPITEL 29

„Hast du die Reaktionen auf diese Posts gesehen?", rief Lennon und wedelte aufgeregt mit ihrem Handy. Ihr Gesicht strahlte vor Glück und ließ ihre Schönheit von innen heraus leuchten.

Ich hob mein Glas Champagner und prostete ihr zu. „Die Kampagne war brillant", sagte ich. „Wirklich fantastisch, Lennon. Danke!"

Ihre Posts über ihre Erfahrungen mit der *Miss Matched Midlife Dating-Agentur* waren heute früh online gegangen. Sie war ehrlich über alles gewesen und hatte eine dramatische Geschichte aufgebaut, die mit mir als Heldin endete – die die Liebe ihres Lebens rettete und ihn gerade rechtzeitig zu ihr zurückbrachte, damit er sie retten konnte.

Die Leute im Internet teilten die Geschichte weit und breit. Und obwohl ich immer noch einige Hater hatte, die mir unethisches Verhalten vorwarfen, weil ich jetzt mit Jax zusammen war, hatten die meisten dieses Detail inzwischen hinter sich gelassen. Unser Posteingang quoll über, und wenn Iris und ich morgen ins Büro zurückkehrten, würden wir alle

Hände voll zu tun haben, um all die neuen Anfragen zu bearbeiten.

„Nein, ich muss dir danken, Marion. Ich kann einfach nicht glauben, dass das jetzt mein Leben ist." Sie stand da, ihr Glas erhoben, der weiße Junggesellinnenschleier wehte hinter ihr im Wind. Sie blickte sich in der Runde um – da war ich, Lucy und eine Handvoll ihrer Freundinnen. „Ich will jetzt auf Marion anstoßen. Wenn sie nicht gewesen wäre, würde ich morgen nicht die Liebe meines Lebens heiraten."

„Auf Marion!", sagten alle im Chor.

„Wenn ich nicht gewesen wäre", meldete sich Celia, die plötzlich neben mir auftauchte, „würde sie morgen niemanden heiraten."

Ich kicherte. „Wann wirst du das endlich auf sich beruhen lassen?"

„Niemals."

„Okay. Ich werde dich auf jeden Fall erwähnen, wenn ich im nächsten Interview danach gefragt werde", sagte ich lachend.

„Wage es ja nicht", sagte sie kopfschüttelnd. „Das würde die Geschichte ruinieren. Lennons Version ist das, was sich verkauft. Ich will nur, dass die, die wichtig sind, sich daran erinnern, dass ich es war, die den Tag gerettet hat."

Meine Lippen zuckten belustigt. „Diejenigen, die Bescheid wissen, erinnern sich. Darauf kannst du dich verlassen. Tatsächlich glaube ich, dass wir ein großartiges Team abgeben, du und ich. Wir werden noch viele großartige Jahre als Partner vor uns haben."

Celia strahlte. Dann wurde sie schnell ernst. „Nicht, wenn du deinen Teil der Abmachung nicht einhältst. Du schuldest mir noch einen Mann, weißt du noch?"

„Oh, habe ich dir das nicht gesagt? Ich habe einen gefunden." Ich deutete quer durch den Raum auf einen sehr attraktiven Mann mit prallen Muskeln, der in der Nähe der Bühne schwebte. „Er war früher einer der Tänzer, aber ein tragischer Unfall hat ihn viel zu früh aus dem Leben gerissen. Jetzt hängt er hier rum, wacht über seine Freunde und wartet auf seine eigene geisterhafte Traumfrau."

Sie blinzelte den Mann durch den Raum an, bevor sie sich wieder mir zuwandte. „Soll das ein Witz sein? Das ist dein Ernst?"

Ich nickte. „Todernst. Er wartet darauf, dass du dich vorstellst."

„Warte, warum kommt er nicht her?", fragte sie mit Misstrauen in ihrer Stimme.

„Er ist ein bisschen schüchtern. Der schüchterne, schweigsame Typ." Ich lächelte sie an. „Nur zu, Celia. Worauf wartest du?"

„Ich … ich weiß nicht." Sie schüttelte ihr Haar und strich sich die Kleider glatt, bevor sie anfing, zu ihm hinüberzuschweben, aber dann hielt sie inne. „Wie hast du ihn gefunden?"

„Grace und Gigi haben mir ein bisschen geholfen. Er spukte hier herum, hatte aber noch nicht herausgefunden, wie er seine Energie nutzen kann, um so präsent zu sein wie du. Geh jetzt, bevor seine Lichter ausgehen."

„Danke", sagte sie. Einen Moment später schwebte sie neben Danny, strich mit den Händen über seine Brust und lächelte ihn mit Herzchen in den Augen an.

„Sie sind ein süßes Paar."

Ich lächelte, als ich Tandy Knights Stimme erkannte. „Wann bist du hier angekommen?"

Sie trat neben mich und reichte mir einen Cocktail. Ich nahm ihn, da ich wusste, dass es ein Moscow Mule war, und stellte den Champagner ab.

„Vor zehn Minuten." Sie stieß ihr Glas an meines und sagte: „Auf Marion!"

„Hör auf", sagte ich lachend, trank aber einen Schluck. „Weiß Lennon, dass du hier bist?"

„Ja. Ich habe gerade Hallo gesagt. Wir unterschreiben morgen die Verträge. Ich kann es kaum erwarten, sie auf Sendung zu bringen. Dieses Mädchen ist Gold wert."

„Da hast du recht." Nach all dem Trauma, das Lennon meinetwegen und wegen meiner Stalkerin durchgemacht hatte, hatte ich nicht gezögert, das Treffen mit Tandy zu arrangieren. Ich hatte sie zwei Tage nach dem Surf-Vorfall angerufen, und danach ging alles ganz schnell. Tandy war zu einem Treffen nach Premonition Pointe gekommen und hatte ihre Entscheidung am selben Tag getroffen. Seitdem waren sie in Vertragsverhandlungen. „Sie strahlt. Die Leute fühlen sich davon angezogen."

„Darauf zähle ich." Tandy hakte sich bei mir unter, und wir standen da und beobachteten, wie viel Spaß alle hatten, bis die Lichter ausgingen und die *Abs, Buns & Guns*-Show begann.

Tandy war voll dabei, wie ich es erwartet hatte. Sie rannte zur Bühne, wedelte mit Geldscheinen und versuchte, sie dazu zu bringen, mit Lennon zu interagieren. Einer von ihnen tat es und brachte die Gruppe zum Ausrasten. Ich entdeckte Celia, die vollkommen auf Danny konzentriert war und die Show ignorierte, die sie so verzweifelt hatte sehen wollen. Der Zirkel entspannte sich und genoss die Show, nur Carly drehte ein bisschen ab und wedelte mit ihren Dollarscheinen in der Luft.

Ich schmunzelte und sah meinen Freundinnen dabei zu, wie sie sich amüsierten und albern waren, als mich jemand am Ellbogen berührte.

„Marion Matched?", fragte der Mann.

„Ja?" Ich drehte mich stirnrunzelnd zu ihm um. Er trug kein T-Shirt mit dem Firmenlogo wie alle anderen Mitarbeiter.

Tatsächlich trat er von einem Fuß auf den anderen und wirkte unbehaglich.

„Ich muss mit Ihnen reden. Es ist ein Notfall", sagte er und deutete auf die Tür. „Können wir nach draußen gehen, wo es ein bisschen ruhiger ist?"

Ich war es nicht gewohnt, mit Männern wegzugehen, die ich nicht kannte, aber dieser hier kam mir irgendwie bekannt vor. Ich folgte ihm zur Tür, die zum Raucherbereich im Freien führte. Da die Show gerade begonnen hatte, war niemand hier.

„Kenne ich Sie?"

Er schüttelte den Kopf. „Nein, ich bin Hollister Crooner, aber Sie kennen meinen Bruder. Garrison Crooner. Er ist verlobt –"

„Mit Kiera Ho – ich meine Vincent. Kiera Vincent."

„Das stimmt. Sie ist vor 48 Stunden verschwunden. Sie hat Garrison gesagt, er soll Sie anrufen, wenn ihr jemals etwas passiert."

Mir gefror das Blut in den Adern. „Kiera ist verschwunden?"

Er nickte.

Ich schickte Iris schnell eine SMS und ließ sie wissen, dass es einen Notfall gab und sie mich draußen treffen solle. Eine ehemalige Kundin war verschwunden – und ich war die Einzige, die sie finden konnte.

ÜBER DIE AUTORIN

Die *New York Times*- und *USA Today*-Bestsellerautorin Deanna Chase ist gebürtige Kalifornierin, die sich für den entspannten Lebensstil im Südosten Louisianas entschieden hat. Wenn sie nicht schreibt, verbringt sie ihre Zeit gerne mit ihrem Mann in New Orleans oder spielt mit ihren beiden Shih-Tzu-Hunden.

Weitere Informationen und Updates zu ihren neuesten Veröffentlichungen finden Sie auf ihrer Website unter deannachase.com.